感动你一生的
微型小说全集 最新版

◎主 编：高长梅 张采鑫

九州出版社
JIUZHOUPRESS 全国百佳图书出版单位

图书在版编目（CIP）数据

感动你一生的微型小说全集：最新版/高长梅，张采鑫主编.
–北京：九州出版社，2009.9（2021.7 重印）

ISBN 978-7-5108-0163-1

Ⅰ．感… Ⅱ．①高…②张… Ⅲ．小小说–作品集–世界–
现代 Ⅳ．I14

中国版本图书馆 CIP 数据核字（2009）第 162343 号

感动你一生的微型小说全集（最新版）

作　　者	高长梅　张采鑫　主编
出版发行	九州出版社
地　　址	北京市西城区阜外大街甲 35 号（100037）
发行电话	(010)68992190/2/3/5/6
网　　址	www.jiuzhoupress.com
电子信箱	jiuzhou@jiuzhoupress.com
印　　刷	北京一鑫印务有限责任公司
开　　本	720 毫米 × 1020 毫米　16 开
印　　张	20
字　　数	270 千字
版　　次	2009 年 10 月第 1 版
印　　次	2021 年 7 月第 2 次印刷
书　　号	ISBN 978-7-5108-0163-1
定　　价	78.00 元

第一辑　母爱醉心

我们读到的是一位位不同母亲的故事,但我们感受到的,却是完全相同的一种情感。母爱是相通的,她没有国界,没有差别,没有优劣,因为,普天下的母亲都有一个共同的特点,那就是对子女的呵护与疼爱。

第二辑　没有翅膀你别飞

小时候,父亲在我们的眼里是一座山——坚强有力,高不可攀,以至于往往会让我们忽略了父爱的存在。但正是在那些沉默的岩石下面,还隐藏着一股脉脉的泉水,包裹着一份宽广博大的爱意,那就是父亲的心,那就是深沉的父爱。

第三辑 皱褶里的幸福

从两颗心相撞迸发出的火花，到执子之手，与子偕老的山盟海誓，再到风雨与共，相濡以沫，直到老之将至，两个人坐在摇椅里慢慢地聊，爱情注定要走过一段漫长的路程。当我们将眼角的秋波，变成皱褶里的幸福时，或许，才能最终明白爱情的含义吧！

第四辑　温暖的臊子面

在这个世界上,有很多人可能只是与我们萍水相逢,也有很多人只是和我们擦肩而过,但我们却在不经意间,神奇地感受到了他们带给我们的温暖。这种人生的奇遇,其实正是善良创造出的壮举。我们遇到的人,虽然可能是陌生的,但那份关爱,却是熟悉和亲切的。

第五辑　一诺抵千金

每一个人,都是一本书,但书的内容却千差万别。缓缓地翻开书本,我们将会遇到一幅幅截然不同的面孔,他们或正直、无私,或宽容、友善,或传奇、守信,虽然表现各异,但他们无疑都有以下共同的特点,那就是让我们温暖,让我们感动。

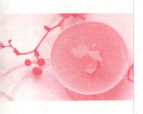

第六辑　最后一句话

羊羔跪乳,乌鸦反哺,是子女对父母的感恩和报答,更是爱的循环和接力。正是在这种给予和回馈的互动中,我们把爱画成了一个首尾相连的圆。或许正是因为有了这样一份情感,有了这样一个圆,人类才会不断走向文明和进步吧!

第七辑　会上楼的牛仔裤

我们都渴望幸福和快乐,我们都期待世界上只有微笑和阳光。或许,有人会说,这只是一厢情愿的奢望和梦想,但只要我们拥有一颗美好的心灵,世界在我们眼里,就会变得美丽而可爱。到那时,奢望会变成现实,梦想就会成真。

第八辑　野狼谷中的坟茔

我们常说,动物是人类的朋友,其实,在很多时候,动物还是人类的老师和镜子。它们用无言的方式,默默地向我们讲述着一段段感人的故事,让我们在不知不觉中,懂得了什么是爱和付出。它们也会照出我们的不足和惭愧,激发出我们心底的爱和暖意。

第九辑　人生的梯子

人,不会因为平凡而显得渺小,也不会因为贫穷而变得低贱。一个平凡的人,因为有了一份坚持,就会让自己变得崇高和富有。当我们固守住生命中的某些品质时,我们就拥有了一笔巨大的财富,一座属于自己的高山,和一道与众不同的风景。

第十辑　心中的佛

佛与人,看似离得很远很远,其实,生活中无处不蕴含着禅机和禅意。当我们对人宽容友善时,我们就是佛;当我们放下心中的石头,微笑着面对世界时,我们就是佛;当我们怀着一颗感恩的心,来打量人生和社会时,我们就是佛。

第一辑

母爱醉心

我们读到的是一位位不同母亲的故事，但我们感受到的，却是完全相同的一种情感。母爱是相通的，她没有国界，没有差别，没有优劣，因为，普天下的母亲都有一个共同的特点，那就是对子女的呵护与疼爱。

他想,他没有权利喜欢上任何东西——他是一位垂死的老人,是这世间的一个累赘。

可是那天黄昏,突然,一切都发生了改变。

嗨,迈克! 周海亮

迈克得了一种罕见的病。他的脖子僵直,身体僵硬,肌肉一点一点地萎缩。他的病情越来越重,最后完全失去了自理能力。他只能坐在轮椅上,保持一种固定且怪异的姿势。他只有 14 岁,14 岁的迈克认为自己迎来了老年。不仅因为他僵硬不便的身体,还因为,他的玩伴们,突然对他失去了兴趣。

母亲常常推着迈克,走出屋子。他们来到门口,来到阳光下,背对着一面墙。那墙上爬着稀零的藤,常常有一只壁虎在藤间快速或缓慢地穿爬。以前迈克常盯着那面墙和那只壁虎,他站在那里笑,手里握一根棒球棒。那时的迈克,健壮得像一头牛犊。可是现在,他只能坐在轮椅上,任母亲推着,穿过院子,来到门前,靠着那面墙,无聊且悲伤地看面前三三两两的行人。现在他看不到那面墙,僵硬的身体让那面墙总是伫立在他身后。

14 岁的迈克曾经疯狂地喜欢诗歌。可是现在,他想,他没有权利喜欢上任何东西——他是一位垂死的老人,是这世间的一个累赘。

可是那天黄昏,突然,一切都发生了改变。

照例,母亲站在他的身后,扶着轮椅,捧一本书,给他读一个又一个故事。迈克静静地坐着,心中盈满悲伤。这时有一位美丽的女孩从他面前走过——那一刻,母亲停止了朗诵。迈克见过那女孩,她曾和自己就读同一所学校。只是打过照面,他们并不熟悉。迈克甚至不知道女孩的

名字。可那女孩竟在他面前停下，看看他，看看身后的母亲。然后，他听到女孩清清脆脆地跟他打招呼："嗨，迈克！"

迈克愉快地笑了。他想，原来除了母亲，竟还有人记得他的名字。并且是这样一位可爱漂亮的女孩。

那天母亲给他读的是霍金。一位杰出的物理学家，一位身患卢伽雷氏症的强者。他的病情，远比迈克严重和可怕百倍。

那以后，每天，母亲都要推他来到门口，背对着那面墙，给他读故事或者诗歌。每天，都会有人在他面前停下，看看他，然后响亮清脆地跟他打招呼："嗨，迈克！"大多是熟人，偶尔，也有陌生人。迈克仍然不能动，仍然身体僵硬。可是他不再认为自己是一个累赘。因为有这么多人记得他，问候他。他想这世界并没有彻底将他忘却。他没有理由悲伤。

几年里，在母亲的帮助下，他读了很多书，写下很多诗。他用微弱的声音把诗读出，一旁的母亲帮他写下来。尽管身体不便，但他果真过得快乐且充实。后来他们搬了家，他和母亲永远告别了老宅和那面墙。再后来他的诗集得以出版——他的诗影响了很多人——他成了一位有名的诗人。再后来，母亲年纪大了，在一个黄昏，静静离他而去。

很多年后的某一天，他突然想给母亲写一首诗，想给那老宅和那面墙写一首诗。于是，在别人的帮助下，他回到了老宅的门口。

那面墙还在。不同的是，现在那上面，爬满密密麻麻的青藤。

有人轻轻拨开那些藤，他看到，那墙上，留着几个用红色油漆写下的很大的字。那些字已经有些模糊，可他还是能够辨认出来，那是母亲的手迹：

嗨！迈克！

人生悟语

母爱是世界上最伟大的爱，如同大海般广阔，但却总是如春雨般润物细无声，有时我们仅能看到扑打到身边的细碎浪花。往往在不经意的蓦然回首间，拨开那密密麻麻往昔岁月的青藤，我们才能真正感受到母爱的大海是多么深邃和宽广。 （潘　洋）

人们总是以为自己承受了很多的不幸，却不知道在这不幸的背后还有人承受着更多的痛苦。很多年后，当岁月斑驳了人生一切辉煌的时候，我们发现是母亲的爱抚慰着我们走完了自己的人生。

根　　雕 _{刘东伟}

她在不停地雕，一座二座三座……一天两天三天……

腊月十八，她不雕了，然后把堆满屋的雕像抱上三轮车，送到工艺品店里。

腊月十九，她揣着钱去美容院，烫发、焗油、美容。

腊月二十，她换上一身最漂亮的衣服，去玉石桥，和儿子见面。

儿子是她的儿子，但不能常见面，一年一次。

儿子跟着他。他是个不大不小的官，住在城里。10年前，他们生活在乡下。后来，他在城里有了小老婆。她知道了，默许了。只要他还回来，她就没啥说的。

她没闹，他的小老婆闹了。让他在她们中间选择一个，他选择了小老婆。之后，他便一直住在城里。

临走前，他要带走儿子。她不肯。当时，儿子只有5岁。

儿子跟着她生活了5年，开始嫌弃这个家，嫌弃她。

儿子的变化是从城里回来后开始的。

那是暑假后的第一天，他开着小车来了，说要见见儿子。她点点头。毕竟，儿子也是他的。

他带来了不少东西，玩的，吃的，都是儿子从没有玩过、吃过，甚至见过、听过的东西。那些东西，在儿子眼前堆积成一个梦幻般的世界。

儿子对那个世界充满了向往。

他对她说,让儿子跟我去吧,就住一个假期。

她本来不肯,但儿子闹着要去。她只好应了。

儿子从城里回来,仿佛就不再是儿子了。睡觉时,儿子要自己睡一张床。儿子说,城里的孩子都有自己的小天地。

儿子又说,城里厕所不叫厕所,叫洗手间,洗澡不在河里,在浴室里。儿子还说,娘,你太土了,爸城里的老婆比你漂亮百倍。

儿子还说了什么,她听不见了,那一刻,她脑子里一片空白,眼前一片空白。

她发觉,儿子变了。

又到了假期,他来接儿子。 她不同意。 他便乞求她。他说,让儿子跟我去吧,对儿子有好处,外面的世界大着呢。她不说话,她知道外面的世界大,但是,儿子是她的筋,抽去了这条筋,她还有什么活头?

他拿出一沓钱,算是对她的补偿。她用手挡住,说,让儿子自己决定吧。

儿子想也没想,就说,我去城里,跟爸去。说完,又安慰她,妈,我会回来看你的。

儿子走了,她的心碎了。

有一段时间,她整个人像个空壳,灵魂不知飘落到何方,她真想找根绳子,结束了自己。但,她又期盼着儿子回来。

一开始,儿子倒也不断回来,但这样的情形没坚持几年,儿子便不回来了。

有一次,她去儿子学校。她抱着一个孙猴子的根雕。门卫把儿子喊出来,儿子看了她一眼,说,你来干什么? 她说,娘知道你最喜欢孙猴子了,娘给你雕了一个。儿子伸手去拿,这时,几个同学围了过来,问儿子,这个乡下人是谁?

儿子把根雕摔在地上,冲着她说,我都多大了,还玩这个? 你走吧,别在这丢人现眼。

她想想也是,儿子已经是初中生了,怎么还是那个喜欢孙猴的孩子呢。

转年的 12 月 20 日,是儿子的生日,她雕了一个求知的少年,来到儿子就读的中学。一群学生冲着儿子喊，快看，那个乡下女人又来找你了。

儿子红着脸跑过来，把她推倒在雪地上。儿子脸上青筋直冒地吼，你为什么还来？以后再来，我就永远不见你。

她流着眼泪说，儿啊，我是你娘啊，你不想娘，娘能不想你吗？

儿子默默地站了一会儿，说，这样吧，以后咱们一年见一次，就在玉石桥上吧，别到学校来了。

从那以后，每年的 12 月 20 日，她便到玉石桥和儿子相会。

后来，一位邻居见她根雕的手艺挺好，就对她说，你闲着时，还不如雕些小东西去城里卖。她认为这主意不错，为了方便，便在城里租了一间房子，平时，每天在家里雕刻，到了 12 月 20 日的前几天，就把这些雕刻品卖到集市上的工艺品店里。有了钱，她就去烫发、焗油、美容。

她美容只为了让儿子看。她怕儿子说她丑，说她土气。

儿子见她打扮的新潮，就问她，是不是给他找了个新爸爸。她说不是，她现在也来城里住了。她告诉了儿子自己的住处，希望儿子能常来看她，但儿子一直没来。

这一年，一进腊月，她便准备着和儿子相会。

她翻出了平时存放的一块好木料。她是家传的雕刻，对木料有独到的眼光，她知道这种木料雕出的东西会永久存放下去，不会腐烂。

雕什么好呢？就给儿子做个雕像吧。她想，也算一个纪念。

于是，她开始细心地雕。她雕了一天一夜，儿子的像诞生了，雕成的儿子面容俊秀，有几分像她。她端详着，爱不释手。她发现儿子的雕像还缺点什么，对了，是笑容，便拿起刀在嘴角一削，谁想，一不小心，刀子划在了掌心。殷红的血浸在雕像上。

她"啊"了一下，突然想起小时学雕刻手艺时，爷爷和她说过，如果把血浸在你喜欢的人的雕像上，那么，他会一辈子把你记在心中。她没有立刻处理伤口，而是让血慢慢地把雕像浸染。直到雕像变成红色，她才取了一块布裹住伤口。

接下来的几天，她去集市里推销根雕，等根雕出手后，又像往年那样，去烫发、焗油、美容，然后，换上最漂亮的衣服。

12 月 20 日凌晨,她想爬起来,但是觉得浑身乏力,头又晕又疼。当时,她没有在意,因为她的身体一直很虚弱,尤其是儿子进城后,她常常失眠,第二天便头晕。她以为这仍是以前的症状,心想,躺一会儿就好了。

可是,接下来,她感觉自己的肌肉开始收缩,脊背在收缩。她突然意识到自己得了破伤风,因为她的爷爷就是死于破伤风。她想大喊,但是,她喊不出声,她的嘴巴已经不能张开,接着,她的面部开始痉挛。

儿子从学校赶去玉石桥,没有等到她。儿子想回去,但走了几步,觉得心神不宁。于是,儿子按照她曾经说过的地址找了去。

儿子看到她时,她已经死了。儿子发现,她的手中,还紧紧地握着自己的雕像。

人 生 悟 语

一个痴爱着自己儿子的母亲,把自己的血洒到了儿子的雕像上,与儿子的生命再次融为了一体。人们总是以为自己承受了很多的不幸,却不知道在这不幸的背后还有人承受着更多的痛苦。很多年后,当岁月斑驳了人生一切辉煌的时候,我们发现是母亲的爱抚慰着我们走完了自己的人生。

(潘 洋)

人生沉浮多年,我们自认为早已告别了眼泪,已淬铁成钢、磨炼得刀枪不入了。看着月华的上衣,我们眼里都闪着点点泪光。

奇特的服装 顾振威

同学聚会,月华穿了件说中山装不是中山装,说西服不是西服的上衣。

　　我们都笑他不修边幅,月华颤声讲道,这件衣服是我生命中的珍宝,我总是在最神圣的日子才穿上这件在别人看来也许是不伦不类的上衣。

　　月华讲道,参加工作后,虽然坐车只需要六七个小时,但我总以忙工作、忙交际、忙柴米油盐为由不回老家。终于,老家的大哥来电话了,说是母亲重病,让我火速回家。

　　我回到老家已是夜里9点多了。半年没见,母亲头发灰白得像稻草一样,瘦得皱皮包着老骨头。见我回来,她吃力坐起来,哆嗦着手擦着眼中涌出的浊泪。

　　我埋怨大哥,娘病成这样怎么不早给我打电话?

　　母亲上气不接下气地说,是我不让他跟你说的。得了这病,神仙也治不好,你忙,娘帮不上你,但娘不能扯你的后腿误了你的工作。

　　想起每一个与母亲相伴的温馨日子,泪水禁不住涌出眼眶。

　　母亲目不转睛地盯着我说,就是不知道心疼自己,大冷的天敞着怀,也不买个有5个扣子的褂子穿。

　　娘,这是西装。

　　我可不管西装东装的,冻着俺儿子就不是好装。华子,娘有个事求你!

　　我笑着说,娘,对亲儿子还用得着求?

　　母亲喘息着说,你8岁那年淘气娘打了你的手心,为这事娘后悔了一辈子,心疼了一辈子。华子,你也打娘的手心吧!

　　我含泪将红活圆实的手放在了母亲枯瘦如柴的手中。

　　从噩梦中惊醒,熹微的晨光已将窗户照亮。我哽咽着喊了几声娘,娘没有应声。蜷缩在我身边的娘在夜里离开了这个世界。

　　披衣下床,我发现我的西装上衣领口下被母亲缝了两个扣子,用剪子剜了两个扣眼。

　　泪水在刹那间就涌出了我的眼眶。慈母手中线,游子身上衣,母亲最后的杰作就是为她的儿子改制了一件在她认为能抵御风寒的实用的上衣。

　　讲到这里,月华已是泣不成声了。

　　人生沉浮多年,我们自认为早已告别了眼泪,已淬铁成钢、磨炼得刀枪不入了。看着月华的上衣,我们眼里都闪着点点泪光。我们知道,流逝的岁月永远也流不走的是醇浓的亲情。平凡人生中，是母爱温暖着我们的心房，如雨润春天，如冬日暖阳。

房间内静静的。

有人悄悄摸出了手机……

娘刚好点，走路还一拐一拐的，竟抱着小侄女出走了，她是不想自己孙女也走在压子的路上啊，不敢想象娘瘦弱的身躯能走出多远。

压　子　魏庭梅

乡下的大哥打电话说嫂子生了个女娃，娘赶紧收拾好衣物，催着我把她送上了回乡下的车。娘的风湿病还没好呢，这大哥也真是的！

没想到，第二天清早，还在睡梦中就被电话铃吵醒了，我嘴边还流着梦涎，懒洋洋地按了接听键，居然又是大哥，昨天也是大哥把我从梦里叫醒的，不就生个老二吗，把娘叫回去当仆人不算，难道还要把我叫回去奴役啊。

"妹子！娘去你家没有？娘和二娃不见了！"什么？娘不见了？还有

刚出世的小侄女！梦是不能再做了，我急忙把自己潦潦草草洗漱了一把，出门去赶回乡下的车。

一进家门，看见大哥哭丧着脸一言不发，爹也只管抽自己的烟。大哥不等我喘口气就把我拽到门外，小声央求："妹子，你一定知道娘去哪了，快跟我说！我好去……"爹站起来一跺脚，扔掉还没抽完的烟，狠狠冲哥瞪圆了眼，好好的孩子送人家压子，你娘不跑才怪呢。

压子，怎么回事，我正纳闷呢，爹叹口气说，你们都坐下！听我说！

从爹的口中，我们知道了娘的身世。

娘和二姨本来是双胞胎，她们出世时大姨妈也就一岁多，本来就紧巴的日子陡添了两张小嘴。外公托隔壁的三婆婆打听了一个人家，是对哑巴夫妇，准备把娘送给哑巴夫妇当压子。乡下有种说法，结婚不生子或者生了养不住，就抱养别人家的娃，以后就能压住生子了。娘比二姨早小半个时辰出生，在乡下送娃给人家一般送小不送大，说好了那天抱二姨走的，结果二姨病了，外婆舍不得病中的二姨，就让人抱走了娘。娘的压子生涯就这样开始了。在哑巴爹娘家里，没有娘那特有的乳香，只有米汤和哑巴爹娘的啊啊声陪伴着娘，就这样娘还只在哑巴爹娘家呆了一年多，没有给哑巴爹娘带来一子半女，而哑巴爹娘却在一个漆黑的夜晚连人带一板车柴火翻到山沟里了，再也没有醒来。

娘本来应该回到外婆身边，可外婆一劈腿又添了三姨，接下来又一沟流水有了四姨五姨。那时候没有计划措施，一直生到不能生时为止。娘就这样被住在同一院子里的李婆婆家收为压子。日子虽然清苦，总算有人和娘说话了。就在娘刚刚来得及学会叫爹娘的时候，李爹爹突发急病，一"走"了之，李婆婆不久就改嫁了。真应了那句老话，爹死娘嫁人，各人顾各人。

娘没人顾了，只好继续走在压子的路上，娘又成了另一家的压子，也就是我现在的王外公家。娘7岁那年，舅舅出世了，娘终于尽到了自己的"职责"。也就从这天起，只进过几天学堂门的娘有了更大的任务——带大了舅舅又接着带小姨。娘只能看着舅舅小姨们偎在他们的爹娘怀里撒娇，自己却一直没有尝过撒娇的滋味。

爹讲完这些，混浊的眼睛已噙满泪水。几十年了，从来没听爹娘提起过，想不到娘还有这样心酸的经历，我的双眼模糊了。

爹长长地叹了一口气：唉！要不是你们要把二娃送人当压子，我怎么也不得提这些沉芝麻烂谷子的事，那是你娘的伤疤啊！

大哥低下了头，手捻着衣角小声嘟哝：这不是想给您二老添个孙子吗，哪知又是个丫头，等送了人，过个一年半载再添个孙子。大哥的话刚落音，头上就挨了爹一巴掌：我们什么时候嫌弃过丫头！养儿是名气，养女是福气。想当初你自家大姑死活要你妹子给她当压子，你娘都没愿意！那时候你大姑家日子好过的很呢。现在你娘还不是靠你妹子！

爹说这话不假，娘有十几年的风湿病史了，哥哥嫂子们虽然给娘治，但这些年也花了不少钱，日子过得紧巴巴的。在乡下，出嫁的闺女是没有义务为娘家爹娘养老送终的，好在孩子他爸还明事理，拿出不少钱给娘治病。这次娘的病又犯了，我们把娘接到城里来治，娘刚好点，走路还一拐一拐的，竟抱着小侄女出走了，她是不想自己孙女也走在压子的路上啊，不敢想象娘瘦弱的身躯能走出多远。

"还不快去找啊！"不知道嫂子什么时候站到我身后，我扭头扫了一眼，嫂子眼里浸满了泪水，不知道是为娘还是……

娘果然没能走出多远，我们在一座废弃的土屋前找到了娘，娘的衣襟敞着，二娃闭着眼睛躺在娘的怀里，贪婪地吸吮着娘干瘪下垂的乳房，小喉咙一叽一叽的，牢馋得很，娘用双手拢起为二娃当着风，一双眼睛痴痴地望着二娃。

人 生 悟 语

　　每个人都渴望爱，尤其是那些曾经缺少爱的人，比谁都渴望爱。正是如此，他们比别人更知道，将爱给予那些需要爱的人，是多么的重要。曾经的苦难和无爱的岁月，在母亲的身上，都化作了哺育后代无私的爱，滋润他们无爱的心灵。

(潘 洋)

我妈说她的病是治不好的，让我每天出去挖蚯蚓，就是想让我心里有希望……

瓶子里的爱　包利民

　　那一年，我在一个极偏远的小村当代课老师，那时的生活条件比较差。由于远离城市，人们的观念也很落后；由于贫穷，许多人家的孩子都早早下地干活了，就算想让孩子上学也供不起，虽然学费并不多。

　　在我的班上，有个叫谢小强的学生，12岁，家里极穷，母亲长年卧病，早些年吃药看病的，欠了不少外债，使得本来就不富裕的家更是雪上加霜。可是他母亲的病却一点也没见好。虽然贫困至此，他们却极力让孩子上学，在这一点上，谢小强的父母比村里许多人都强。而谢小强也很努力，成绩虽不是最好的，但也属于上等。

　　那年春天，谢小强的妈妈病情加重，由于再无钱看病买药，小强的爸爸便开始四处收集民间的土方偏方，也不管有没有效果，弄到了就让小强妈妈服下去。他们只能把希望寄托在这些偏方上了，而小强妈妈的病还是继续恶化，这让小强和他爸爸都非常着急和恐慌。

　　有一天傍晚，我去村外的野甸子上散步，忽然看见小强拿着一柄四股叉在挖地。我感到奇怪，便过去问："小强，你在挖什么呢？"

　　他说："老师，我爸从前村找到一个偏方，说是有一个和我妈得一样病的人就是吃这偏方治好的。可是这个偏方要一百条黑蚯蚓做药引子，我挖蚯蚓呢！"

　　野甸上蚯蚓极多，可黑色的却是极少。那个傍晚，小强费了好大的劲也只挖到两条,他却兴奋地说:"没事,我天天来挖,有一两个月怎么也凑够一百条了!"他充满希望的神情让我动容。

从那以后,小强果然一有时间就去甸子上挖蚯蚓,不管中午还是晚上,不管刮风还是下雨,只是,这种黑蚯蚓实在是太少了,有时一连好几天也找不到一条。可他一点儿也不沮丧,他相信总会有一天能抓够一百条蚯蚓。

我曾去过一次谢小强的家。那天他妈妈的精神状态很好,斜倚在炕上和我说了许多话。我发现她说话很是和普通的农村妇女不一样,一问才知,她竟然是高中毕业的!难怪她那样积极支持小强上学。后来,她指着窗台上一个大大的敞口玻璃瓶子,对我说:"小强挖回来的蚯蚓都养在那里呢!"

我过去看,瓶子里装了大半瓶土,有一些蚯蚓在里面翻动。我真的怀疑这个偏方是否真能对她的病有疗效,她似乎看出了我的心思,说:"我知道这些偏方都是没用的,他们找来了我就吃,给孩子一个希望呗!看他每天充满希望地往甸子上跑,总比在家看着我半死不活的样子好!"

转眼3个月过去了,小强仍没能凑够一百条黑蚯蚓,他对我说:"我总觉得应该够了,可一查总是差上许多,我再加把劲儿,很快就够了,那时妈妈的病就能好了!"

想起小强妈妈的话,我没有告诉小强早就想告诉他的办法,那就是把蚯蚓弄断,慢慢的一条就会变成两条。数量是不重要的,重要的是给他以希望。

可是,小强的妈妈终究没能等到他凑够一百条黑蚯蚓,在那个秋天,她还是走了。小强哭得天昏地暗,一边哭一边说:"都怪我,都怪我!我要早挖够一百条黑蚯蚓,我妈就不会死了!"

从那以后,小强变得沉默起来,每天都生活在深深的自责之中。有时我想劝劝他,可是又不知该说些什么。

第二年的春天,当草木都发芽的时候,小强有一天突然让我去他家。在他家的后园中,他用四股叉挖了几下,竟有许多黑蚯蚓在泥土间钻来爬去,何止百条?

　　小强说:"其实,去年我抓到的那些黑蚯蚓早就超过了一百条,我妈总是偷偷地拿出几条扔到后园里,所以我总是凑不够。这是我爸后来告诉我的,我妈说她的病是治不好的,让我每天出去挖蚯蚓,就是想让我心里有希望……"

人 生 悟 语

　　人生难免生老病死,其间,更时常充满了苦难,但因为人间有爱,所以能给人面对困难的巨大勇气,让人在绝望中看到美好的希望,母爱就是这样伟大的爱,如同人生黑夜中的灯油,燃尽自己,却让儿女看到希望。

(潘　洋)

　　文所在的那所高等学府里,一位穿着早已过时的只有乡下老农民穿的那种蓝棉袄的男生,挺着胸,匆忙进出在学校的教室、图书室,自信地穿行在同学们中间。

棉　　衣　厉剑童

　　文是旮旯村田寡妇的遗腹子。文的父亲在母亲进门的3个月后死于一场大病。母亲田氏谢绝了邻居劝她改嫁的好意,含辛茹苦,一把屎一把尿将文拉扯大。母亲不想让文当一个像村里大多数孩子那样的睁眼瞎,于是省吃俭用,拼命劳作,把他送进了校门。为这,田氏没少招来村民的白眼和讽语:哼,穷山沟里还能飞出金凤凰?一个寡妇能培养出个大学生?真是癞蛤蟆想吃天鹅肉。但田氏不信这个邪。

文自小聪明好学,从小学到中学,每次考试文都出类拔萃,回回都是第一。16岁那年,文考取了省城一所高等学府。文是旮旯村有史以来出的第一个"秀才",用村里教书先生的话说,文创造了那个小山村的一个神话,以至文拿到录取通知书的时候,村里很多人争着把证书看了又看,眼睛擦了又擦。

文是一个志向高远的人。当左邻右舍纷纷向他母亲贺喜的时候,文的心里早已对未来有了新的规划,文要出人头地,文要过城里人那样富裕的生活。文有了这些想法的时候,他自己也很吃惊,但无论如何他要将它变成现实。

文是穿着上高中的那身单衣离开山村的,他不想让母亲为他花更多的钱买新衣服。文离开村子的那天早晨天有些冷,文在送他的人群里看见母亲穿着那件穿了几十年的蓝色的单衣,那双男人一样满是茧子的老手朝他扬了又扬,挥了又挥。文发誓一定要有出息,将来让娘过上好日子。

到了大学的文却发现,他的同学大都是来自城市,他们个个衣着都很时髦、新潮。文是个敏感要强的人,"一枝独秀"的处境使文多少有些尴尬。

天冷了,同学们都陆续换上了羽绒服、保暖内衣。文还穿着从村里离开时的那身单衣。文多想母亲能给他寄一件和同学们一样的棉衣。他日夜企盼着。

终于,文收到了家里寄来的一个大包裹。但他没有急于打开,他轻轻地摸着那厚厚的软软的包裹,猜想着那里面一定是一件他想要的如今正时兴的棉衣,至少也是刚买的仿毛棉衣,他继而想象着穿上新棉衣时该有多么温暖。

文慢慢地,一层层地打开包裹。在打开最后一层的时候,文一下子呆住了:一件粗糙的手工缝制的蓝棉衣赫然躺在那里!文一看就明白这是母亲做的。文的心里"咯噔"一下,凉到了极点。他眼前浮现出穿上这样一件棉衣时同学们看外星人般夸张的表情,浮现出他正暗恋的女孩那鄙视的眼神，想到……

"真土，丢人现眼！"文"腾"地站起来，一把将包裹塞在了床底下，又用力往里踢了两脚。

第二天，文的邻居打来电话，告诉他母亲病故，让他火速回家料理丧事。文当天便匆匆赶回家。只见母亲脸上盖着黄表纸，穿着单衣，直挺挺地躺在炕上。文号啕大哭。哭罢，这才想起该给母亲穿上送老的棉衣。文找遍了所有的地方也没有找到母亲一直不舍得穿的那件出嫁时的棉衣。文很纳闷。

邻居王大婶含泪告诉他：半年前母亲就得了绝症，文走后，母亲日夜想念，不想病情日益加重。母亲怕文分心念不好书，怎么也不让邻居打电话告诉文。母亲担心天冷儿子挨冻，又没钱买棉衣，就将自己出嫁的棉袄改做了一件棉衣给你。大婶告诉他，母亲临走的时候还念叨着那件棉衣不知道合不合你的心意，要是不合身就让我帮着再给改改……大婶断断续续地说着，文蓦地想起那件被他塞在床底下的棉衣，一下子扑倒在炕上……

几天后，文所在的那所高等学府里，一位穿着早已过时的只有乡下老农民穿的那种蓝棉袄的男生，挺着胸，匆忙进出在学校的教室、图书室，自信地穿行在同学们中间。他就是文。

4年后，文回到了家乡，回到了那个远离文明的旮旯村，办起了村里有史以来的第一所小学，文是教师兼校长……

人 生 悟 语

爱的本质是给予，而母爱之所以不同于其他的爱，就在于给予的无私。爱的意义在于奉献，而母亲不同于其他人，就在于奉献而不求回报。母爱的给予让人变得无私，母亲的奉献让更多的人懂得回报。正因为如此，母爱才是世界上最伟大的爱。 （潘 洋）

伟大的母爱就像一盏无时无刻不在发光的明灯,照亮我们生活中每个最细微的角落,而我们又是否细心感受到了呢?

灯
邵昌玺

　　母亲老了,让她一个人住在乡下,杨亮放心不下。于是,在征得母亲的同意后,他把母亲接到城里同住。

　　杨亮的房子不大,周围还有一片垃圾场,夏天一到,蚊蝇特别多。可当时就是考虑到能省些钱,所以,他最后还是决定在这里买了。

　　母亲住进来后,虽然有些拥挤,但是,杨亮再也不用来回跑了,也方便照顾母亲。

　　谁承想,还没出一个月,妻子彩凤就对母亲颇有微词。起因很简单:就是因为一盏灯,母亲房间里的那盏床头灯。

　　彩凤说:"你整夜亮着灯是为了写作,可她一不读书,二不看报,干吗硬要开着灯睡觉?! 再说了,这大热天的,开着个灯不更热吗……还把卧室的门大开着,让人晚上起来方便都得穿好衣服,你说这有多别扭……"

　　对于彩凤说的这些,杨亮之前倒没太在意。每次,他只好打着圆场说:"母亲多年生活在农村,乍到城里,可能有点不习惯,开着灯,也算有个伴儿。"

　　之后的几天,杨亮留心了一下母亲房间的灯,果真如彩凤所说,那盏灯每天都亮到很晚。

　　一天,他又写作到凌晨。 其间,去卫生间的时候,杨亮看到母亲房间的门开着,灯也亮着,母亲和衣躺在床上,看样子像是睡着了。于是,他踮着脚来到母亲床前,轻轻地把灯关上了,临出门的时候,顺手也把房门带上了。

可是,等他完成稿件哈欠连天地准备去卧室睡觉的时候,无意间瞥见母亲房间有亮光。同时,他也看到刚才关好的门,此刻又大开着,母亲床前的灯依然亮着。

杨亮纳闷:刚才不是把灯给关了,门也带上了吗?

第二天,他问母亲:"妈,昨晚我看您睡着了,就把您的床头灯给关了,门也带上了。可是,后来怎么又都开了?"

母亲抬头看了看杨亮,像个做错事的孩子,嗫嚅地说:"后来我又起了一次,可能是忘关了。"

杨亮忙说:"哦,没什么,我就随便问一下。您看这大热天的,开着灯多热,以后您睡觉的时候还是把灯关了吧。"

母亲点着头,没再说什么。

一个周末,杨亮的姐姐来看母亲。吃罢晚饭,姐姐要回去的时候,外面正好下起雨。杨亮说:"姐,今晚就在这里睡下吧,正好陪咱妈说说话。再说,你也有好长时间没跟妈一起睡了吧?"

一旁的母亲笑着说:"可不有年月了!自打你们成家后,都忙,好不容易回趟家,也都没空住。"

姐姐对着杨亮悄悄地吐了个舌头,然后,摇着母亲的手臂说:"好,今晚就不走了,跟咱妈一起睡,再让咱妈给我讲那过去的故事,呵呵。"

"还跟个孩子一样,什么时候才能长大?"母亲边说边轻轻地拍着姐姐的头,笑了,笑得很开心。

之后,姐姐陪着母亲聊天,杨亮继续来到书房写作。

不觉间,夜已深了。杨亮揉了揉眼睛,合上书稿。当他走到母亲房门口,看到门开着,灯依旧亮着,母亲和姐姐也都没睡,正有一搭无一搭地说着话。姐姐说:"这大热天的,开灯干吗,既热还招蚊子……哎呀!妈,看你身上这么多小红疙瘩,快把灯关了吧,蚊子还能少点。"

这时,只听母亲急忙说道:"别关灯,没看到小亮还在写东西吗?这么热的天,一写就是好几个小时,他打小身子骨就弱,怎么受得了……

这里蚊子多,可小亮对杀蚊子的药过敏,家里也没法喷药,蚊子都围着他转……我在这里开着灯,能把蚊子招过来点,这样,也让你弟弟少给蚊子咬几口……"

此刻,母亲像是自言自语地说着。不知什么时候,姐姐眼里噙满了泪水,门外的杨亮早已泪流满面。

母亲这辈子太苦了,而我太幸福了,这样的岁数了,还能享受到母爱。在母亲心中,不管你多大了,永远都是个孩子。

母爱醉心 王培静

父亲走了20多年了,母亲的身体硬硬朗朗的。这是曾子凡心里最欣慰的事。前些年每次接母亲来北京小住,呆不上一个月,她就闹着要回家。说你们这儿住在高楼里,接不上地气,说话也没人能说到一块儿去。再待下去就把我待出病来了。要是孝顺,就送我回家吧。这些年母亲岁数大了,出门不方便了。所以从副师职的岗位上退下来后,他就经常回去看看母亲。

早晨一起床,他对老伴说,我要回家,老娘想我了。

老伴说,那叫谁陪你回?

不需要,我自己回就行。

你以为你还年轻,70多岁的人了。

老伴不放心他,就叫孙女雪菲请假陪他回家。

爷俩下了火车,打了个车向100多公里外的山里驶去。路上,孙女雪菲说,爷爷,你这是今年第3次回家了吧。

是啊,想你太奶了。

太奶也真是的,不会享福,去咱家呆着多好,非要回乡下住。

你不理解,乡下空气好,人气浓,她能活得舒坦。

车子一进山,曾子凡问司机,师傅,能打开窗户吗?

可以。

打开窗户,曾子凡深深吸了一口气。他心里想,这是真正的家乡的空气,这种熟悉的味道一下子灌满了他的五脏六腑。

车快到村子时,他对孙女说,菲菲,知道吗,当年我就是从这条小路走出大山的。这东山我小时候去上边逮过蝎子,来这小河边割过草……

一进家门,他站住了。母亲端坐在院子里,很安详地样子。

曾子凡轻轻喊了一声,娘。生怕吓着母亲似的,声音又绵又柔。见母亲没有反映,他的眼睛湿润了。

他紧走几步,在母亲面前,轻轻地跪下了。母亲转过脸,昏花的双眼中有亮光闪过,继而脸上露出一丝宽慰的笑容。他把几乎已是满头白发的脑袋深深埋在母亲怀里,母亲用那双满布青筋的手把他揽在怀中,轻轻地拍着。许久许久,母子俩就这样抱着。当母亲捧起他的脸时,他早已是泪流满面。

站在一边的雪菲看到眼前的这一幕,眼睛里也盈满了泪水。

深夜了,娘俩还在陈谷子烂芝麻的聊着,雪菲早已进入了梦乡。

娘,您也睡吧,咱们明天再聊。

行,你也累了,早点歇着吧。

躺下了许久,母亲也早已经熄了灯,他却怎么也睡不着。

突然屋内有一丝亮光闪过。母亲轻手轻脚地来到他的床前,里里外外给他掖了被角,然后手电照着别的地方,在手电的余光里端详着他,久久,久久。

他的眼角有两行泪水悄然流下。他装着熟睡的样子,没有去擦眼睛。他心里想,母亲这辈子太苦了,而我太幸福了,这样的岁数了,还能享受到母爱。在母亲心中,不管你多大了,永远都是个孩子。

他脑子里过起了电影:自己这一生的酸甜苦辣,沟沟坎坎。

第二天早上雪菲起来,看爷爷睡的那么香甜,脸上还带着笑意。心里想,这老顽童,不知又做什么美梦了。

当家人忙完早饭,太奶让雪菲喊他吃饭时,他再也没有醒来。

母爱,使他醉过去了。

法官瞪大了一双惊愕的眼睛,瞅着女人。他看见,女人那缀满补丁的衣襟上,早已是洇湿一片。

要 求

郑俊甫

女人是来法院告儿子的。为此,女人天不亮就起了床,怀里揣上两个冷馒头,翻山越岭的往县城赶。女人的腿脚不利索,女人本来可以搭汽车的,可她没有,她舍不得那几块钱。

赶到法院的时候,日头已经老高了。女人摸出一个馒头,就着院子里的自来水,草草地填了填肚子,然后推开了接待室的门。

接待女人的是一位年轻的法官,一张娃娃脸,像是还没有迈出校门的模样。法官一见女人就叫起来:"大婶,我认识您!"女人眯缝着眼打量起法官,说:"是呀,俺头些日子来过两次,只是没敢迈进这门。"法官笑笑,露出两排好看的牙齿:"人民法院为人民,大婶有啥不敢进的呢?"女人咧了咧嘴,也像是要笑,可终于没能笑出来。

"大婶有啥事?"法官把女人搀扶到椅子上,温和地问。

"俺是来告儿子的!"女人咬着牙说,一副愤恨的样子。

法官一怔,旋即便在女人对面的桌子边坐下来,拿出纸和笔,说:"别着急,慢慢说。"

女人的眼眶一下子就红了。女人抬手抹了把脸,打开了话匣子。女人说,她就这么一个儿子,儿子7岁那年,他爹出了车祸,人没了,家里的担子就落在她一个人身上。喂猪,种地,养儿子,她一路跟跄着走了过来。儿子淘气,不喜欢读书,常常领了一帮孩子在街上打架,她没少给人赔笑脸。儿子18岁时,她卖了家里的两头猪,求爷爷告奶奶把儿子送进了县里的化肥厂,成了一名工人。后来,儿子大了,该成亲了,她又用攒了一辈子的积蓄,给儿子盖了3间瓦房,把媳妇儿娶到了家。她想,自己也算熬出头,该享享福了吧?谁知道,儿子娶了媳妇忘了娘,自己一跤跌进了苦海里。

"儿子怕媳妇儿,媳妇儿不让俺跟他们一起吃住,嫌脏,儿子就把俺撵进连风雨都遮不住的土坯房里,每月丢下半袋面。媳妇儿不让俺见孙子,不让孙子喊奶奶,儿子就训孙子,不让孙子打俺的门前过,还动不动就喊老太婆。就连逢年过节,俺也是孤苦伶仃一个人。你说,俺这是生了个什么孽障啊?"说到最后,女人呜咽着哭出了声。

法官的眼睛也有些潮了,他的一只手甚至已经握成了拳头。"别伤

心,大婶,您有什么诉讼请求尽管提,我们尽量帮您争取。"

"啥请求?"女人张大了嘴巴。

"噢,就是要求,您对这件案子有什么要求?比如,您可以要求我们冻结您儿子的银行存款,然后把那些钱都划给您养老。"法官提醒道。法官不像是在审案子,倒像是一位路见不平的侠士,一张娃娃脸上写满了意气。

"那咋能行呢?"女人一听就摇起了头,"儿子虽说是个工人,可一月也挣不了几个钱。那点儿钱要买种子、农药、化肥,还要给上小学的孙子交学费,花钱的地方多着哩。没了钱,他的日子可咋过呀?"

法官愣了一下,他没想到女人会这么回答。想了想,法官又说:"要不,把他抓起来,关上几天,让他长长记性?"

"别,千万别!"女人腾地从椅子上跳起来,连连摆手,"抓了他,家里还不得塌了天?再说,给厂子里知道了,还不得把他开除了?你们要抓他,那……那俺就不告了。"

法官叹了口气,扶着女人重新坐下:"大婶您别急,不抓也可以,还有一个办法,就是在村子里开个大会,让您儿子当着村里人的面,向您检讨,保证以后认真履行赡养义务。"

"这……"女人皱了皱眉,"这多丢人哪,以后他和孙子在村里人面前还咋抬头?"

"那您到底有啥要求?"法官的脸上有了不耐烦的神色。

"俺……也没啥别的要求,"女人迟疑了一会儿,终于鼓起勇气说,"就是想让儿子别再嫌弃俺,见了面,能喊上一声'娘',孙子别再躲着俺,见了面,能叫上一声'奶奶',俺也就知足了。"说着,两行浊泪又爬上了脸颊。

法官瞪大了一双惊愕的眼睛,瞅着女人。他看见,女人那缀满补丁的衣襟上,早已是洇湿一片。

在母亲心中,儿女永远是第一位的。无论我们生活得怎样,母亲都时时关心、牵挂着我们;即使我们忽视了报答母亲,哪怕伤了她的心,她也依然无怨无悔地、默默地疼爱着我们。母爱如海深。不管我们身在何方,身居何职,都不要忘了那个一生守护着我们的那个平凡而伟大的人——母亲。　　　　　　(潘　洋)

第一辑　母爱醉心

三天三夜,她用少女最纯洁的乳房,用她最无私的乳血挽救了一个孩子的生命,她绝美的乳花开放在所有人的心里,开放在多难、坚强不屈的中华大地上。

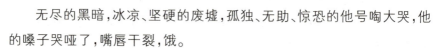

血　乳　王　洋

无尽的黑暗,冰凉、坚硬的废墟,孤独、无助、惊恐的他号啕大哭,他的嗓子哭哑了,嘴唇干裂,饿。

突然,他的唇触到了一个柔软的东西,热热的、暖暖的,像妈妈的乳房。他努力地探着身子,干裂的嘴唇一口叼住小小的乳头,用力吮吸着,浓浓的、腥腥咸咸的,不像妈妈的乳汁。妈妈的乳汁是香的、甜的,而且,妈妈的乳汁泉水般源源不断,他吮吸的乳汁却是一滴一滴的。

他吐出乳头,嘶哑着嗓子哭。哭累了,他睡了。

他饿醒了。他的唇又触到了乳头,一口叼住,依旧是腥腥咸咸的,他太饿了,顾不了那么多,用尽全力吮吸着。他口中的乳头触电般地跳了一下,他听到妈妈在虚弱地呻吟,妈妈好像很疼,扭动着身子,呻吟声忽长忽短。妈妈扭动的时候,乳头从他的口中脱落,妈妈似乎在竭力把身子靠近他,当他再次叼着乳头用力吮吸的时候,他听见妈妈那长长短短的呻吟声又开始了。

不知道过了多长时间,他又醒了,妈妈停止了呻吟。他在黑暗中摸索,寻找着妈妈的乳头,当他叼到妈妈乳头的时候,他感觉乳汁比原来多了,像细细的泉水,源源流入他的口中。他大口喝着,口中的乳头跳了一下,妈妈的呻吟声低低地传来,他停止了吮吸。他一定是把妈妈吸疼了,妈妈的身体却靠得更紧了,妈妈真好,那么痛,还靠过来让他吮吸,他含着妈妈的乳头幸福地睡了。

他是被上面传来的嘈杂声音惊醒的,突然惊醒的他大哭起来,被乳汁浇灌过的他哭声嘹亮。上面传来喊叫声:"快过来,这里还有幸存者!"一阵嘈杂的脚步声响过,有人在喊:"孩子别哭,叔叔来救你了!"他哭得更凶了。

哭累了,他又去寻找妈妈的乳头。他把乳头叼在嘴里使劲吮吸的时候,乳汁是凉的,他吐出乳头,嘤嘤噎噎地哭着。他不明白,妈妈的乳汁怎么变成了凉的,是妈妈不爱他了吗?

叔叔在上面喊:"孩子,别哭,坚持住,叔叔一会儿就把救你出去!"

他哭得更厉害了,他一边哭一边用小手拍打着妈妈,他想要妈妈给他喝热的乳汁,妈妈似乎睡着了,一动也不动。

他使劲拍打着妈妈:"妈妈你醒醒! 妈妈你醒醒!!"

妈妈真的生气了,妈妈的脸一定板得很严肃,像要下雨的样子。

他伸出小手在妈妈的胳肢窝里轻轻地挠着。妈妈生气的时候,他只要伸出胖乎乎的小手在妈妈的胳肢窝挠几下,妈妈就会扑哧一声笑起来,妈妈笑过后,拍着他肉肉的小屁股说:"你这个小调皮,小坏蛋哪!"

可是今天,他的法宝失灵了,妈妈再也不理他了。他哭得汹涌澎湃,他要用不停的哭声把妈妈吵醒……

他的头顶上空出现了一丝光亮,有人在喊:"看到了,是个男孩!"有人又喊:"孩子闭紧眼睛,别睁开呀!"还有一个女声在喊:"孩子,别怕,我们来接你了！"

他乖乖地闭上了眼睛，一只塑料瓶子递到了他嘴边："孩子，喝水。"

他张开嘴巴，水缓缓流进他的嘴里，凉凉的，甜甜的。温柔的女声在他喝水的时候不停地对他说："你是最勇敢的孩子，你知道你在下面坚持了多长时间吗？"似乎是为了强调时间的长度，她停顿了一下说："72个小时！"他不知道72个小时是多久，他只知道是在夸他棒，就像是他在家里吃了满满的一碗饭后，妈妈朝他竖起大拇指说，你真棒！他想，现在的他就是最棒的了。想到这里，他的嘴边露出了一丝骄傲的微笑。

当救援人员把他和妈妈从废墟下救出来的时候，人们发现这个4岁小男孩的双唇像一朵鲜艳欲滴的花，那个用娇小的身躯保护着小男孩的妈妈的胸部赤裸，在她美丽的胸部上灼灼开放着一朵硕大的红花，那朵红花刺疼了所有人的眼睛。

"妈妈"永远地闭上了眼睛。这个只有19岁的女孩，这个还没品尝过爱情滋味的女孩，这个幼儿园里的最年轻的保育员在地震来临的时候奋不顾身地扑向惊呆了的男孩。三天三夜，她用少女最纯洁的乳房，用她最无私的乳血挽救了一个孩子的生命，她绝美的乳花开放在所有人的心里，开放在多难、坚强不屈的中华大地上。

人 生 悟 语

人之初，性本善。人类的最自然美好的品性，就是爱，每当危难来临时，爱就会绽放出最美丽的花朵。爱犹如大地母亲赐给生活在她怀抱里的人类孩子的乳汁，滋养着一代又一代人在艰苦的环境中，繁衍下去。而只有懂得牺牲和爱的人，才会永远被人们所铭记。

（潘　洋）

从小到大，我都紧跟在妈后面，如果你有这样一位妈妈，你也会跑得跟我一样快的，可是……我真的不希望天下有另外的妈妈也能跑得这样快！

冠军母亲的诞生 童树梅

　　程亮妈每天黑漆麻乌地就起了身，和面、生火，手脚麻利地烙好一锅香香的饼，然后放入蓝布包袱，再满心欢畅地顶着稀稀的星星上路。儿子程亮在县城重点高中上学，从家到学校的山路是30多里，妈想着儿子吃到饼时的快乐样子步履就轻快起来，有时浑身劲用不完，她就一路小跑，竟在儿子上课前准时赶到了学校。

　　程亮的吃饭大问题解决了，另一桩心思又让妈妈眉头不展：学校已多次催欠款了，因为上学时学费没交全。欠债还钱天经地义，妈妈的头发又白了许多，一天她望着后山满坡的青绿有主意了：现在城里人不是流行吃什么绿色蔬菜吗？咱这漫山遍野的蔬菜若是挑了进城卖不是可以赚大钱吗？

　　妈妈说干就干，第二天就怀里揣着饼、肩上挑着两担菜上了路，即使这样妈还是走得飞快，当天还蒙蒙亮时妈先把依旧香软的还留着她体温的饼给儿子，然后再卖菜，程亮望着妈瘦小的背影和一担沉重的菜吃惊得发了半天愣。

　　妈的菜好卖得出奇，那依旧滴着露水的青翠清香的菜总是第一个被抢光，妈喜坏了。可是还有愁事，就是街上有穿制服的人不让卖，每当穿制服的人一出现，好多像她一样的乡下人就像见了鬼似的四散奔逃，妈也吓得半死，有时跑得慢了，篮子就被踩了，青翠的菜也被踩得稀巴烂。可妈还是偷偷摸摸地卖、没命地跑，时间一长她就不怕了，因为没人能追赶得上她，妈跑起来太快了。

程亮舍不得妈妈，他也加入了卖菜的行列，每个星期六晚上步行回到家，星期天一大早再和妈妈一同挑菜进城。妈开始不允许，后来见儿子的成绩一直棒才答应了，本来吗，山里孩子走几十里山路也是无所谓的事，可才开始跑的时候程亮却吓了一大跳，他竟跑不过妈妈！妈妈挑着一担重重的菜竟像没事人似的。程亮不服气，脚下拼命加力，还是跟不上，可妈妈已是个40多岁的人了啊！好在程亮年轻力壮，不久就能赶上妈妈了。

程亮一天在本地报纸上见到一则消息，说为了使全民健身，县里决定举办一次长跑运动会，参赛对象不加限制……奖金很是丰厚，冠军1000元，亚军500元，程亮看了心一动。

程亮就为自己和妈报了名。那天观众看到一个头发斑白的瘦削女人也参赛，个个都觉得好笑，谁知发令枪一响他们才知道笑错了，那女人跑得快极了，简直像是平地刮起一阵旋风，没有人能追得上她，即使一个高高的、黑黑的、学生模样的大男孩也追不上。

冠军就是妈妈、亚军是程亮！

这一来媒体自然是蜂拥而至，先问程亮妈是怎么跑得这么快的，是不是有什么绝招？妈妈笨拙地拿着奖杯和厚厚的一大沓奖金笑得眼都细了，说："这有什么，跑山路跑惯了呗，如果你也有一个儿子在几十里外上学，你天天也要送吃送衣给他，还有一大堆债要还，那你肯定跑得比我还要快。"

记者又采访程亮，程亮望着妈黑瘦的脸庞拼命克制着自己，好容易才说出声来："从小到大，我都紧跟在妈后面，如果你有这样一位妈妈，你也会跑得跟我一样快的，可是……我真的不希望天下有另外的妈妈也能跑得这样快！"

人生就是一场赛跑,当我们的人生起航时,很多人都在陪伴着我们一起上路。如果我们在赛程中取得了成就,并不仅仅说明我们跑过了很多的艰难路程,同时也意味着,母亲比我们跑了更长、更远和更艰辛的路。人生路上,洒满了母爱的汗水。　　(潘 洋)

儿子说,在这里,我要特别感谢一个人。没有她的鼓励就没有我的今天。

儿子毕恭毕敬地走到母亲面前,朝母亲深深地鞠了3个躬。

写给儿子的情书 杨进修

经不住三番两次失恋的打击,儿子精神出了问题。先是闭门不出,不会亲朋,后来,儿子又出了新的症状。有时急火火地从卧室奔到院子,好像要找寻什么似的,傻傻的呆在院子里。有时又旋风样地返回卧室,然后再出来,如此反复。一天也不知道要重复多少遍这样的程序。即使在卧室里呆着,做的事情也极为单调。每天就是摆弄那几封信。那是最后一位女孩写给他的,儿子最看重的就是这位,对她用情最多,可惜月老不作美!

看到儿子整日茶饭不思,落魄失魂的样子,母亲的心里比刀剜还难受。

母亲真想为儿子做点什么!唉,能想到的已经做了一些。背地里,母亲偷偷去找过那个女孩,会面的气氛极不愉快,母亲低声下气的语调里有显明乞求的味道。而女孩面若冰霜,言语刻薄。总共谈了不到5

029

分钟,女孩丢下几句冷冰冰的话扭身走了。母亲并不感到意外,其实母亲大致已料到是这个结局。为了儿子,母亲舍了脸面只是想再试一试。

到精神病院看了几次医生,医生都说,不需要住院治疗,但要防止病情加重。母亲非常着急,为了更好地照顾儿子,母亲已经和单位协议了停薪留职。母亲无微不至地照顾儿子的饮食起居,千方百计地让儿子开心。可儿子始终神情奄奄,死气沉沉。母亲总担心儿子会出什么意外。母亲如坐针毡,度日如年。

一个艳阳的秋日的上午,母亲捏着一封信,兴冲冲地跑到儿子面前,来信了,来信了!

当儿子痴痴呆呆的眼神游移到信封上那熟悉的字体上时,儿子的眼里有了一丝惊喜!

打开的信纸上这样写道:恋爱只是人生的一个阶段。真爱永远青睐勇敢面对生活的人! 你那么才华横溢,会有一位知书达理的好女子和你终生为伴的……

自此,每周几乎都能收到一封与此相仿的来信。母亲很欣慰,儿子奇迹般地康复了。仅仅过了月余的时间,儿子的卧室里渐渐又有了盈耳的笑声。生活又回复如初。

两年以后,儿子找到了一位法官妻子。

婚礼上,儿子眼含热泪,深情地读了病中收到的第一封信。

面对满座高朋亲友迷惑不解的目光,儿子说,在这里,我要特别感谢一个人,没有她的鼓励就没有我的今天。

儿子毕恭毕敬地走到母亲面前,朝母亲深深地鞠了3个躬。

原来儿子病中的来信是母亲写的。母亲每写好一封信,先是寄到临城的姑姑家,然后再返回来。因为女孩在临城,这事必须演得像真的。为了模仿那女孩的手迹,每晚安顿儿子睡下,母亲都要摹写到夜半,练得手臂酸麻。有一次,练着练着,又累又困的母亲伏在桌上睡着了。

起夜的儿子经过母亲的房间门口,就走进去想要为母亲关上灯,却意外地发现桌子上有厚厚的一沓信纸,上面无一例外,都是写给他的

情书……

儿子讲得动容,语惊四座。亲朋好友们的眼睛湿了一片。

母亲很艰难地爬在房顶上,寻着找着,她捡起每一块小石头都要看上好长时间,就像看啥宝贝东西,看上好长时间再扔掉。

找 牙

侯建臣

母亲早早地起来,朝天打了个喷嚏,就坐在床上发呆。父亲看见母亲坐着,愣愣的,就说你发啥呆呢,做饭吧。

母亲像没有听到一样,只是看着窗外,一句话也不说。母亲每天起得很早,村子里的人还没有动静,母亲就早早地起来了,早早地生火,早早地做饭,早早地和父亲一起下地。

见母亲不动,父亲再没有说啥,扛着锄头下地去了。正是锄山药的时节,父亲和母亲尽管年纪都大了,但还是把家里的几十亩地弄得像模像样。

父亲走后,好长时间,母亲才说出一句话:"孩子啊,怎么还不回来呢。"

母亲是想儿子了。

夜里睡觉,母亲梦见儿子回来了,高兴得满脸都是笑,可是醒来后,却什么也没有,就一直睁着眼睛望着黑黑的屋顶,一直望到天明。

母亲出了院子,又响响地打了个喷嚏,她就想儿子是不是要回来了,于是一直朝着村子的南面看,儿子回来的时候就走那条路。天快晌午了也没有一个影子,好几次,母亲好像看见了儿子,但好几次都是错觉。母亲一直想着儿子的样子,但想着想着,好像怎么也想不起儿子的样子了。

母亲就搬出房子里的梯子,梯子很重,家里用的时候,一般都是父亲和母亲两个人抬着,可母亲一个人硬是搬了出来,好几次,母亲让梯子碰了手,可是她并不在意。终于还是把梯子架在了房子上。

房子很高,母亲开始艰难地爬梯子,梯子的一档与一档之间离得很宽,年轻的时候,母亲一跷腿就跨上去了,可是现在老腿老胳膊了,每上一个档都很难。爬上一个档,母亲就要用手抓住上面停好长时间。母亲一下一下地喘着气,头一直朝上望着。

风不大不小地刮着,不时吹起母亲苍白的头发。母亲爬一爬停一停,接着继续爬,爬上房子的时候已经快中午了。

母亲趴在房子上细细地找着,她的脸上身上都是汗水,房顶后面高前面低,显得有些陡,母亲很艰难地趴在房顶上,寻着找着,她捡起每一块小石头都要看上好长时间,就像看啥宝贝东西,看上好长时间再扔掉。终于,她捡起一块不大一点的石头,看着那块石头,母亲笑了。

那是一颗牙。

母亲是在找儿子的牙啊。

村子里有个讲究,小孩子掉了牙要扔到房顶上的,为的是孩子将来有出息。母亲还记着儿子的牙扔在了屋顶上,那是很远很远的事了啊!

母亲把牙放在手心里仔细地看着,她的眼里放出了灿烂的光。

顺着梯子下房的时候,母亲一只手还牢牢地攥着那颗牙,所以下梯

子的时候比上梯子的时候还要难,她的脚在下面摸索着,另一只手一下一下地从上往下挪。在快下到地上的时候,母亲的一只手一不小心松了,一下子两脚踩空掉了下去……

在灿灿的阳光下,母亲手里拿着那颗牙看着、笑着,而她张开的嘴里剩下的最后那颗牙却不见了,血顺着她的嘴边一点一滴地掉落到地上。

游子能驰骋出辽阔的草原，却跑不出母亲宽广的心胸；游子能跨越大洋的彼岸，却无法走出母亲牵念的爱心。任岁月如何无情流逝，无论在天涯海角，母爱都会陪伴我们一生。

没有翅膀你别飞

第二辑

小时候,父亲在我们的眼里是一座山——坚强有力,高不可攀,以至于往往会让我们忽略了父爱的存在。但正是在那些沉默的岩石下面,还隐藏着一股脉脉的泉水,包裹着一份宽广博大的爱意,那就是父亲的心,那就是深沉的父爱。

当我终于读懂了父亲，我却不再有福气享受那份隐藏至深的爱，哪怕是见上他老人家最后一面。父亲！儿子是你带着遗憾离去的心中永远的痛。

父亲，我是您心中永远的痛
王国军

自我记事时起，就一直没有见过母亲。据说，她是厌倦了小山沟里的穷日子，一个人悄悄地走了，连声招呼也没打。父亲却从没责怪过母亲，他常在酒后感叹："儿啊，都是我不好，我没钱给你妈治病，她才撇下咱们走的。"

那几年的日子糟透了。家里除了我之外，还有一个弟弟和妹妹。父亲为了凑齐我们的学费，起早贪黑地到处打零工，舍不得吃，舍不得穿，头上的白发越添越多。他长满厚茧的粗糙大手摸到我的肩上时，内心的沉重的疼痛感受一波又一波地袭来。

初三毕业那年，我和比我小1岁的弟弟同时考上了省重点高中，可家里的经济情况只能供一个人继续上学，那意味着我和弟弟必须有一个人辍学。所以当我和弟弟同时把录取通知书拿回家时，父亲只是略微瞟了一眼，脸上没有丝毫的激动。

晚饭过后，父亲把我叫到厨房里，什么话也没说，只是长长地叹着气。我知道我落选了，从父亲冷漠的表情里，我读到了什么叫做"残酷"。我恨他把我从通向大学的路上推了下来，我心里叫嚣着：为什么辍学的那个人是我而不是弟弟？可我没吭声，也没反抗，纵有反抗也是无力的。我只是流着眼泪，掏出通知书，撕了个粉碎，任那飞舞的碎片在他面前七零八落。我擦了擦眼睛，走回房间，弟弟迎了上来："哥，我……""不用了，你一个人去吧，我不读了。"我冷淡的声音令自己也大吃一惊。

弟弟惊讶地说："哥，不是开玩笑吧，上大学可一直是你的梦想啊。"

弟弟还想说些什么，却被我轻轻推开。我钻进被窝，把自己罩得严严实实。我再次流泪了，我觉得自己已被父亲遗弃了，我是个不被爱的孩子，我痛恨我的父亲，痛恨他无情的选择。

第二天，我离开了家，一个人辗转来到了另一个城市。我开始到处捡破烂，饿了，就捡人家丢弃的食物，累了，就蜷着身子在墙角里眯一阵。就这样过了一个月，手头上稍有些钱了，我便开始进一些报纸在火车站兜售。我被人打过、被人抢过，但我依然不屈不挠地坚持着。

整整3年的时间里，我只回去过两次，默默地把攒的一些钱交到父亲手里，然后转身就走。父亲想留我吃顿饭，但他分明知道，以我的个性对他只徒留恨意，其他什么也留不住。所以我每次回来，他总是默默地跟在后头，吸着低劣的纸烟，剧烈地咳嗽着。然而一切都唤不回我对他的任何依恋。我只是想，多年前，父亲便把我遗弃了，我已经成了一个被抽空血液的躯壳，没有了爱，也没有了灵魂。

我经常会做梦，但结局总是我还沉浸在甜蜜里，就被一把冰凉的眼泪惊醒。其实，我并不嫉妒弟弟，我之所以忍受这么多的苦，就是想让弟弟妹妹都能考上大学，圆我这辈子都无法实现的大学梦。

很快，弟弟被中南大学录取，妹妹也考上了一所重点高中。家里的钱也越发紧巴了。于是，我便到长沙打工。凭我这几年的打工经历，我顺利地找到一个摊位，做起了买卖旧书的生意，利润很大，生意也红火。

一次，我特意去看弟弟，当我在宿舍里找到他时，我哑了，弟弟正啃着两个馒头，连汤也没有。我眼睛一热，赶紧去买了几份汉堡回来，并在心里默念：弟弟啊，哥一定要让你过得好一点！

在长沙混得久了，朋友也多了起来。不久我放弃了摆旧书摊，和朋友做起了跑运输的业务。由于我们重信誉，生意逐渐扩大。有了钱，不愁温饱了，没有上大学的疼痛却越来越强烈，我对父亲的恨也愈来愈重。那是一种刻骨铭心、撕肝裂肺的痛。

父亲也来看过我一次，他是走着来的，赶了100公里路，找到我们公司，还为我带来了一双棉鞋和一些腊鱼、腊肉。父亲一边喘着粗气，一边说："儿啊……"但我不等他说完，便冷冷地打断他："我不需要这些，你以后不用再来看我。"看见父亲滴着眼泪悻悻地走了，我心里涌起一丝莫名的伤感。

弟弟也常来看我，每次我都会拿出一沓钱给他，而他只是从中取一两张，就说够了。每次离开时，他都说："爸让我转告你，其实他很想你，希望你有空回去。"但我对自己说：在我的字典里，早就没有了"父亲"这个词，永远也不会再有。

6年后，我们的业务越做越大，在全国很多地方都建立了连锁，我也有了自己的房和车。而弟弟做了一家外资企业的驻华经理，妹妹也在一所高中里教书。听妹妹说：每次过年，父亲都替我留了一个位置、一副碗筷，然后说着一些莫名其妙的话，说到最后就伤心地哭。

听到这儿，我转过了身，脸上有湿湿的东西在滚动。

一天，妹妹突然跑来，一脸沉重。我问："有啥事就说，等会儿我还要去澳门签合同呢。"妹妹说："爸快不行了，想见你最后一面。"我心里猛地一颤，却还是犹豫。以前的伤痛让我此时不知如何面对他，确切地说，是没有勇气面对并痛悔曾经和他对峙的种种。

妹妹看了我一眼，继续说："我也是前几天才听隔壁的四公公说的，其实我和二哥都是父亲领养的，你才是他的亲生儿子啊。我和二哥出生后不久，家乡发了洪水，结果我们的亲生父母被大水冲走了……爸过来救人的时候，在漂流的澡盆里发现了我们……"

我像是被雷电击中一般，整个世界都在我眼前翻转，儿时的记忆一幕幕在我眼前闪过……父亲并没有把我遗弃，自始至终也没有。当面临艰难抉择时，他想到的不是自己的儿子，而是别人的孩子！这是多么崇高而浩荡的父爱！而我呢，任凭自己的无知一次又一次地把父亲推向绝望，更把自己推向了爱的悬崖。

我立即取消了去澳门的航程，和妹妹匆匆往家赶。我在心底不停地

祷告,祷告上天能多给父亲一点儿时间,好让我能在他宽阔的胸怀里,一诉我的忏悔。可是,终究还是晚了。我赶回的时候,父亲已永远地闭上了他沉重的双眼。

我跪在他冰冷的身旁,一遍又一遍地磕着头,一声又一声地呼唤:"爸!爸……儿不孝……你醒醒……儿回来啦……儿来晚了……"

任凭我如何呼唤,父亲不会再醒来。他永远地离开了他眷恋的这个世界,离开了他久久眷恋的亲情,离开了他决绝而迟悟的亲生儿子。

当我终于读懂了父亲,我却不再有福气享受那份隐藏至深的爱,哪怕是见上他老人家最后一面。父亲!儿子是您带着遗憾离去的心中永远的痛。

他说:"孩子,生命不仅仅属于个人。人根本不能像鸟儿那样,没有翅膀,千万别飞。"

没有翅膀你别飞 非 鱼

一只灰褐色的麻雀从窗前飞过,"倏"的一声,远了。

窗户是上下两层,窗台很低,只一尺来高,把那个小小的锁扣朝上一推,底层的窗户就可以很灵活地拉开,半米多宽的空间通道出来了,空气和一些小飞虫自由进出。

他斜依在窗前,看着窗外新芽初绽的梧桐,还有一掠而过的麻雀。他知道,只要轻轻抬一抬腿,他就可以飞出去,像鸟儿那样自由飞翔,所有的痛苦折磨便随之烟消云散。

他真的这么做了,大脑一瞬间地空白,让他迈出了那一步。他以为他会像一只鸟儿那样,但一跨过那个矮矮的窗台,他就发现自己错了。他像一只笨重的熊,直朝地面砸去。

再次睁开眼睛,是在 5 天以后。他听到了一声苍老的呼唤:"献儿,回来。"于是,他回来了。他慢慢睁开眼睛,看到了一片白,白的墙,白的衣,白的发。

"妈。"他想叫一声。但他叫不出来,一滴眼泪从眼角滚落,滚到一只骨节突出的手上。手像被开水烫了似的,哆嗦了一下,然后急促地抚着他的脸:"献儿,献儿,你可回来了。"

两个月以后,他被母亲从医院里用轮椅推了出来,除了大脑还能继续思维,从胳膊往下,他的身体变得软塌塌,像一把面条。

"妈,让我去死吧,你别管我。"他扭头哀求母亲。

母亲不理他,赌气似的把车推得更快。

回到家,确切说是母亲和父亲的家。他的家早在和妻子离婚后成了一片冰冷的地狱,女儿被妻子带走了,他什么都没有,选择从楼上飞下去,是他做出的最凶狠最无奈的选择。

父亲拄着拐杖从屋里出来,青着脸,一言不发,一只手帮妈妈把他推进一楼的屋里。从家门口到楼外的 4 层台阶已经用水泥砌成了斜坡,防盗门拆了,没有了门槛,他被稳稳地放在窄小的客厅当中。

父亲点燃了一支烟,母亲拿过毛巾不停地在脸上擦。

他看看父亲,又看看母亲:"爸,妈,对不起。"

父亲没有说话,母亲也没有说话,他们俩谁都不看他。

他突然低下头，把头窝在胸前，脸埋在双手间，呜呜大哭起来。

以后大概有3个多月时间，他被父母小心地照顾着，总有一个人寸步不离在他跟前。父亲和母亲把一张大床和一张小床并在一起，晚上睡觉，他睡最里边，父亲挨着他，母亲挨着父亲，一旦他有什么动静，父亲就推推母亲，俩人一起起来给他翻身、换尿垫。每当父母花白的头低在他下身，收拾他排泄的东西时，他就感觉有千把万把刀子在割他的心，他恨不得自己立刻消失，像一缕烟，被风吹散了，不留一丝痕迹。

那天母亲出去买菜了，父亲在家陪他，父亲看他情绪比较稳定，就很放心地把他放在客厅，第一次没有推他到卫生间，自己去解手了。

他等父亲一进卫生间，就快速转动轮椅，一把拉住卫生间的门，把门扣扣上，然后用一小截铁丝插在扣鼻里。任凭父亲在里面叫喊，把那扇薄薄的木门拍得山响。

他把轮椅摇到厨房，那里有可以让他消失的工具：刀。

他拿起一把，放在腕上，喃喃道："爸，妈，对不起，再不能让你们为我受累了。"然后，对准腕上蜿蜒的蓝色凸起，割了下去。

感觉不到疼，他露出了一丝微笑。

突然，他的脸上热辣辣地烧！那是父亲的巴掌，实实在在地扇在他脸上。父亲像一只被激怒的狮子一样，瞪着他，双手发抖，嘴巴很难看地歪着："你个孬种！除了死你还会干什么？"

腕上的血还在滴，父亲一拐一拐颠进卧室拿来一根布条，狠狠地把滴血的地方捆住，继续瞪着他。

"养了你几十年，你就这样报答我和你妈？媳妇没了，可以再娶，孩子走了，还可以再要回来，你以为一死就啥都解脱了？你叫我和你妈咋活？"

这时，母亲回来了。一进家门看到他和父亲对峙的样子，看到他胳膊上缠着的血布条，她扔掉手里的菜，坐在沙发上仰着脸号啕大哭。

他转动轮椅，从父亲身边挤过去，转到母亲跟前，轻声叫："妈。"母亲没有一点反应，仍旧放声大哭，悲凉哀伤地哭。他伸出双手，抱住母亲的脸："妈，对不起。"

母亲没有理他，突然停住了哭泣，"呼"地站起来，快步走进厨房。等母亲从厨房出来，他看到母亲手里掂着那把明晃晃的切菜刀，"要死不是？大家一起死，自杀，我也会。"

母亲说完拿着刀毫不犹豫地向自己的胳膊割去，鲜血，冒了出来。"妈——"他感到撕心裂肺般的痛，他大喊一声，和父亲同时扑向母亲。

他整个人重重地从轮椅上摔了下去，扑倒在母亲脚下。他此刻才体味到了死的痛苦，那是死者留给生者的痛苦，是失去的痛苦。

当又一个春天来到时，12岁的女儿推着他在门前的小花园里散步。春风轻拂，杨柳依依，小鸟在枝头唱着轻快的歌。他慢慢给女儿讲他想飞的过去，想被风吹散的过去，讲从卫生间破门而出的爷爷和号啕大哭的奶奶，他似乎很平静。

他说："孩子，生命不仅仅属于个人。人根本不能像鸟儿那样，没有翅膀，千万别飞。"

人 生 悟 语

像鸟儿一样自由的在天空上飞翔，几乎是每个人的梦想。人无法飞翔，不仅仅是因为没有翅膀，而是因为他必须负担生活在大地上的重量。作为社会中的人，他无法也不能真正抛却人生中的一切关系，尤其是对周围人们的责任，不然只会造成人间的悲剧。

（薛荣建）

此后，我见了鱼肉就会不由自主地想起父亲嘴里的渔钩，心中就会充满痛苦、不安和愧疚。

父亲嘴里的渔钩 顾振威

大学期间，薛松从来不吃鱼肉，这一直是我们的未解之谜。

我们问，嫌鱼腥？薛松摇了摇头。

又问，嫌鱼有刺？薛松还是摇了摇头。

我们就对薛松做耐心细致的思想工作。说鱼肉营养丰富，味道鲜美，日本好多人长寿就与他们多吃鱼肉多吃醋有关。尽管我们苦口婆心地教育，偶有聚会，薛松对色香味俱佳的鱼肉还是视而不见。

弹指间流逝 4 年岁月。毕业聚会，我们流了太多太多的难分难舍的泪，说了太多太多的暖人肺腑的话。今日一别各西东，不知何年何月才能相见，我们都毫无保留地敞开了心扉。

薛松颤着声告诉我们，上中学的时候，我像是匹桀骜不驯的野马，把父母老师的话当成耳旁风，把学校当成想来就来、想走就走的商店。顶撞老师是小菜一碟，打架骂人是家常便饭。为了使我走上正路，父亲饱含热泪恳求过，苦口婆心劝告过，声色俱厉恫吓过，义愤填膺打骂过，但这些都不起一丝一毫的作用。后来，我迷上了钓鱼。认为池塘边一坐，十多分钟就会有惊喜拽上岸，这要比书本上那些枯燥无味的知识有趣多了。学校后面就有个池塘，我每天都扛着渔竿去钓鱼，学校是一分钟也不想进了。

这天，我刚走出大门，父亲就追上来拽着我扛的渔竿不松手。我用力一拉，父亲倒在了地上。他老人家哽咽着说，薛松，我求你了，去学校

读书吧。你不答应，我就跪在你面前不起来。我高昂着头望着蓝蓝的白云天，丝毫不为所动。别去钓了，父亲气愤地说，论岁数，爹比鱼大；论体重，爹比鱼重。你要钓就钓我吧。父亲说着就将渔钩挂在他的嘴唇上，鲜红的血流了出来。

父亲可怜巴巴地跪在地上，是那样的凄苦无助。他才50多岁，脸上却是沟壑纵横，半白的头发零乱在头上。为了这个捉襟见肘的家，为了不思进取的我，父亲真是操碎了一颗心。

醇浓的亲情使我的心不再坚硬如铁。泪水很快就蒙住了我的双眼，我也跪了下来，跪在了父亲面前。

父亲笑了，尽管脸上热泪纵横。他忍痛拔掉嘴里的渔钩，点点滴滴的血砸在地上，也砸在我心里。此后，我见了鱼肉就会不由自主地想起父亲嘴里的渔钩，心中就会充满痛苦、不安和愧疚。

你父亲太伟大了，我拍着薛松的肩膀说，参加工作后，你要好好地孝敬他老人家啊。

薛松哭了，泪水狼藉满脸，哽咽道，我是想好好地孝敬他老人家，可我到天堂里去孝敬吗？父亲坟前的柳树，已经有胳膊粗了啊!

人生悟语

　　每个人在年轻的时候，都容易我行我素，一意孤行。一位伟大的父亲，为了能让浪子回头，不惜伤身劝子。儿子接受了教训，却也背上了一辈子无法摆脱的悔恨和愧疚。但愿每个年轻人都能及早悔悟自己的过错，不让人生留下无法挽回的遗憾。

(薛荣建)

父亲真的火了，他扔下铁铲，叽里哇啦地叫了起来，双手不停地比划着。弄得几个记者面面相觑。面对父亲的手势，他们不懂。但我和母亲明白。

继父 刘靖安

明天，我就要出嫁了。

父亲早早地穿上了新衣服，拉着母亲的手，看着我，一言不发。父亲的眼里，满是依恋。

爸，放心吧，我会经常回来看你们的。我说。我们围坐在火炉边，我伸出手，在父亲的手背上，轻轻拍了拍。外面的夜风呼啸着，把阳台外铝皮做的雨棚吹得很响。父亲看了看窗外，像害怕什么似的，一把抓住我的手，紧握着，我的骨头便幸福地疼痛了起来。

把女儿的手弄痛了。母亲白了一眼父亲。父亲慌忙缩回手，对我歉意地笑了笑。

突然，外面的风没有了。父亲侧耳听了听，然后，又急急地跑到窗边，拉开窗户，探出了头。看了一会儿，父亲回转身，对我和母亲比画说，这天，要下雪了。

父亲来自山里，天气看得准。

父亲是我的继父，自从有了他，母亲也爱出门了，比如散散步，串串门什么的。有时，天气不好，母亲担心会下雨，他便叽里哇啦比画说，有我在，不会的。开始的时候，母亲半信半疑。后来几经证实，这话所言不虚，母亲就信了。

小时候，我不喜欢继父，不叫他不说，还经常胡乱地给他比画一些手势，捉弄他。那些手势是什么意思，我自己也不知道。

慢慢长大了，懂事了，母亲才告诉了我事情的真相。

原来，母亲也是山里人。10岁时，母亲和他按农村风俗定了亲。随着年龄的增长和长久的了解，他们的感情与日俱增，最后发展到了谁也离不开谁的地步了。可是，外公为了让母亲做一个城里人，不顾母亲的反对，硬是把她嫁给了县城一个病歪歪的残疾人。母亲的出嫁，把他击垮了。他不吃不喝，成天一个人坐在山坡上发呆，没几天就病倒了。有一次，他吃错药，便成了哑巴。一个哑巴，在乡下是找不到女人的，我的亲生父亲病逝后，母亲就把他接到了县城，成了夫妻。那时，我只有7岁。

母亲说这些话的时候，流着泪。我理解母亲的心情，也被他对母亲的感情感动着，想起他下苦力供我，养我，送我上大学的那些点点滴滴，我竟然很自然地把他当作父亲，叫他爸爸了。

果然，父亲说准了。父亲的话还没落脚，天空就开始飘起了雪花。那雪，越下越大，漫天飞舞。

父亲一直站在窗边，他趴着身子，手臂长长地伸了出去。要不了多久，他的手上就摊着一层厚厚的积雪了。父亲看着手心的雪，很是焦急。雪，像理解父亲似的，慢慢化了，从他的指缝间滴答而下。但是，外面的天空，雪仍然不知疲倦地下着。

爸，来坐吧，这儿离酒店近，明天走路去。我说。

不，要婚车来接！父亲几步走到了我和母亲面前。

好吧，依你的。母亲站起来，把父亲按在了凳子上。

父亲坐下来，心不在焉。父亲一个晚上，几乎没怎么睡觉。

睡梦中，我一次次被父亲的走动声惊醒。有一次，夜很深了，大概是半夜吧，我又醒了。我听到父亲踏踏的脚步很急切地响进了卧室，跟着，母亲嘟囔了一句什么。父亲拉亮了灯，母亲像完全清醒了，明白了父亲的意思，嗔怪说，关灯睡吧，别影响了女儿。可是，父亲没睡，他的脚步又响到了窗边。不知过了多久，迷迷糊糊中，我看见，父亲卧室的灯再次亮了，同时，父亲跺脚的声音也响了起来。在父亲响亮的跺脚声中,我不知不觉温暖地睡着了。

第二天早晨,我起床一看,雪停了,天地间一片银白。楼下一些大人、小孩在雪地上笨拙地疯着,积雪淹没了他们的小腿肚。母亲站在我身边,我没看到父亲,就问,爸呢?

昨晚,他一夜没睡,不是说雪小了,就是说雪大了,天不亮就出了门,说是去扫雪。母亲说。

走,我们去看看他吧。我急切地说。

我和母亲下楼,来到小区门前,立刻被眼前的情景惊呆了:脚下,是一条光洁的马路。马路两边,是高高的雪堆。马路尽头,是父亲蠕动的背影……我的眼睛渐渐潮湿了。

母亲挽着我,向父亲走去。远远地,我又看见,几个人把父亲围住了。走到父亲身边,我才发现,他们是几个记者。他们的镜头对着父亲,不断地问父亲一些比较高尚的问题。父亲不理他们,只顾埋着头,使劲地铲着地上的积雪。父亲的衣服湿湿的,不断地冒着热气。

大伯,你为什么出来铲雪,能说说吗?一个记者不甘心,想从父亲嘴里掏他们想听的话。

大伯,你为我们市民做了榜样,请你给大家讲几句吧。一个记者弯了腰,话筒对准了父亲的嘴。

也许,父亲是被问烦了,他呼地站直了腰,眼里喷出了火苗。突然,父亲看见了母亲和我,那些火苗倏地不见了。

旁边的记者,看了我们两眼,又喋喋不休地开始重复着刚才的话。

父亲真的火了,他扔下铁铲,叽里哇啦地叫了起来,双手不停地比画着。弄得几个记者面面相觑。面对父亲的手势,他们不懂。但我和母亲明白,父亲的意思是,别烦我,我女儿今天要出嫁了,我得把这路上的积雪铲完,不然婚车来不了。

我上前握了父亲冰冷的手,眼泪一涌而出。

我的眼睛突然湿润了,我发现对面的乘客眼中也含着泪花。我们轻轻地帮他揉臂膀,慢慢地抖动他的手,过了好一会儿,他的手才弯了过来。

独手之爱 徐全庆

外出办事,返回时坐的火车,硬座。天太热,找到自己的座位时,我的衣服全汗湿了。这是一个两人座,我的座位靠走道。里面靠窗户的座位上坐着一个人,大约30多岁。他的形貌不佳,甚至可以说有些猥琐,衣服也极不讲究,于是我认定他是一个民工。他的腿上睡着一个小男孩,双腿放在我的座位上。看我到来,那民工歉意地笑了笑,小心地挪动着双腿,把男孩的双腿慢慢地从我的座位上挪下去。

他一直没有用手,这让我感到奇怪,于是望向他的手,这才发现,他的右手没有了,只剩下半截残臂。他的左手一直向右伸着,平放在两排座位中间的桌子下面,这让他的身子略微向右侧,看起来十分别扭。我在座位上坐下,顺着他的左手望过去,发现他的手背贴在桌子下面,手掌罩着男孩的脸。我看不到那男孩的脸,只能从体形上猜测他有六七岁。

我的第一感觉是他怕阳光刺着孩子的眼,影响孩子睡觉。但我很快就否定了这种想法,因为孩子的脸埋在桌子下面,那儿光线并不强,不会影响孩子睡觉。我又猜测那男孩的脸一定是非常丑陋,或者脸上有非常难看的伤疤,他不想让人看到男孩丑陋的脸,所以才用手遮住。

我甚至怀疑那民工是个人贩子,男孩是他拐骗来的,他不定给男孩吃了什么药让男孩睡着了,怕男孩被人认出来,才始终遮住男孩的脸。可又感觉这两种猜测都有问题,如果真是那样,他应该捂住男孩的脸。可他的手背却贴在桌子下面,只是用手掌罩住男孩的脸。从他的手掌下面,我能够看到男孩的脸部侧面的一部分,也不像丑陋的样子,似乎还有些清秀。

难道他这样不感到难受?我又看了看他,他的左手努力地向右伸着,不这样就罩不住孩子。他的手平贴在桌子下面,没有任何东西可以帮他撑一下,就这样悬在空中,不知已悬了多久。我看他时,他的手不停地在微微颤抖着,手臂上不停地滴着汗水。我相信他的手臂一定非常酸痛,可他就是不肯把手放下来。

桌子上放着一些琐碎东西,我往里推了推,那民工又歉意地冲我笑了笑。我不想理他,没有任何表示,靠在座位上闭目养神,不一会儿就进入了梦乡。

等我醒来,一看时间,居然睡了两个多小时。再看那民工,依然半侧着身子,左手右伸,罩在孩子的脸上。只不过他的手不停地颤抖,半个身子都在抖动。

几分钟后,车就要到下一站了,我准备下车了。那民工也轻轻地唤醒孩子。孩子坐起来,民工把手从桌子下面抽出来,在半空中不停地抖动着。他试图去拿桌子上的东西,却没有成功。他手臂弯不过来了!我终于忍不住问他道:"你的手为什么一直罩着孩子的脸?"

"他的眼刚做过手术,我怕他醒来时,万一猛一抬头时碰着眼睛。"他平静地说。

我的眼睛突然湿润了,我发现对面的乘客眼中也含着泪花。我们轻轻地帮他揉臂膀,慢慢地抖动他的手,过了好一会儿,他的手才弯了过来。

人 生 悟 语

　　对于我们所见到的不寻常的事情,我们常常会妄加揣测,但是我们又是否想到,那些不被人察觉的爱,就恰恰隐藏于其中呢?让我们多一些理解和关怀,这个世界将会变成美好的人间。

(薛荣建)

王建兵紧紧地抱住妈妈,大声哭喊,许久才问道,你为什么不早告诉我?

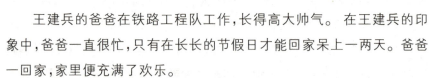

铁路的那头
开满了鲜花 姚 伟

　　王建兵的爸爸在铁路工程队工作,长得高大帅气。 在王建兵的印象中,爸爸一直很忙,只有在长长的节假日才能回家呆上一两天。爸爸一回家,家里便充满了欢乐。

　　王建兵上小学的时候,爸爸休假一回到家,就将儿子硬架到脖子上,然后一只手伸到头顶搂着儿子,一只手牵着妻子,花半个小时走到铁路边看飞驰而过的火车。爸爸给母子俩讲铁路和火车上的新鲜事,讲詹天佑的故事,讲世界上的铁路。

　　王建兵上初中的时候,爸爸已经驮不动和他齐肩的儿子了,就一手搂着儿子一手牵着妻子,去铁路边讲火车大提速,讲铁路建设者的辛苦与快乐。

你听！火车砸铁轨那"哐嗒哐嗒"的叫声,就是在叫我的名字"大山大山"。爸爸不止一次这样自豪地说。

王建兵上初二的那年五一节,爸爸没有回家。五一节过后,爸爸单位打来电话让妈妈过去。10天以后,妈妈回家了,眼窝深陷,十分憔悴。王建兵问妈妈怎么了。妈妈说,没什么,坐车累的。

王建兵问妈妈,你见着爸爸了？他怎么没有回家？

妈妈声音有点沙哑地说,火车要提速,工程忙,你爸爸没空回来。他要你好好读书,将来考个好大学,也修铁路。

春节到了,爸爸还是没有回家。妈妈早早做好了年夜饭,盛了3碗摆上饭桌,痴痴地望着挂在墙中央的全家福,迟迟没有动筷子。妈妈突然站起身,拉着儿子的手说,咱们去铁路边等你爸。

冬日的夕阳散发着淡淡的余晖。远远望去,铁轨折射出暗红的光泽。火车卷着寒风不停地喊着"大山大山"飞驰而过。

妈妈,爸爸在哪边工作？

妈妈用手指着西边,就在铁路那头。

铁路那头是什么样子？美吗？

铁路那头很美,有一座大山,山上到处是苍松翠柏,开满了鲜花。

爸爸为什么不回家？在那里不寂寞吗？

铁路不修好,爸爸不回家。那里有十几个叔叔伯伯日夜陪伴着你爸爸……

妈妈望着夕阳落山的地方发呆。

王建兵上高中的那3年,爸爸没有回过一次家。每年的五一节妈妈都去爸爸那里。

一天,王建兵突然问妈妈,

爸爸是不是不爱咱们了？

妈妈搂紧儿子,颤抖着说,不,爸爸永远爱着咱们！

我想爸爸了！

爸爸也想……你！

那我放假了去看爸爸。

妈妈望着全家福，说，爸爸让你好好上学，等考上了大学我带你去看爸爸。

功夫不负有心人，王建兵终于考取了一所重点大学，选报的是铁路设计专业。接到录取通知书以后，王建兵和妈妈踏上了西去的列车。王建兵是第一次坐火车，感到新奇和兴奋。列车在秦岭脚下的一个小站停靠，车站不大，但建筑别具风格。铁道南边紧挨着渭河，北边是绵延不断的大山，山上松柏参天，林间郁郁葱葱。王建兵跟随妈妈拾级而上，满脸疑惑。在半山腰，在松柏林中，在百花丛中，坐落着一排陵墓。正中的一块墓碑上刻着一行大字：王大山烈士之墓。下面刻着几行小字：王大山同志生于×年×月×日，×年×月×日在铁路施工中为救护工友被滚落的石头砸伤，经抢救无效，光荣牺牲。

王建兵看到一身黑色套裙的妈妈跪在爸爸的墓碑前，取出白色的结婚礼服，叠得整整齐齐，放在墓碑上。墓碑上面摆放着一枝红玫瑰，眼泪打湿了红玫瑰和礼服。王建兵紧紧地抱住妈妈，大声哭喊，许久才问道，你为什么不早告诉我？妈妈啜泣道，那年你爸本该休假回家，可他替换一个要回家探望母亲的同事，谁知……他要你好好学习，将来继续他的工作，修世界上最好的铁路。

王建兵抬头朝远方看去，一列白色的鱼头列车正飞驰而来。

人 生 悟 语

逶迤的崇山多雄壮，坦荡的大路多宽广，然而他的身躯比山高，他的胸膛比路宽。我们翻过成长的高山，是由于他的汗水将我们养育；我们走过人生的大路，是由于他的关怀给我们指引。怎能不记得？是父亲的大手，牵着我们走路；是父亲的爱，伴随我们成长。

(薛荣建)

"畜生!站住!"已到房间的大林听到父亲的呵斥不由自主地回过头来。

"其实你根本不用断绝父子关系,我们压根儿就不是父子!"

捡破烂的父亲 杨清舜

"你到底是要你爹的垃圾还是要我?"约会的时候,女友娇板着脸一字一句地对大林说,"你父亲再去捡破烂我们就分手……"

"我再劝劝爹再说",大林猛地吸了口烟道,"其实你也知道我不止一次劝过他了,可他毕竟是我爹呀!"

"你爹怎么了?"娇捶打着大林哭着说,"我又不是不愿照顾他,只要求他不要再当个捡破烂的破烂王,少在别人面前丢脸,这也过分了?"

"我以后一定不让我爹再去捡了,好了,别哭了,咱们回去吧。"娇这才止住了哭声。

大林虽然20多岁了,可他对自己的身世一无所知。大林只知道自己从小就没有母亲,每次问起自己的身世时父亲总是支支吾吾。据附近的村民们说,父亲是在许多年前的一个雨天抱着大林进村的。此后,父亲便盖了间草房定居下来开始了捡破烂的生涯。

儿时的岁月里大林常常能拥有一些稀奇古怪的玩具吃到一些叫不出名的高级营养品,那都是父亲捡来的。不懂事的大林曾一度因此而万分自豪。

后来渐渐长大的大林随父亲行动了几回,看到自己的好多食物衣服来自于垃圾堆。虽然父亲所捡的食物都包装得很好还没变质,但大林还是感到极度的恶心。于是,大林从此便拒绝吃捡来的任何食物。父亲无奈,大林要吃什么他便用捡垃圾卖得的钱给大林买。

大林开始反对父亲捡破烂是高中毕业后。大林离开学校没几年，便凭着精灵的头脑做生意发了财，盖了小洋楼买了小汽车。于是大林便劝父亲说："你在家闲着得了，我可以供你！"可是，捡惯了破烂的父亲却不习惯清闲安逸的生活，不几天后又开始他捡破烂的生涯，像一只鸡一样撅着屁股在垃圾中翻来翻去。最令大林生气的是出门时常因此有人戳他的脊梁骨说："别看这小子财大气粗，他老爹至今还是靠捡破烂为生！"为这事，大林曾反反复复地与父亲吵架，父亲却反反复复地不听。

送女友回家后窝着一肚子气走进门时，大林看到头发有些花白的父亲正在津津有味地撕吃一只板鸭。见大林进来，父亲便说："这几年的人真是糟蹋，好大一只肥得流油的板鸭又没坏，说丢就丢了，连包装的封口都没打开！"大林听了，火气便涌了上来："我说老爹，我求你别再去捡垃圾了，你知道我供得起，你这样让我在别人面前多难为情？"

和往常一样，父亲又开始不慌不忙地解释捡破烂对国家人民的好处。大林一听更是怒火万丈，他猛地一脚踢翻了父亲桌上板鸭，对父亲一字一句地吼道："你敢再去捡我就与你断绝父子关系！"说完，他气冲冲的就要往房中走。

"畜生！站住！"已到房间的大林听到父亲的呵斥不由自主地回过头来。

"其实你根本不用断绝父子关系，我们压根儿就不是父子！"

"什么？"大林一脸惊愕。

父亲颤颤巍巍地说："这么多来我一直没有告诉你，你是我年轻时捡破烂捡到的……"

人 生 悟 语

　　大林嫌弃捡破烂的父亲，他认为捡破烂仅仅是为了钱。但是他可曾想到，从破烂中捡出来的不仅是被人们浪费的东西，还有被遗弃的生命和情感。美丽高洁的荷花，正是从淤泥中得到营养才会长得亭亭玉立，人不应该忘记，饮水要思源啊。

(薛荣建)

爱和恨，总是不经意的相互缠绕在一起，同样是一颗牙，可以因恨而保留，也可以因爱而抛弃。

大 牙 刘靖安

张超掉了一颗牙，一颗大牙。

那年，张超读高中，镇上有一家网吧，张超迷上了网络游戏，成天不上课，泡在网吧里。老师拿他没法，就让人带信，把他父亲请到了学校。父亲一听张超的表现，气得不行，就去网吧将张超揪出来，一顿暴打。父亲的拳头像石头一样坚硬，打得张超满地打滚。其中一拳，砸在了张超的腮帮上，张超的一颗大牙就掉了。张超猛地站起来，"叭"的一声，一口血水吐在手心，他一把将大牙紧紧握着，目露凶光，盯着父亲。看着张超满嘴的血，父亲心软了。父亲说，你这书没读头了，跟我回家。回家就回家，张超吼了一声，甩下父亲，就回家了。

从此，张超恨上了父亲，从不主动和父亲说一句话。张超把那颗大牙用一片布巾包着，放在箱底。没事的时候，他就取出来，慢慢打开，摊在手心，看一阵子。每看一回，张超的恨意就深一层。

这天，突降暴雨，天气很凉爽。吃午饭的时候，父亲拿出一瓶酒，说，喝两杯吧。父亲是对张超说的，张超不说喝，也不说不喝。父亲已经习惯了张超的沉默，也知道张超没意见了，就转身取了两个杯子。父亲喜欢喝酒，自从张超辍学那天起，就喜欢上了，只是天气热了，才喝得少。张超跟着父亲，也学会了喝酒，更多的时候，是父子俩你一杯，我一杯，不停地喝，都不说话。

张超帮母亲把菜端上桌，父亲已经倒上了酒。父亲端起酒杯，看一眼张超，说，喝。张超端起酒，头一仰就倒进了嘴里。

慢慢喝。母亲劝张超，然后看一眼父亲，父亲说，喝醉了，正好睡觉。

于是，父子俩就喝上了。

没多大会儿工夫，一瓶酒就见了底。

父亲醉了。父亲摇摇晃晃走进里屋，一头倒在床上。睡到半夜，张超突然被父亲叫醒了，父亲喷着酒气，说，你到外面去，这儿我睡吧。张超看了一眼父亲，犹豫了一阵，不情愿地到了外面。外面是一张凉床，张超光着身子睡下去，一股冰凉的冷意倏地传遍了全身。张超睡不着了，他听着外面哗哗的雨声，父亲隐隐约约的鼾声，又想起了他那颗大牙，被父亲一拳打掉的大牙。

不知过了多久，张超迷迷糊糊听到"轰隆"一声大响。他一骨碌翻起来，接着就听到了母亲的哭喊声。张超跑进里屋，发现他刚才睡的床上，多了一块大石头，风和雨，从瓦房上的窟窿里灌进来，势不可挡。母亲站在另一面，推着石头，喊着父亲。父亲痛苦地呻吟着。

张超又想起了那个梦。

前几天，张超梦见自己大牙掉了，掉得一颗不剩。在乡下，有一种说法，梦见掉大牙，会有孝服。说白了，就是家里要死人。这个，张超听人说过。当然，张超不希望家里死人，但恍惚之间，他又想让这个梦成为现实。现在，这个梦的征兆出现了，张超的心里，又多了一种怅然与沉重。

快帮忙啊！母亲喊。

张超回过神，马上跑过去帮母亲。费了九牛二虎之力，石头推开了，父亲被救到了凉床上。父亲的双腿血肉模糊。母亲找了人，连夜把父亲送到了镇医院。

镇医院条件有限，他们进行了简单的救护，又把父亲送进了县医院。

父亲从手术室推出来时，已是第二天中午。

父亲昏睡着。张超和母亲守在床边。

你爸说过，我们的房子在悬崖下面，很危险，他早就想搬走了，但没钱。前些年，要供你读书，这两年存了些，还不够，哪知他……母亲说不下去了。

昨儿晚上，他把你叫到了外面，自己怎么就那么糊涂呢？母亲停了停，又说。

可能是酒喝多了。张超想说，但他没说。他在想，如果不是父亲，那么躺在病床上的，就应该是他了。

是父亲救了我。张超喃喃地说。

一直到傍晚，父亲才醒过来。

父亲看着娘俩，说，你们，没事吧？

娘俩摇头。父亲就笑了。

父亲指指张超，又指指身边的床沿。等张超坐到身边，父亲又说，我知道，你恨我，恨我打掉了你的大牙，其实，我当父亲的，心里也苦啊。儿子不成才，还和父亲成了仇人，你说，这日子，还算日子吗？你也不小了，我想你应该理解的。

别说了，好好养伤吧。张超像突然长大了似的，握住了父亲的手。

一个月后，父亲出院了。父亲没了双腿，是被张超背回家的。父亲不让，父亲说，你不能这样累自己，还是坐车吧。张超不肯。家里的余钱用光了，还借了一屁股债，现在张超身上的钱已经不够车费了。这些，张超藏在心里，没说。他活动了几下身子骨，夸张地说，凭我的力气，怎么会累？你信不信，我能不歇气就把你背进屋。吹吧，你小子。父亲在自己爽朗的笑声中，躺到了张超的背上。

回到家，张超就打开箱子，拿出那个布团，把它扔进了炉灶里。

父亲问，你烧的什么？

张超没说是大牙，他看着父亲，只是笑。

张超没说，父亲也知道，布团里包着一颗大牙。

生活中没有无缘无故的爱,也没有无缘无故的恨。爱和恨,总是不经意的相互缠绕在一起,同样是一颗牙,可以因恨而保留,也可以因爱而抛弃。如果人们都放下心中的执著,多一份体谅和理解,那么生活会多一份爱和阳光的。

(薛荣建)

第二辑

没有翅膀你别飞

好儿子。父亲捏了捏儿子的小脸,我们拉钩吧!父亲伸出手,钩住了儿子的小指。他们仔细地拉钩,每一下都很到位。

父亲的游戏 周海亮

两天前,儿子独自一人来到这个城市。现在,父亲要送他回去。

他们来到火车站,却在候车室的入口停下来。两个人盯着安检仪的小屏幕,那上面不断流动着各种箱包和编织袋的轮廓。

男人说看到了吗?把行李放进去,屏幕上就会照出行李里面的东西……你看看,这是一个脸盆……这应该是一床被子……这个,一双皮鞋吧。可是,它为什么能照出里面的东西呢?男人低下头,问他 7 岁的儿子。

是 X 光的原因……你昨天跟我讲过的。儿子说。

男人满意地点头。他说是,是 X 光。只有 X 光,才能把东西变透明了,我们才能看见它的里面。

男人穿一件蓝色的工作服,那上面沾着点点泥水的痕迹。男人头发凌乱,目光是城里人所认定的那种卑微。看得出来他在某个建筑队

打工。城市里有太多这样的男人,他们从家乡来到城市,散落到各个建筑工地。然后,用超负荷的劳动,维系一种最低限度的期望。

男人说要是人钻进去,内脏就会清楚得很。这东西,就是你娘给你说的医院的 X 光机。

儿子使劲点点头。表情很是兴奋。

安检员不屑地撇了撇嘴。如果说一开始男人的话还有些靠谱儿的话,那么现在,他已经开始胡说八道了。

男人冲儿子笑笑,你看好了……

然后他就做出一个让周围所有人都大吃一惊的举动。他突然扑向安检仪,蜷了身子,像一个编织袋般趴伏。安检员大喊一声,你要干什么?可是来不及了。传送带把男人送进安检仪,屏幕上出现男人趴伏的瘦小轮廓。几秒钟后,男人被安检仪吐出。男人爬起来,满面红光。

安检员冲过来,朝男人吼叫,你发什么疯?

男人尴尬地笑。他说,我和儿子做游戏呢。

做游戏?安检员怒火冲天,你们拿安检仪来做游戏?这东西对身体有害你不知道?

男人慌忙朝他眨眼。安检员正大喊大叫,忽略了男人急切的眼神。男人飞快地拉起他的儿子。男人说,走,我们去等火车吧!

他们来到候车室,找两个座位坐下。男人问儿子,你刚才看清楚了吗?

儿子说,不是很清楚。

男人说没关系,你看个大概就行了。得了肺病的人,肺那儿会有一个很大的黑影,你看见我有吗?男人跟儿子比划着肺的位置。他比画的并不准确。

是,你那儿没有黑影。儿子认真地说。

这就对了。男人满意地拍了拍儿子的肩膀,你看我们多聪明,我们骗那个没穿白大褂的大夫说我们在做游戏,他竟信了。他竟没收我们的钱。你看看,我早说过你也能当大夫吗。

是啊是啊。儿子两眼放光。

回去,你娘问你,你陪着你爹去看 X 光了吗,你怎么说?男人问。

去看过了。儿子说。

去哪个医院看的？男人追问。

去火车站医院看的。儿子回答。

好儿子。父亲捏了捏儿子的小脸，我们拉钩吧！父亲伸出手，钩住了儿子的小指。他们仔细地拉钩，每一下都很到位。

告诉你娘，我的肺病早就好了，别再让她担心。也别再让她把你一个人送过来，陪我去医院。男人站起来。火车马上就要来了。

好。儿子使劲地点头，你的肺上没有黑影，我和娘都知道你的病早好了。

男人笑了笑。他再一次捏了捏儿子红扑扑的小脸。

男人把儿子送上了火车，往回走。他走得很快。他还得赶回去干活。他还得在这个城市里拼命赚钱。他要把赚来的钱全部带回家。家里需要钱，他不敢去医院检查他的病。哪怕，只是挂个门诊，然后照一张X光片。

男人走得有些急。他轻轻地咳起来。咳出的痰里，夹着淡淡的血花。他紧张地回头，却想起儿子已经上了火车。于是男人笑了。刚才他和儿子做的那个游戏，让他满足和幸福。

人 生 悟 语

父亲因为他的游戏而满足，对儿子露出了笑容，但这是含泪的微笑，人间多少的辛酸和无奈，都在这笑容中一闪而过啊。你是否知道，父亲的微笑，饱含着多少对儿子深情的爱啊。

(薛荣建)

半路爸爸 非 鱼

郑在恨他的母亲,当然也恨那个半路做了他爸爸的人。

母亲说,郑在,你得好好学习啊。郑在不想听,因为他的学习成绩已经是全班第一了,他学习的目的不是为了母亲,而为了将来可以考个好大学,离家很远的大学。

郑在喜欢使劲抿着嘴唇,低着头斜睨着看母亲从他身边走来走去。

母亲站在郑在的床头,看假装睡着的郑在,想说话,可嘴唇动了动没有发出声音。郑在能感觉到母亲就站在他床头看他,但他就是能一动不动,像真的睡着了一样。

本来,郑在挺爱他的母亲。父亲在他刚上小学那年煤矿瓦斯爆炸,最后连尸首都没找到。郑在用一双小手给母亲擦眼泪,他已经会安慰母亲了,妈,有我呢。

郑在本以为他会慢慢长大,他会和母亲相依为命安然生活,可谁料想,才过了3年,就有一个男人经常出入他家,后来,母亲带着他嫁了过去,那人也是一个矿工。

郑在在巷子里和刚认识的小朋友玩跳房子,郑在总赢,那些孩子里的一个头儿就不乐意,教几个小点的孩子喊:拖油瓶,叮咣咣。郑在开始不知道他们在骂他,可他从他们的神态中看出来什么不对,郑在就问他们,你们说什么呢?那些孩子大笑着跑了,一个路过的老阿姨看看郑在,摸着他的头说,可怜的孩子,别问了,他们骂你呢。

郑在回家问母亲啥叫拖油瓶,母亲抱着他直哭,却不说话,哭得郑在莫名其妙。

郑在慢慢还是知道了什么是拖油瓶,他没有恨那些骂他的孩子,而是恨起了母亲。他恨母亲为什么要带他改嫁,因此他也恨那个半路做了他爸爸的人。

郑在在家里的话越来越少,母亲问他什么,他都懒得回答。母亲慢慢学会了看他脸色行事,那个很少见面的半路爸爸本来就沉默寡言,后来便更沉默了,他也学会了看郑在脸色,偶尔在家,总是很小心,唯恐哪里不注意得罪了郑在。

一家人的日子死气沉沉地过了7年,郑在考上大学了,是一个离家3000多公里的学校。

郑在开学走那天显得特别兴奋,进进出出嘴里哼着歌,不停地收拾着属于他的东西,母亲跟着他进进出出,一会儿手里拎件他的衬衣,一会儿手里却掂着炒菜的铲子。郑在似乎没有看到跟着他的母亲,他太高兴了,压抑了7年,终于跟要出笼的鸟一样,处于亢奋状态。

该收拾的都收拾完了,郑在才想起学费,6200。郑在突然沉寂了下来,晚上吃饭的时候,他把通知书从背包里翻出来,放在母亲面前。母亲看看那个半路爸爸说,我们知道。那个半路爸爸慌忙点点头,裂开嘴笑了,讨好似的对郑在说,都准备好了。

郑在一下不知道该说什么,他忙低下头吃饭,他的心情突然很糟糕。而母亲和那个半路爸爸却高兴起来,郑在躺在床上,听见他们在外屋不停地小声说话,尽管很轻,可郑在还是能听见他们反复提到他的名字,郑在大瞪着眼看着窗外亮白的月光。

第二天,郑在要走了,母亲说,你爸去送送你吧。郑在说,不用。一转身他背着两个大大的包,头也不回地离开了家,母亲和那个半路爸爸一直站在巷子口看他离去。

大学4年,郑在没回过一次家,春节也不回。他和家的联系就靠电话,过很久,他给家打个电话,简单问几句母亲的身体,然后就挂了,他

第二辑　没有翅膀你别飞

从没问起那个半路爸爸，母亲也不提。寄给郑在的钱会按时汇到他账上，足够郑在的学费和生活费。

4年很快过去了，郑在毕业了。他在学校所在的城市找了份不错的工作，还找了个女朋友，一切安顿就绪，离报到还有半个月，郑在实在没什么事，就想回家看看。

家还是家，母亲明显老了。母亲看到他高兴地不停抹眼泪，郑在看到母亲却有点别扭，4年分离，他和母亲更生疏了。

在家待了几天，郑在一直没看到那个半路爸爸，郑在问母亲，他呢？

母亲知道他问谁，却还是说，谁啊？

郑在说，那个，那个他。就是那个爸。

母亲说，走了。

郑在不明白走了是什么意思，他看看母亲，又问，去哪儿了？

母亲口气淡淡地说，和你爸一样。本来该他休息的，可他非要加班，加一个班可以多挣40块钱。跟你爸一样，也碰上了瓦斯爆炸。

郑在猛然觉得心里堵得慌，他走出屋，使劲想回忆起那个半路爸爸的模样，可他能想起来的只是在临走前那天晚上，他讨好似的笑，还有他说，都准备好了。

人生悟语

对于每一个人来说，人生中常常会有许多的遗憾，这些遗憾常常是因为狭隘的偏见的，蒙蔽了心灵的窗口。让我们都打开自己的心扉，多去理解和接受，那样就会感受到生活中更多美好的瞬间。

(薛荣建)

第二天，父亲真的成了个截瘫病人，他两条腿都没了——鱼依旧不摸，酒也戒了。这一戒就是 27 年。

父亲的黑鱼 巩高峰

父亲 27 岁时喜欢喝了酒再下河摸鱼。

27 岁时的父亲说，喝酒和摸鱼就是他的两条腿，缺一不可。父亲喜欢喝得晕晕乎乎的再下河，这样状态好。再说了，父亲 27 岁时我母亲已经怀上了第四胎，从圆圆的肚尖和拼命吃酸的迹象看，父亲盼了许多年的儿子可能就近在眼前了，近到只隔着一层肚皮。于是父亲想给母亲摸两条黑鱼备着，黑鱼大补。当然，黑鱼是野生鱼中的国王，很难摸到。

那阵子父亲的状态确实不错，摸了半缸黄鳝，还摸了几篓鲤鱼瓜子。有一天父亲甚至奇迹般地摸了个三两重的小王八上来。但父亲就是没摸着黑鱼。母亲其实已经很满意了，以前父亲摸的鱼总是变成酒又变成酒。母亲怀过三个孩子，什么时候见过有这么多鱼虾是专门为她准备的呀。但父亲似乎跟黑鱼较上了劲。可是黑鱼在暗处父亲在明处，黑鱼也跟父亲较上了劲。这种拉锯战日复一日月复一月，眼瞅着母亲的肚子越来越大，无奈，父亲只好向黑鱼投降了。父亲带着他那些鲤鱼和王八到街上的鱼市转了起来，希望能碰到卖黑鱼的。哪怕一篓鲤鱼加上那个小王八能换来一条黑鱼，估计父亲也是肯的。

但黑鱼贵为顺河的国王，就是不肯露面。

父亲只好转移目标，想寻找些能跟黑鱼相当的东西。于是父亲看到了狗肉摊。狗肉金贵，这在顺河乡人尽皆知，能吃上狗肉的户一般不是有人当官就是家里做生意发了财。据说乡长媳妇坐月子时才吃得上狗肉呢。

父亲用一篓鲤鱼瓜子和那个稀罕的王八换了二斤狗肉。

就是这二斤乡长媳妇级待遇的狗肉，把父亲的希望打落在地碾碎成泥。顺河乡有孕妇吃狗肉会滑胎的说法，先不管这个说法科学不科学，也不论母亲肚子里的孩子是不是吃狗肉吃掉的，但事实确实是第二天天还没亮，母亲就小产了。父亲的预感准确极了，是个儿子，代表他是男性的标志都长成了，黄豆粒大小，但光芒四射，刺眼得很。

父亲瘸了，喝酒和摸鱼是他的两条腿，不下河摸鱼却只抱着酒喝的父亲可不就少了一条腿。但祸是父亲自己闯的，父亲想发火没处发，只好在酒上拼命折腾。可是父亲的酒喝起来有些变味，像加了水，越来越淡。没了钱，酒就会翻脸不认人，显示出它最淳朴的本质，酒就是水做的。

好在父亲有不少酒友，便出门蹭酒喝。那些日子村子里没谁家喝酒父亲会不知道的。村头嘣的一声开了酒瓶盖，住在村尾的父亲就闻到了。父亲总能准确地赶到任何一张酒桌上。

平时十喝九醉，那阵子父亲九喝十醉，父亲醉连着醉。醉了说酒话没人挑刺，耍酒疯没人当真，几十岁老爷们号啕大哭也没人会当笑话记在心里。于是父亲不知白天黑夜地享受着醉天醉地。不过无论喝多高，村里没有酒后留客的习惯。这是酒桌的规矩，父亲老江湖了，怎么会不知道。所以无论多晚，父亲都是要回家的，要上母亲的床。

这样，父亲的日子就在酒桌和床之间往返着。

那是个皓月当空的晚上，我其实不愿意这么形容，因为故事总爱发生在月黑风高的背景之中，但事实上那个晚上确实月明似水。父亲显然是又喝高了，几乎每走一步都困难得东倒西歪。挪到村尾的乱坟岗子时，父亲连踉跄的步子都保持不住，只好坐在河岸上歇息。平时父亲是坚决不走这条路的,顺河乡的夭折儿没有掩埋的习惯,随地扔在乱坟岗里。可能是喝得太多了,父亲忘了自己的忌讳。一个恍惚的瞬间,父亲看到顺河最浅的一段河沟里水花四溅,一条尺把长的黑鱼似乎是在甩籽。这是黑鱼繁殖的季节,黑鱼搅起的白色水花形成了一片光晕,煞是好看。

父亲扑通一声跳下了河,只两下,便死死扣住了黑鱼的小鳃。抱着黑鱼,父亲一路狂奔到家。母亲还没来得及拉门闩,父亲就一下撞进了门。父亲把黑鱼凑到灯前一看,母亲先啊的一声晕厥过去。父亲把扔在乱坟岗子里的儿子抱回来了。

那一夜,父亲在母亲的身上边哭边疯了一样地折腾。第二天,父亲真的成了个截瘫病人,他两条腿都没了——鱼依旧不摸,酒也戒了。这一戒就是 27 年。

那一夜之后的第十个月,家里就有了我。母亲说我落地时一声不吭,小脸红扑扑的,酒醉的模样。每次母亲说到这里都会哭,她说我这一辈子可能都醒不了这酒了。

可是在我 27 岁时,我儿子落地的那一声哭却惊动了全村。儿子满月那天,父亲破戒了。父亲喝了半宿的酒,说了一宿的话。可是他说什么我听不懂,我脑子里满是乡亲们的称赞。乡亲们都说,傻五,你儿子真不错,一脸的福相。

是的,他们都叫我傻五。我排行老四,可是连自家人都叫我傻五。

人 生 悟 语

　　子女在父母心中总是占据着无与伦比的地位。为了子女,父母可以做出我们难以想象的牺牲。为了子女,他们甚至能改变多年不变的积习。孩子健康成长,他们就感到非常满足,非常幸福;孩子出了意外,他们内心就会变得苦楚无比。父母的爱总是深沉厚重的。

(薛荣建)

皱褶里的幸福

第三辑

从两颗心相撞迸发出的火花，到执子之手，与子偕老的山盟海誓，再到风雨与共，相濡以沫，直到老之将至，两个人坐在摇椅里慢慢地聊，爱情注定要走过一段漫长的路程。当我们将眼角的秋波，变成皱褶里的幸福时，或许，才能最终明白爱情的含义吧！

他知道这一切时,她已走了两个月了。从此,那个日子便成了他心底永远的追思,永远的疼痛。

你记得我的生日吗 包利民

他是一个很内向的人,平时话不多,一般内向的男人都心细,可他却常常犯糊涂,做事也总是丢三落四。而她却恰恰相反,快言快语,做事干净利索,甚至有些泼辣,而且心细如发。

也许是性格互补的缘故,两人生活在一起十分和谐融洽。她像照顾小孩子一样照顾着他,大到出席一些重要场合,小到出门前穿哪件衣服,关心得无微不至。他对此感动不已。他对那些琐事没有丝毫的热情,他甚至不知道家里有多少存款,每次把工资拿回来往她手上一交,别的便不去想了。他所需要的东西,她会及时给她买回来,他有用钱的时候,她也会早早地想到。他一直都生活在无忧无虑之中。

那天,他们吵了平生第一次架。下班时,她问他:"今天是多少号?"他拿出手机看了看,说:"7月16日啊!"她又问:"那今天是什么日子?"他想了想,摇头。她生气地说:"今天是我的生日啊!结婚这么多年了,你哪一年记着我的生日了?"他苦笑着说:"我连自己的生日都记不住呢!"她说:"也不知你每天都在想什么,连我的生日都记不住!"他说:"可是,每年你都没有因为这个而责怪我啊!"她说:"可是今年开始在意了,我受够你的性格了!"两人便各自生闷气。

夜里,她忽然转身抱住他,小声说:"以后要记住我的生日啊!"他点头。她接着说:"就算记不住你自己的生日,记不住我们的结婚纪念

日,也要记住我的生日!"他再次点头。她就这样抱着他睡着了,就像他会突然离开一样,抱得紧紧的。他心里第一次涌起一种愧疚之感。

那以后,她的工作忽然忙了起来,常常加班或者出差,人也瘦了一圈儿。每次回来,她都要问他:"我的生日是哪天?"一开始的时候,他都是茫然的样子,而她脸色马上便沉下来,看到她生气,他很是不解,以前她从不在意这些小事的啊!可他不忍惹她生气,便把她的生日记在纸片上随身携带。可即使如此,他还是常常忘记。有一次,她从外地回来,进门没说上几句话便问:"我的生日是哪天?"他一时想不起,便从口袋里拿出那张纸片看,她夺过那张纸片,撕碎,然后看着他的眼睛说:"我要你记在心里,而不是写在纸上!"看她郑重的神情,他用力地点头。

他终于记住了她的生日。每次她问:"我的生日是哪天?"他都会应声而答:"1971 年 7 月 16 日!"她便面露喜色。几次之后,她便不再问了。她了解他,他要是记住了的事,便一辈子都不会忘。

他很是高兴,因为又快到她的生日了,今年一定要给她一个惊喜。结婚好几年,还没主动给她过一次生日呢!可是,那一天终究没能到来。在离那天 3 个月的时候,她忽然倒下了,再没能起来。弥留之际,她拉着他的手说:"家里的存折在床头中间的柜里,密码就是我的生日!"

她近一年前便得了绝症,只有几个月的生命。她频频地加班和出差,是想为他多留下钱。她知道,他是个不会照顾自己的男人,只能多给他留下些钱了。他知道这一切时,她已走了两个月了。

从此,那个日子便成了他心底永远的追思,永远的疼痛。

人 生 悟 语

真正要记住的东西,不应该是在纸上,而是应该在心里。我们在生活中应该多用心,将那些美好的东西都放在心里,这样才不会在失去时,为自己留下难以弥补的遗憾。

(蔡雪松)

对于普通的农家人来说,鸡鸣而起,日落而息,一天干活吃饭,似乎没有什么特别之处。而人生中真正的幸福,不恰恰就在那点对自己的吝啬和对别人的关怀之中吗?

柴米油盐酱醋茶 吴保成

雄鸡的一声长鸣,叫醒了乡村的拂晓,"刷"地一下,天亮了。

男人又装了一袋烟,蹲在堂屋当门"吧嗒吧嗒"地抽得正起劲。

黄狗在院中撒欢,惊得鸡鸭扑棱着翅膀胡飞乱窜。

男人拿起门后的一把小笤帚头子,站起身,猛力掷去,口里喷出一口浓烟,喝骂着。

在男人的喝骂声中,黄狗拖着一条被打瘸的腿,夹着尾巴一颠一颠地向墙根奔去。

院落在顷刻间恢复了平静。几片飞升的毛羽缓缓飘落。

平定了这场"叛乱",男人又蹲下身"吧嗒吧嗒"地抽起烟来。

女人端着一海碗面条,从锅屋走进堂屋。

男人在鞋底上磕了磕烟锅里的灰末,把烟袋杆别在腰里,走到桌前。

男人看到面条上有一层金黄的蛋碎,脸就不由得沉了下来。

女主人笑眯眯地说:"要是不吃饭,早就成地主了。"

男人心疼地念叨:"一个鸡蛋五毛钱呢,二斤盐呢!"

女人不接男人的话茬,在围裙上擦着手往外走。

"孩他娘——"男人叫了声女人。

"嗯——"女人应承着停下脚步。

"西院的五婶病了。你抽空买几斤果子糖，去偎她坐坐。"

"嗯——"女人又应承了一声。

"别太抠！"男人嘱咐了一句，拿起桌上的筷子"呼啦呼啦"地大口扒起海碗里的面条。

吃完饭，男人推着自行车出了家门。后架上吊挂着工具包，里面有瓦刀、手锤等物件。在铺满金色曙光的乡间小道上，男人拼命蹬着脚踏板向镇上的建筑工地撵。

女人给鸡狗猫鸭一应家畜喂了食，就忙不迭得一手拿着个煎饼，一手扛着锄头出了门。

锄完了地，日头已经向西倾斜。鸡狗猫鸭对刚进门的女主人扯着嗓子叫唤。

女人放下锄头，走进锅屋。既而炊烟在院落的上空袅袅升起。喂完了牲畜，女人急匆匆地解下腰带走进"茅子"，这泡尿她已憋了好一阵子。

女人很畅快地走出"茅子"，换了一身干净衣裳，从箱子的角落里拿出一个红布卷，抽出两张票子，想了想，她又抽出一张来，出了门。

在日暮的余晖中，女人进行完了"外交活动"回到家。

炊烟又从锅屋里升起，与夜色汇为一体，不分彼此。

女人第三次走到院门前，倚着院门一脸担心地嘟囔了一句："天这么晚了，怎么还不回来呢？急死人了！"

女人拿出一大堆脏衣裳泡在盆里。她刚蹲下准备洗衣裳，又站了起来。女人拿着手电筒出了门，向村口的歪脖子树走去。

村道上终于传来自行车熟悉的"叮当"残喘声。女人有了笑意，急走几步。男人的面容在手电筒的光束中越来越清楚。

"你咋才回来呢？"女人佯怒说，"把人都担心死啦！"

男人下了车，得意地说："工地上加班——每人发了 5 块钱的吃喝呢！"

女人接过男人手中那张被汗水浸润的皱皱巴巴的票子和男人并肩

向村里走去。

经过路旁商店时,女人愣了一下说:"你先走,我有点事。"

女人进门时手里多了一瓶酒。

"花钱怎么这样大手大脚的呢?"男人看着女人手中的酒,不满地说。

女人拿出酒杯,倒满端到男人面前说:"你也是四十多岁的人了。干了一天活身子怎么吃得消,喝点儿酒解解乏。"

男人端起酒杯,很惬意地抿了一口,扭头问女人:"去偎五婶坐了吗?"

女人说:"去了。"

"病好了没有?"

"好多了。"

女人猛然拍了一下脑袋,说:"瞧我这猪脑子。"从怀里拿出一封信,说:"孩子来信了,你看看说些啥。"

"看什么看,又是讨债的!"男人接过信,凑到灯光下。

"孩子也不易,在那么远的地方读书,处处都用钱!"女人的脸上掠过一抹慈母的柔情。

酒足饭饱的男人站起身冲屋外叫了声:"孩他娘——"

"嗯。"女人应承了一声。

女人在围裙上擦着手,走进屋,惊愕地问:"什么事?"

男人说:"天不早了,歇着吧。"

女人说:"你先睡,我还有一堆衣裳没洗呢。"

男人走过去关了屋门,说:"没洗完,明天再洗。你忙了一天了,趁早歇着吧。"

女人用手指在男人额头上戳了一下,幸福地说:"你这家伙,倒还知道心疼人呢!"

不久,屋内传出两缕甜甜的鼾声——男的轰动如雷,女的细若莺唱。

对于普通的农家人来说，鸡鸣而起，日落而息，一天干活吃饭，似乎没有什么特别之处。而人生中真正的幸福，不恰恰就在那点对自己的吝啬和对别人的关怀之中吗？只有知足才会常乐，平淡之中饱含真情。

(蔡雪松)

这时，我才注意打量起二大娘的家：还是从前的摆设，还是那样的脏乱，但是，唯独挂在墙上二大爷的遗像却是一尘不染。

老　妻　邵昌玺

二大爷终究还是走了，是在腊月初六。我到二大爷家的时候，家里正乱成一团，几个哥在号啕大哭，有些人高声说着话，商议二大爷的后事。只有二大娘静静地坐在角落里，无语，脸上看不出任何表情。

我轻轻地走到二大娘身边，拉起她的手，真凉。我说："二大娘，不要太难过了，人早晚都会有这么一天，还是想开点吧。"二大娘抬了抬眼，轻声地说："我不难过，真的，你二大爷这回是享福去了……你是不知道他最后这些日子受的那个罪呀，胃疼起来就在地上爬……走了也好，省得再受罪了。"

这时，操持丧事的人过来问二大娘打算怎样安排二大爷的后事。还没等二大娘说话，几个哥抢先答道："爹生前就没过上几天好日子，现在走了，丧事一定要办得体面，让他老人家风风光光地走。"

沉默良久，二大娘无力地开腔道："你们哥几个有这份孝心就行了，

073

你爹临走的时候挨个数落你们，可最终他谁也没见上。咱不要那个面子，你爹喜欢安静，咱们还是不要大操大办了，简单点吧……"

最终，二大娘的意见没有被采纳。二大爷的丧事办得非常体面，是打我记事起，村里办得最排场的。

乡亲们都说几个哥是孝子，说他们以后要能走得像二大爷一样，也算没白活一场。这时，二大娘就眯着眼倚靠在墙角，听着乡亲们夸赞自己的儿子，依旧是面无表情，甚至发出轻微的鼾声。

村里的闲言四起：都说二大娘的心是铁打的，老头才卧床几个月，她就伺候烦了……现在老头死了，她不仅连一滴眼泪没掉，还千般阻挠儿子表达孝心，看来她早就盼着这一天了……

对于这些闲言碎语，我自然不去理会。记忆中的二大娘是个寡言少语但勤劳能干的人，田里的活就算二大爷不插手，她照样能把庄稼料理好。以前，每次去二大爷家，二大爷总爱拿二大娘打趣："你二大娘天生就是受苦的命，很小父母就不在了，是婶子把她养活大……现在到咱家来了，本来想让她享享福，可她闲不住，一天到晚在地里伺候庄稼……"二大爷说话时脸上一直挂着笑。每当这时，我也跟着笑。但我看得出，二大爷的笑是发自心底的。

快过年的时候，我又一次来到二大爷家。数九寒天，二大娘竟然连煤球炉也没有烧。我大声地喊了几声，二大娘才从黑黑的里屋颤悠悠地走了出来。

我拉起二大娘的手，比上次还凉，还要僵硬。一阵寒暄之后，我说："二大娘，您一定要保重自己的身体，好好吃饭，有什么事就跟几个哥和我说一声。"

二大娘小声地应着，一会儿，才慢慢地开口说道："现在，我也没啥事，真的，就是觉得这夜长了，一夜里能醒好几次，天就是不亮……你说你二大爷在的时候，我每晚都睡不醒。他的胆子小，连夜里上厕所都不敢自己去，非得拉着我一起。那时，我就烦，你说一个大老爷们怎么就长了一个'鸡胆'……唉，这回他走了，没人烦我了，照理说我该能睡个安稳觉了，可是，我倒每晚都睡不着了，你说这到底是怎么了？"

听着,听着,一滴泪落到手上,我打了一个激灵。这时,我才注意打量起二大娘的家:还是从前的摆设,还是那样的脏乱,但是,唯独挂在墙上二大爷的遗像却是一尘不染。

　　他用手抹女人脸上的泪,却越抹越多。他继续说,我还知道,你不愿意和我一起出门,是怕别人说你比我老。你知道吗,我的幸福全在你这些皱褶里。

皱褶里的幸福 侯春燕

　　日子从一间又一间连锁店开张的喜庆中跑过,成功的事业在他身上留下成熟和自信。岁月也在她额头、眼角描上了一条条细纹。两人一起出席宴会,女人总会感觉有些目光像探照灯一样照射她,如芒刺在背,浑身不自在。

　　这天,他回到家时,整幢楼只有他家的窗口还透出淡黄的微光。他喜欢黄色的灯光,温暖。女人见他回来,连忙从厨房端出蒸饺。他咬一口,是他最喜欢的韭菜馅,不烫不冷,正合适。吃着吃着,他禁不住笑了起来。他发现饺子口那细细的褶子,与女人额头上那淡淡的细纹一样,细软、柔和。女人比他大 5 岁,两人结婚时,女人三十,正具风韵。这才过 10 年,女人就显老了。

他收拾好碗筷,说,休息吧。

女人说,不忙,我想给你谈点事。

他说,我有点累,不急的话,明天说,好吗?

女人说,不,今晚就说。

嗯,啥事,你说。

我想离婚。

他愣了,怔怔地盯着女人,他不相信,这话是从女人嘴里说出来的。发愣之后,他有些愤然,冲女人喊道,为啥?我对你和女儿不好吗?我有哪些地方做得不好,你要用离婚来惩罚我?

说着说着,他的泪就下来了。

女人脸上也泪水纵横,却仍然端坐在沙发里,僵挺着背,压着抽泣,说,啥都别说了,过了年女儿回学校后我们就去办手续。

随便你,反正我不离!他丢下这句话,气呼呼地躺下。

他想不明白,这些年,他对女人的孩子如同亲生,为了不让孩子受到伤害,他不让女人再生孩子。他早出晚归打理生意,与生意场上的人交往,逢场也没作过戏。有人开玩笑要他找个情人玩玩,他就干脆生意也不同这人做了。眼看着这日子越过越滋润,她为啥就要分开啊?

早上起来,他对女人说,对不起,昨晚我冲动了。你要是觉得和我一起不开心,不幸福的话,我们就离吧,一切都听你的。不过,我有个要求,今年的年夜饭,在小店里吃。还有,你多准备些饭菜,我有几个生意场上的朋友,家在外地,大雪封路,回不了家,让他们与我们一起过年。

年三十这天,女人把小店里的货物挪到一边,在屋子中间安下一张大桌,一家三口和他的几个朋友热热闹闹地围了一桌。

这个小店,不足 30 平方米,是女人的父母留下的。10 多年了,还是他们结婚前那老样子, 甚至连经营的副食品种类也没变。他曾劝过女人,说这店地方好,把周围几家盘下来,开成连锁店,生意一定比现在好千倍。再不然,把这店租出去,光租金也比现在赚的多。可女人不肯,说守着小店,心里踏实。

他一杯接一杯地喝酒，女人一个劲向他使眼色，示意他少喝些。可他不管，端起杯子一仰脖子又喝下一杯。他喷着满嘴的酒气，手重重地拍打桌子，桌上的碗筷也弹跳起来。朋友说，差不多了，不喝了不喝了，过年就图个高兴，喝醉了不好。

他说，你们不是一直都想知道我跟嫂子是怎么走到一起的吗？今天我就告诉你们。

他讲了起来：他十来岁时，父母就先后去世，他跟着叔叔生活，很早就出来打工，打工的钱全交给叔叔。10年前的冬天，包工头卷款逃跑，叔叔说没钱就别回家过年，他只好去住地下旅馆。大年三十那天，旅馆老板以拖欠房租为由将他赶了出来。寒夜里，他从女人经营的小店经过，看到里面只有女人和孩子在吃年夜饭，就动了抢劫的念头。可是，当他走进小店，女人却主动请他与她们一起吃年夜饭，得知他没地方可去，还让他在小店住了一晚。

他环顾四周，哑着声说，10年前的今天，就在这间店里，你们嫂子救了我，让我吃了一顿年夜饭，也从那天起，开始了我的幸福人生。这10年，才叫过日子啊，以前，那叫熬。可是，我幸福了，却苦了你们嫂子。

他转头望着女人，伸手摸了摸女人额上的细纹，说，你们知道不，她这些皱纹全是为我长出来的。她担心，我的生意越做越大，我会像她原来的男人一样不要她；她担心，我不要她后，她和女儿又会一无所有，流落街头。所以她就一直守着这个店，不肯离开。你们说，这么多年，我竟然没有发现她的这些担忧，没有给她一个安全的肩膀，我还是男人吗？我咋对得起10年前那顿年夜饭啊！

女人泪又下来了，说，你别说了。

他用手抹女人脸上的泪，却越抹越多。他继续说，我还知道，你不愿意和我一起出门，是怕别人说你比我老。你知道吗，我的幸福全在你这些皱褶里。没有你，没有你的付出，我今天还不知在哪儿吃年夜饭。我们好好过日子，不要分开，好吗？

一桌的人，眼眶全红了。

岁月的流逝,在风风雨雨一同走过的爱人的脸上留下了道道皱纹,但同时也留下了许许多多幸福难忘的日子。当我们回首往昔,展开岁月的褶皱,美好而幸福的瞬间,不也同时展开在眼前了吗?让我们珍惜眼前人,留住得来不易的幸福日子吧。 (蔡雪松)

"那时不懂事,现在才……唉,懂事太迟了,悔呀——"四爷在床那头发出长长的叹息。

四奶奶的账本 李桂芳

"婆婆,爷爷让您把剩下的蛋花汤喝了。"上小学一年级的孙子狗蛋把半碗汤递到四奶奶手里。四奶奶接过碗又递了回去:"你喝吧,乖孙子。"狗蛋奶声奶气地说:"我喝过了。这是爷爷让端给您的,不准我喝。""那就给爷爷端去吧,让他喝,他身子还虚着呢。""爷爷说了,他不喝,让你暖暖胃。"四奶奶的泪雨花花一般的流下来了。

"婆婆,咋哭了呢,蛋花汤不好喝吗?"狗蛋歪着脑袋问。四奶奶边抹眼泪边搂过狗蛋,说:"孙儿,你爷爷懂得疼人了,婆婆是高兴呢!"然后抖抖索索地从贴身衣袋里摸出个小花布袋,掏出一颗饱满的黄豆扔到了灶膛的微火里,只听得"毕剥"一声脆响,黄豆在火星里欢快地炸开了。四奶奶的泪就在满是烟尘的脸上流成两条小道儿。"婆婆,把那袋黄豆给我吧。"孙子嚷。"婆婆有用的,不行。"四奶奶说。

夜深了,四奶奶侍弄完猪草牛料,备好明天的柴火,捶捶累得酸疼的腰,宽衣上床。脚刚伸进被窝,就被那头的四爷一双大手捉住了:"老婆子,瞧你脚冰凉冰凉的,咋不热水烫烫?"四奶奶浑身一激灵,脚底的一股热浪直冲眼窝,泪又忍不住地跑出来,忙伸手擦:"刚才眼睛落渣子了,怪不舒服的。"四爷那头慢慢撑起身子:"我给你看看。""不用,不用,你快躺下,别着凉。医生说,再养两个月,就好了。"说着,泪又来了。这回没逃过四爷的眼睛。

"到底咋了,老婆子?"床那头,四爷关切地问。

"今儿是冬月初六吧?"四奶奶颤声问。

"是呀,咋了?"四爷问。

"40年前的冬月初六的晚上,你忘了?"四奶奶的声音里浸着泪。

床那头的四爷半天没吱声,四奶奶的泪眼里就显出那晚流泪的红蜡烛和烛光里自己独泣的身影。那是个干冷的冬夜,新婚的四爷没进洞房,酩酊大醉后不知去向。四奶奶悄悄地抱着被子哭,哭自己不中意的相貌,哭自己无力支配的婚姻。天快亮时四爷回来了,看着四奶奶被泪浸泡得越发难看的脸,就忍不住摔了一个耳光:"你哭啥?我还没哭呢。我堂堂四爷这辈子要有个好成分,会娶你这个……"后半截话,或许见四奶奶愈加伤心,四爷一伸脖子咽下了。

"老婆子,都40年了,你还记着那些事儿呀?唉,都过去了,睡吧,算我对不住你了。"四爷的轻声慢语却似千斤重锤,一下一下地敲在四奶奶的记忆里。

四奶奶永远记得那个冬天的下午,只因为四奶奶迟买回了四爷要的香烟,四爷就把她的长发缠在院里的核桃树上,然后拿根棍子驯牲口样地抽她。四个孩子拼命地向四爷哭叫,要他放了四奶奶,最后也没能幸免一人几棍子。疯了一样的四爷被邻居拖走了,四奶奶的头发却被揪掉了一大绺。那夜,四奶奶站在村里的古井旁,却没有勇气跳下去,她舍不得四个幼小的娃。就这样,四奶奶抹干泪回去后又继续和四爷一起生活。那以后,仍然没躲掉四爷的拳脚和臭骂。两月前四爷病了,病床上的四爷却对四奶奶渐渐好起来。

想到这儿,四奶奶抖抖索索又摸出一颗黄豆扔到地上。

"你扔啥呢?"黄豆落地的轻微响声引起了四爷的疑惑。

"扔黄豆呢!"

"扔那干啥?对了,孙子说你有一小袋黄豆揣在身上,干啥呢?"

"记账呢。"沉默了半晌,四奶奶终于迸出了一句话。

"记啥账呢?"四爷问。

"你蛮横撒野的账。结婚这么多年,你打我一回,我就揣颗黄豆在身上。几十年来,都揣85颗了。"四奶奶的泪又来了。

沉默,只听见屋外寒风的呼呼声。半晌,四爷问:"那你扔它干啥呢?"

"你对我好一回,我就扔一颗,划账呗,等什么时候扔完了,你欠我的账才算完了。"

"那你扔了多少了?"

"只要嘘寒问暖啥的,我就扔一颗,已经扔了32颗了。"

"老婆子……"顿了顿,四爷又说,"等我病好了,我就好好帮衬你。留着那账本儿干啥?跟孩子似的。"

"你才跟孩子似的呢。那些年,你的牛脾气总改不了,动不动就拿我和孩子撒气。"

"那时不懂事,现在才……唉,懂事太迟了,悔呀——"四爷在床那头发出长长的叹息。

"也不太迟,老头子,可得珍惜呀,剩下的日子不多了哇!"四奶奶的声音有些哽咽。

"唉,是呀,剩下的日子不多了,要好好珍惜啊!"四爷喃喃自语,眼角也慢慢浸出泪来。

四奶奶在暗夜里摸索着摘下了贴身的小布袋,"当"一下扔到了床底下。

夫妻一起生活多年,难免都会有些磕磕碰碰,但人生苦短,岁月苦长,无论有多少的嫌隙和记恨,毕竟曾经一起携手走过。只有懂得珍惜眼前,放下过去的包袱,才能相伴走过最后的幸福岁月。

(蔡雪松)

女人所有的担心都写在脸上,女人平生第一次在纸上写字,和男人交流,她说要男人去看医生,他的耳朵严重失聪。

失聪的男人 尚庆海

女人害了一场大病,万幸保住了性命,却变成了哑巴,再也不会说话了。

女人整天郁郁寡欢,非常失落。

男人劝女人,我们已经拥有了第二次生命,应该怀着一颗感恩的心去面对这一切,不能说话的缺憾和我们现在拥有的生命相比较,真是太微不足道了。

女人听了,点点头。可是很快,女人就又陷入了悲哀之中。

男人担心女人一直这样下去,有一天,男人会再一次失去女人。

男人焦心的痛。

突然一天,男人听不到外界的声音了。

那天,他们3岁的儿子摔倒了,儿子哭得快撕裂了喉咙,男人居然看都不看一眼,照旧忙自己手中的事情,对儿子的哭喊无动于衷。

而之前，男人是非常疼爱自己的儿子的，不让儿子受一点点的委屈，今天他是怎么了？

女人抱起了儿子，给男人，男人看到儿子脸上道道清晰的泪痕，慌忙问女人，儿子怎么了？女人疑惑地看着他。

还有一次，女人和男人在大街上，一辆客车在男人的背后拼命地摁喇叭，男人置若罔闻，依然我行我素。

女人往路边拉他，他不知道怎么回事，还扯身子，女人急了，张张嘴，给他指指后面，男人回头一看，赶紧弯弯身子向人家表示歉意。

女人所有的担心都写在脸上，女人平生第一次在纸上写字，和男人交流，她说要男人去看医生，他的耳朵严重失聪。

男人没有再掩饰什么，大度地一笑，说，没事，我知道我听不到什么了，这很好，这说明我们真的是天设的一对，地造的一双，你哑，我便聋，说不定我俩不能同年生，一定可以同日死呢，这是我求都求不来的，多好！

女人吃惊地看着男人。

男人怕女人不相信，使劲地拍打着自己的胸脯，"嗵嗵"地响，男人说，我的身体棒着呢，不用看医生。

女人听了，没再坚持让男人去看病，而是开始试着用口形和男人"说"话，男人就很兴奋地和女人说着话。

那天，男人拥着女人，满足地说，我最喜欢"听"你说话了！

女人的脸色一天比一天好起来了，不时有笑意盈出。

他们的生活又恢复了从前的快乐和幸福。

一次，女人在烧水，被壶盖烫了一下，女人"呜啊"地低叫了一声，一直看着男人的眼睛很快地收回——她看见男人闻声猛然抬头。

女人不让男人知道她看见了他的反应，因为他是一个失聪的男人。

人生在世,总会生老病死,对于人生的不幸,如果意志消沉,那么只会让人生陷入更深的不幸之中。学会发现自己和关心别人,一切困难就会得到克服,快乐和幸福也就会再次到来了。

（蔡雪松）

人们曾一次次告诉她,山外的人靠不住,你钟情的人不会来了,但月儿总是拿着金星的那支钢笔说,他会来的,还是等。一晃,39 年过去了,月儿 57 岁了,漂亮的姑娘成了满脸沧桑的老太婆。

月儿的守望 路玉荷

小村很小,十几户人家,在山里,很深的山,所以,小村就跟与世隔绝了似的。

1967 年的时候,从山外来了七八个人,是地质队的,头戴白色的太阳帽,身着蓝色细帆布工作服,先用肩扛驴驮的从山外弄来些箱子,接着在小村旁的一个山坳里支起绿色帐篷,然后每人带一把小锤,每天到山上或者沟里去鼓捣石头。地质队像一股清新的风,让小村人的眼里全都是新鲜,他们走进地质队员住的帐篷,看他们扑噜扑噜地刷牙,一块一块地摆弄石头,用很香很香的肥皂而不是用草木灰洗衣服。当然,这些去观看的人中,自然有小村最俊俏的月儿,那年她刚满 18 岁,正是容易怀春的年龄。地质队里 23 岁的金星,让她一见便永远也忘不了。当然,金星对漂亮的月儿也十分喜欢。地质队一共住了 20 天,装了两木箱子石头,然后就走了。临走时,金星将自己的一支钢笔送给了月儿，月儿则悄悄将一个绘有龙凤图案的漂亮的瓷茶盅交给了金星，之后，便一年一年地过去了。

金星在省城里结婚生子，接着将两个儿子养大，然后在59岁时送走病逝的老伴，60岁时退休了。退休了的金星由于老早就有收藏的爱好，所以就专门玩起了收藏。一天，他把那个茶盅又翻了出来，反复把玩，觉着是个物件，又拿不准，就找了几个人来，也拿不准，金星便将它带到了中央电视台的鉴宝节目。经专家一评估，说是明朝宣德年间的一个东西，由于盅与钟情的钟谐音，所以，曾经是一个地方上女子用来送给男子的信物。上世纪60年代末时，个别地方还有这种风俗，如今，已没有听说了，这种东西也很少见到了，前几年时香港的一次拍卖会上曾出现过一个，价值30万元人民币。面对这个令人震颤的结论，金星带着茶盅回到家后，怎么也睡不着了，左思又想，觉着这么贵重的东西，还是把它还给那淳朴的姑娘吧，于是，和儿子们说了一声，就打听着，前往小村。

月儿自从把代表自己一颗心的茶盅交给金星后，就将自己交给了等待与守望，因为按照小村的风俗，男子接受了女子送的茶盅后，就表示也接受了女子的爱，过不了几年，就要来迎娶了。但当时金星不懂得，而月儿又不知金星不懂，月儿就一年一年地等。人们曾一次次告诉她，山外的人靠不住，你钟情的人不会来了，但月儿总是拿着金星的那支钢笔说，他会来的，还是等。一晃，39年过去了，月儿57岁了，漂亮的姑娘成了满脸沧桑的老太婆。

金星流着汗走进小村时，月儿正在村口砸豆子，由于他在山下已听说了月儿的故事，所以，当他确认面前的老妇就是当年的月儿时，泣不成声，哆嗦着说，月儿，我是金星啊，我，我来晚了！月儿辨认着已白了部分头发的金星，你当真是当年地质队的金星？金星说，对，我就是。月儿说，那你是来娶我了？金星说，对，来娶你了。月儿就笑了，对围观的小村人说，我说他会来的嘛，这不就来了。

佛说前世五百次的回眸，才换得今生的一次擦肩而过。爱情的缘分得来不易，如果我们不懂得珍惜，那么只能会以有缘无分的遗憾收场。只有对爱矢志不渝的人，才能等到有情人终成眷属。

（蔡雪松）

原来，这逃跑的男人，才是真正的好男人。

逃 跑 的 爱 刘东伟

他去参加市里举行的一场"真好男人"活动。本来，他是不想去的，但他的妻子说：我希望你能获得"真好男人"的称号。在她的鼓动下，他去报了名。她怕他放弃这次机会，所以一刻不离地跟着他。

报名的有好几百个男人，摆在他们面前的是三道关。

第一关是审查材料。当主持人看完他的材料，朝他含笑点了点头。

他去看台下的她，她也正望着他。尽管她的嘴角带着微笑，但眼里却湿湿的，眼神充满了无限的感激。

第一关，他顺利地通过了。

第二关是夫妻心灵感应测试。按照活动规则，由妻子来调拌一道菜，然后混在事先调拌好的几道菜里面，端到男人面前，由男人指出哪一道菜是自己妻子做的。

男人和妻子中间隔了一道木板，男人看不到妻子的动作。

活动开始前，他对主持人说，我能不能和妻子更换一下，我来调拌，她来猜。

主持人点点头，说，我给你破例一次。

于是，他站在加工台前，口令一开始，他麻利地调拌着，俨然一位技艺娴熟的厨师。他是第一个将菜调好的。他调的菜和其他预先调好的菜看上去几乎一模一样，但她还是准确无误地指了出来。

第二关，他又顺利地通过了。

进入第三关时，只剩下10个参赛的男人。

主持人将10个男人和他们的妻子带到一个阁楼上，然后手拿话筒，正要宣布第三关的内容，突然阁楼一阵摇晃。主持人脸色大变，叫道：不好，是地震。

他们所住的城市经常发生地震，每一次地震都来得很突然，让人猝不及防。主持人的话音刚落，有几对夫妻已经拉着手向外跑去，另有几个男人抛下自己的妻子撒腿就跑。

他跑得比谁都快。那一刻，他仿佛变成了一颗子弹，"嗖"的一下向门口射去。

主持人望着他的背影遗憾地摇摇头，然后对着话筒说：朋友们，地震是假的，这个阁楼是独立的，装有摇摆器，而这就是第三关。

逃向外面的人都站住了，他们满脸的惭愧。

他停顿了一下，又冲出去几步，然后趴在地板上听了听，确认并不是真的地震，才走了回来。

这时，主持人指着全场唯一不动的一位男人说，下面我宣布：他是本次活动的胜利者。

那是个老男人，足有60岁了，是参加活动的男人中年龄最长的一位。老男人也是他的邻居，而且是关系很好的邻居。

老男人红着脸说：不，我只是由于耳背，没有听清主持人刚才的话，才没有逃跑，而且，我的腿脚不方便，也不由我作出太快的反应，其实，

真正的获胜者是这个人。说着,老男人的手指向了他。

老男人接着向主持人提了一个要求,能不能把他的资料公开地读一遍。主持人想了想,点点头。

他的资料是她写的。她说,她是个不幸的人,父亲在她刚出生时就遇车祸去世了,是她的母亲含辛茹苦地把她拉扯大。然而几年前,她的母亲却因脑血栓瘫在床上。她此生最大的幸运就是遇到了他,他不但对她体贴入微,而且还细心照顾她的母亲。因为她的双手在一个冬天落下了病根,十指麻木,因此家里一日三餐都由他来做……

主持人念完资料,叹息一声说:我看得出他是个好男人,但我们的活动规则是必须过三关,而在第三关,当我喊出"地震"两个字时,他恰恰是第一个逃离的人。

"不。"这时,一直没有说话的她走上前来,眼睛红红地说:他不是逃离,因为我知道,他是急着要回家,背出我那瘫痪在床的母亲。

原来,这逃跑的男人,才是真正的好男人。

人 生 悟 语

获得"真好男人"的称号,就要连续通过三关,最后获胜的人,竟然出乎人们的意料。其实对于真正的好男人来说,生活中的每件事,都是对他的考验。

(蔡雪松)

她拿着条子的手哆嗦成一团，心咚咚地跳着，她把条子贴在胸口放声大哭起来。她哭得很动情很纯粹也很放肆，哭声越来越高。

戒　　毒 陈力娇

吸大麻时她还是个挺不错的摇滚乐手，是朋友小三断送了她的前程。

朋友小三手里拿着一支烟，对着满桌子的人说，你们，你们谁敢把它吸了，我就立即围着饭桌倒走三圈。小三好大喜功，人也长得漂亮，她就凭着她的漂亮永远地发号施令。

实际这也没她什么事，她和小三不过才认识3天，小三是阿王破格录取的新乐手，本来是说好了不要太轻佻的，但是阿王那天鬼迷心窍，违反了约定眼皮一耷拉要了。

小三手里拿着那支烟炫耀时，她正在同阿王喝酒，她很爱阿王，只是苦于阿王没有回应，她就不好让自己太掉派。现在看着小三如此张狂，她把这视为冲自己来的，她的怒火不由地骤然而生，她非要看看小三如何倒着走路。

小三看着她大口大口把烟吸完后愣在了那里，说实在的她不太愿意倒着走路，她不过是想叫板，让大家看看自己的标新立异，没想到她遇到了一个意想不到也胆大包天的对手。

而她却没有半点饶过小三的意思，她就那么站在那里，眼盯着小三让她付诸行动，小三知道逃不过，就犹犹豫豫勉勉强强用两只手当腿，围着饭桌把三圈走了下来，其间她的裙子像一把破伞一样垂了下来，

露出雪白的三角裤头,弄得大家都不看她而去看三角裤头。

小三做完这个动作脸红红的从空中下来了,她自此一句话没说,她知道自己大跌眼镜,她在想怎么才能把面子赚回来。

阿王知道她也开始吸毒时,非常懊恼,他给了她一个耳光,之后把小三开除了。

但是开除小三也没挡了她的吸毒,她开始变卖衣物和首饰,偷偷地自己暗箱操作了一年,一年之后她一贫如洗,吃饭都得阿王接济。

这天她找到阿王,说,借我点儿钱。

阿王盯着她看了好半天,良久一字一句地说,我们结婚吧。

她很震惊,既而看出阿王是真心的,她哭了。她说,我已经是废人了。

阿王说,不要紧,我们从头来。

阿王说到做到,一周后真的和她结婚了。婚礼他们没太破费,只是找了几个熟人简单地吃了一顿。她想给阿王买一身 4000 元的意大利品牌西服,阿王谢绝了,阿王说,留着你吸烟吧。她一冲动,说,我戒,我肯定戒。阿王看着她没说话。

婚后两个人的日子过得很好,依旧是两个人挣钱,一个人花销,花销的方式当然就是购买毒品,不过阿王有个规定,必须把香烟换成白粉,而且由阿王购买,由阿王每天给她放入水杯定量发送。她自己不得多吃一点儿。这样果然经济合理,她一天的演出不再像有病似的打不起精神了。

日子有规律地行进着,生活产生了习惯和磁力,每天早晨他们照样履行着仪式,由阿王给她发放适量的毒品,阿王很爱她,饮食起居照顾得无微不至,当着她的面把白粉倒入杯中,白粉就像一朵深情的浪花,翻卷着进入她的肺腑,她满足极了,也幸福极了,就越发爱阿王。

一天,她看到阿王的牛仔裤的后屁股上磨了一个洞,这是阿王常年坐着打架子鼓磨出来的,她这才想起阿王有很久没为自己买新衣服了,阿王也瘦了,脸明显地不如从前白胖了,如果在人群里想找到阿王,就得先找他那一头浓密的长发,再找那张有棱角的醒目的脸是费劲了。

于是她很内疚，她偷偷地四处联系戒毒所，想把毒瘾戒了。

这天她终于联系好了一个，这是一家边远的外省的戒毒所，条件不算优越，她选择它是想离阿王远一点，她知道戒起毒来那会很痛苦的，她怕她顶不住劲儿而中途回来见阿王。

收拾好行装那天，她泪水涟涟，她给阿王留了一张纸条，说明她很爱他，越爱越不能拖累他，她想把自己变成一个全新的人，再回来见他。

她把写好的纸条放在桌子上，想想又不放心，怕被风吹走了，而阿王回来不知她的去向，他会很着急很伤心的。于是她就顺手从桌子的另一方拿过来一个本子，她想用本子把它压好，既显眼又不至于被风刮跑。可是就在她拿起那深蓝色窄条日记本时，她发现它的下面也压着一个纸条，字迹无疑是阿王的。

纸条上面写道：你已经成功戒毒 100 天了，我只给你喝了 50 天逐渐减量的白粉，从第 51 天起，我每天给你喝的都是掺着高钙的白开水，祝贺你！

她拿着纸条的手哆嗦成一团，心咚咚地跳着，她把纸条贴在胸口放声大哭起来。她哭得很动情很纯粹也很放肆，哭声越来越高，分不清是 F 调还是 G 调，每一次拔高都不亚于她演出摇滚最真挚的时刻。

人 生 悟 语

生活并不会尽如人意，总会有困难需要克服，但只要不放弃希望，那么日积月累的爱和关怀，会在某一天将人生中困难的小丘推平。有爱有细心的呵护，我们会拥有幸福健康的人生。

(蔡雪松)

在男人印象里,女人从来不会系这样的鞋带。女人问男人,好看不?

两只蝴蝶 肖建国

女人对男人说,你有空吗,我已到了汽车站。

男人看看时间,11:40,离下班还有20分钟。

男人说,你在车站先待会,我下班去接你,下午我请假陪你半天。

女人嗯了一声,收了线。

男人没想到女人说来就来。起初,他认为女人只是说说而已。没想到现在女人真的来了。

时间过得真快,转眼,俩人已分别有10多年了。女人是在近期的一张报纸上看到他的事迹,才知道他所在的单位。他当保安,前几天晚上,很勇敢地救出一位被歹徒劫持的女子,结果名声就出去了。

男人和女人以前本是一对夫妻。俩人性格都挺倔,结婚不到两年就分道扬镳了。男人带着女儿过,女儿小时,若交给一个后娘,他不放心。等女儿上了初中,生活压力大,就没有再娶的欲望。女人有没有成家他不知,也不想知道。

12点,他请好假,直奔汽车站。按规定,他要值完一天才能休息的。但他现在是个小小的名人,大块头队长给他三分薄面,点头允许了。

来到汽车站,男人在出站口扫了一圈,没看到熟悉的身影。等他掏出手机想查号码时,一只手轻轻拍了一下他的肩膀。他知道是女人。

10多年不见,女人苍老了许多,可在他眼里依然很美丽。女人穿着黑色露肩的长裙,冲他礼节性的笑,不冷也不热。男人见女人两条细长的手臂裸露在七月的阳光下，急忙跑到附近的小卖部买了一把太阳伞。男人撑开，为女人遮住晃眼的日光。

男人领着女人去吃水饺，这是女人的最爱。刚结婚那阵子，男人经常包水饺给女人吃。女人撒娇，让男人咬中间的薄皮肉馅，把饺子"耳朵"留给她。男人不肯，女人就不吃。那段时间，女人把男人养得胖胖的。现在，女人很平静，如同公园里的湖水，波澜不惊。他叹了一口气。

吃完饭，他瞄了瞄毒辣辣的太阳说，到我宿舍休息一会儿吧，下午我带你去荷花亭看看并蒂莲，可漂亮啦。晚上等女儿补课回来，我们一家好团圆。

男人把"一家"两个字咬得很重。女人抬起头，盯着他的眼嗯了一声。

回到宿舍，男人有些激动，把手慢慢伸向女人。女人说，不行。女人说的很坚决，他就知道没戏了。他俩分手，就是因为有次他想要她，她不给。她要他解释他贴身背心上为什么会黏着一根长长的头发。他解释不出，但他确实被冤枉了。

她不给，他就霸王硬上弓。结果，女人就说离婚。他觉得很憋气，就离了。

男人蔫了下来，女人感觉到自己的歉意。忙说，我来找你，毕竟我们夫妻一场。但现在是两家人，你要尊重我，我也尊重你。行不？

男人嗡声说，行。

那你和我并排躺下休息一会儿。女人说。

我……我睡不着。

把心放平静，对，尽量放平静你就睡着了。我们不年轻了，连这点定力都没有，今后还怎么过日子。男人听了女人的话，慢慢躺在了女人身边。两人身体之间隔了一条深深的沟。

女人身上真香，男人不停地嗅着鼻子。女人说，睡不着？男人嗯了一声。那你唱首歌吧。以前，男人常唱歌给女人听，虽然唱得不好，但女人爱听。男人好像回到了从前。男人清清嗓子，唱：

假如我有一天，要请你到海边，你发现，在那里，有一艘聚

满了鲜花的小船。不要说是梦幻,我和你共一半,只等待你来临,我们来解开缆,然后扬起帆。

我们倾听浪潮的呼唤,我们牢记大海的箴言,度过风和雨,把满船花的芬芳散布到海角天边。彩云来见见面,海鸥来聊聊天,它们问,能不能一起搭上这美丽的小船。

男人唱完,女人问:你新学的?

男人说,学会几年了,没事时就唱唱,解闷。

女人又问:什么歌。

男人说,爱的船。

女人说,你再唱一遍。

男人又唱,女人伸出手,轻轻地打着节拍。唱完一遍又一遍,唱着唱着,男人进入了梦乡。

等男人醒来,天已快黑了。女人瞪着一双美丽的大眼睛,在看着他。男人说,太累了,这一觉竟睡到天黑。走,我带你去吃饭。

男人起身穿鞋,弯腰系鞋带时,女人制止住了他。女人说,让我来。男人已系好一只鞋带,是那种很常见的系法,十字交叉,再挽一个环就可以了。

女人捋捋长裙,弯下腰,将男人已系好的鞋带解开,重新系。女人系得很仔细,很认真,也很好看,她系的是蝴蝶结,有翅膀,有触角,栩栩如生。一左一右,展翅欲飞。

在男人印象里,女人从来不会系这样的鞋带。女人问男人,好看不?

男人怔了好久,声音有些哽哽地回答:好……看。

人 生 悟 语

年轻时不懂得珍惜爱情,一旦失去了才发现它的可贵,可是岁月已经将人生的轨迹改变,多年以后,当再次重逢,那张昨日的旧船票,又怎能登上今天的客船呢?多一些理解,少一些猜疑,这样才能长久地拥有爱情。

(蔡雪松)

那晚,她泪雨滂沱,泪水打湿了整个季节,也打湿了她的整个青春。只有她明白自己为什么要主动离开他……

远远地爱着你 彭永强

她是那样一个女子:细腻、温婉,却又满怀悲凉,一如张爱玲笔下的文字,美丽,却又不乏苍凉。

她身边不乏仰慕者,也不乏追求者。豪门子弟、成功人士,或暗示或直白,将情爱的诺言输送到她的耳孔,然而,这些承诺却从未输送到她的心灵,送来的玫瑰被她婉言拒之。她不是不相信这个世界有真爱,只是相信,自己不会有这么好的运气,仅此而已。

后来,她遇到了他。

他很有才华,却又有些颓废,有些不羁,有些落魄。每每看到他,她心底总有些微微的痛,又有些淡淡的安慰。她一直以为,那也是一个孤苦的灵魂,和她一样,在这个貌似温暖的世界里流浪。

她本不想和他发生任何故事。然而,老天并不如她所愿。他走进了她的生活。她想拒绝他,又不想。

就这样,两个人有了短暂的接触。约会、聊天,楼榭阁台,花前月下。她被他的睿智吸引,却又常常被他的孤傲与偏执刺伤。

他们表面上很和谐,很快乐,似乎没有任何冲突。可在她心底,早已波澜汹涌、激流暗涌。她困惑、痛苦,可又无可奈何。因为,她心底清醒地意识到,他不可能说服自己,自己也绝不可能改变他!

后来,她提出了分手,瞎编乱造了一大堆理由。他是那么孤傲,尽管满心伤痛,却强装笑颜,一副满不在乎的样子。

那晚,她泪雨滂沱,泪水打湿了整个季节,也打湿了她的整个青春。只有她明白自己为什么要主动离开他⋯⋯

再后来,两人似乎成了路人。偶尔碰见,招呼一声,微笑一下,只是彼此笑得都很苍凉。

其实,她时刻关注着他,包括他的事业、他认识的女子、他的婚姻以及他的离异。有时候,她满怀伤感,又有些庆幸,如果当时不那么坚决,或许,被抛弃的那些女子,大约就是自己了⋯⋯

也许,只有老天和她自己知道:她是多么爱他,只是,这一份爱只适合远远地爱着,与生活无关。

人 生 悟 语

真正的爱情是美丽而又高贵的,犹如那带刺的玫瑰花。想爱却又怕被伤害,想接近又怕被刺伤。或许,只有一个人不再想去占有,不再想去采摘,才能真正地拥有那份难以接近的美丽。

(蔡雪松)

奶奶不解地问爷爷:"她是谁?""一个疯子。"爷爷漠然地说,背转身,两行泪已挂在脸上。

1938年的情事 临川柴子

端水河边,秋风习习。

"你会等我吗?"男孩问女孩。

女孩点头。

"3年？"

女孩又点头。

"3年我若未回来，你就嫁他人吧。"男孩说。

"你不回来，我等，或者，跳入端水河。"女孩说。

男孩只对她笑了笑，甚至没敢握住她的手，就像风一样消失在她的视线里。而她，只记住了他那秋阳般灿烂的笑容，寂寞的时候，在心里翻阅，品味着那无声的承诺。

女孩叫小芹，这个很江南的名字，在他心灵濒临干涸的时候像流水一样悄悄润湿他的心田。

而男孩，命中注定要当我的爷爷。

多年后，当我能清晰地勾描那幅晚秋别景图时，却怎么也无法将那样浪漫的画面和这张布满风霜的老脸融合在一起，而爷爷，总是用他那只结实粗糙的大手抚摸着我的小脑袋，在星光满天的夏夜、在飞雪飘扬的寒冬一遍遍地诉说，苍凉的声音和我鲜亮的童年相互交织渗透，我却昂着茫然的小脑袋望着他。

突然有一天，我强烈地渴望再听听那故事，讲故事的人已经不在，我只能凭借支离破碎的回忆，努力地拼凑出一幅完整的章节。

3年后，爷爷没有回来。

又是两年，24岁的爷爷终于回乡，虽然没有衣锦荣归，但爷爷的脸上却写满了骄傲，因为他的身后多了一个女子。

她就是我奶奶。

奶奶是东家的女儿，自爷爷第一次进她家干活时就看上了他，三五年的时光厮磨中，奶奶的执著终于有了结果，所以，当她心爱的男孩辞工返乡时，她毫不犹豫地抛弃了她的小姐身份，死心塌地地跟了来。

返乡的爷爷给平静的村庄带来了波澜，在沸沸扬扬的议论中，爷爷惊闻小芹还没有出阁。

那年月，一个20出头的女子还没出阁，就意味着很难嫁出去，是家门不幸，而小芹不出嫁的原因也只有一个，这原因只有爷爷知道。

此时的爷爷和奶奶虽然没行大礼,却已经有了夫妻之实,他又能如何呢?

隔着一道低矮的院门,爷爷见到了小芹,他们什么也没有说,两人用目光对话,小芹一直保持着无声的笑容,那笑容像刀子一样深深地扎进了爷爷的心里。

婚礼这天,小芹突然出现,披发解衣,在婚礼上放声大哭,她用哭声来控诉一个背弃她的负心汉子。同族的几个男人气势汹汹地将她拉了出去,唢呐依旧欢天喜地地吹奏,奶奶不解地问爷爷:"她是谁?""一个疯子。"爷爷漠然地说,背转身,两行泪已挂在脸上。他心里落下了一块沉重的铅。

小芹没有跳河,一顶小轿悄悄将她抬出了村庄。

爷爷变卖了奶奶带来的细软,在端水河岸开了一间油榨房,榨油是辛苦的,除了要有必要的技术,还要走村串巷收集原料。秋后,爷爷开始和族人一起收集菜油籽,早出晚归,有时回不来了,就宿在友人家里,爷爷交游广阔。

后来,爷爷和一个残腿汉子相熟,因为他送来的油籽总是最多,一天天色已晚,应残腿汉子热情相邀,爷爷宿在他家。

席间,残腿汉子和爷爷谈笑风生,而后堂的一个女人的背影始终在忙碌着,想起那什么也做不好的奶奶,爷爷心生感慨:"兄弟,你好福气呀!"

"福气什么呀,一个没人要的贱货,我也只能娶得这种女人了。"残腿汉子叹息着。

饭后,汉子吩咐女人给爷爷打来洗脚水,在低头与抬头目光交接的瞬间,俩人都呆了,一盆滚热的水跌落在地,然后鲜花般地四溢开来。

此后,爷爷再也没有去过那个村庄。

那年冬天似乎比任何一个冬天都冷,爷爷喝完暖酒回来,在村里意外地看到了残腿汉子,他身后8个壮实的汉子抬着一具棺木。村里的几个年轻男人齐声发喊,欲将残腿汉子和那具棺木轰出村外。嫁出去的女儿泼出去的水,女人是没有资格安葬故乡的。

"不是我不懂规矩,这是她一生对我唯一的一次请求,我不能不从啊。"残腿汉子流着泪,望着爷爷苦苦央求。

"罢了,人死为大,入土为安。"爷爷在族人中说话有绝对的权威,他一声铿锵的话语过后,小芹的幽魂破例葬在了故乡。

清明,我回到了阔别多年的故乡,爷爷的墓地已长满了青草,而不远处有座遥遥相对的孤坟,那是小芹。我在两座坟前默立良久,分别摆上鲜花,然后无言离去。

两座孤孤的坟,依然隔得很远。

❀❀ 人 生 悟 语 ❀❀

　　在天愿作比翼鸟,在地愿为连理枝,人们都希望有情人能终成眷属。可是爱情却总不随人愿,孔雀东南飞,英台哭山伯,岁月沧桑,有多少凄美的爱情悲剧,一次次地上演,但最终都被时光掩埋在了黄土之中,只留后人徒然的感叹。

(蔡雪松)

　　就在我们合二为一的瞬间,我忽然想到了我的神圣使命:我是一个诱杀艾滋病病毒——艾思的细胞,艾思是我最后的爱情!

诱 杀 爱 情　徐均生

最后的三天时间了,如果我还不能把守城堡的女将艾思拿下,一切都将前功尽弃,一切都将重来。可是,时间呢?我已经没有时间重来了。

"听着,你必须让她爱上你,发自内心地爱上你,那样她的功力就彻底地完了，否则什么用都没有。"

让她爱上我，让她真正地爱上我。必须这样做，这是我唯一的选择！

我扮成了一位富翁，来到城堡下。我把金银财宝一一堆在艾思的面前。我对艾思说："美人，如果你愿意，这些财宝都是你的。你就不用在这里守城堡了，就不用这么辛苦地为国王卖命了。"

艾思的眼睛眨都不眨一下，突然对我喝道："快快把这些臭气熏天的东西搬走，否则，休怪本将不客气！"

我说："这是财宝啊，如果你有了这些，就有享受不尽的荣华富贵，你别傻了。"

艾思没有理我，我再次说："天下除了皇上，就是我最富有了。如果你答应爱我，你就是天下最幸福的女人！"

艾思慢慢地靠近我，眼睛紧紧地盯着我，突然"嗖"地抽出宝剑，架在了我的脖子上，冷冷地问我："你不怕死吗？如果不怕死，我就爱你！"

我顿时吓得全身发抖，"别别别，我走，我走！"如果被她杀死了，我还能完成最神圣的使命吗？我带着那些金银财宝，屁滚尿流地回到了驻地。我不甘心，我恨恨地想："黄毛丫头，我还制服不了你？哼！"

一计不成，我又生一计。第二天，我扮成了一位多情又浪漫的王子。我再次来到城堡前，拿出了乐器，席地而坐，拨动了琴弦，我深情歌唱：

> 姑娘啊，亲爱的姑娘，
> 我要一生一世保护你……

艾思随着我的歌声，一步步地靠近我。

我唱得更投入了：

> 姑娘啊，亲爱的姑娘，
> 你是沙漠里的一滴水，

滋润我的生命与爱情。

我要做牛做马侍候你……

艾思的眼泪悄悄地流了出来,她感动了。她站在了我的面前,含着泪问我:"你真的爱我吗?"

我用力地点点头,说:"今生今世,我只爱你一个人,无论贫穷,无论富贵,我都爱你!"

艾思脸蛋儿红了,她低下了头,忽然又抬起头来,深情地注视着我,试探着问:"如果现在让你为我去死,你愿意吗?"

如果现在为她去死,那我的使命怎么办?我婉拒了,我说:"结婚以后,我甘愿为你去死!"

"不!就现在。"艾思坚持着说,"如果你现在为我去死,我就爱你!"

我说:"如果你是真心爱我,为何要我去死呢?"

艾思回答:"我想知道你爱我到底有多深,如果你是真心爱我的话,你一定能够无条件地为我去死的!"

我哑口无言,落荒而逃。身后传来艾思"哈哈哈"的笑声。

只剩下最后一个晚上了,如果这个晚上还不能让艾思爱上我,就彻底完了。

我破釜沉舟,扮成了落难书生,衣服穿得很破旧,来到城堡前。我坐在离艾思不远的地方,从清晨一直坐到夕阳染红了西山,不吃一口东西,不喝一口水。我身边没有任何水和食物。

艾思守卫在那里,忠于她的职守。忽然,艾思头顶上有一圈绚丽的光环,灿烂夺目,照亮了我的心窝。

我的心猛地跳动了几下,热流传遍全身,仿佛有一种力量在牵引着。我慢慢地站了起来,眼睛紧紧地盯着艾思,一步步地走近艾思……真是奇了,艾思也是目不转睛,看着我一步步地靠近,眼睛里有亮晶晶的东西在闪烁。

我说:"我是个穷书生,可我爱上你了。"

艾思说:"穷书生有什么关系,只要肯努力就行。"

我说:"可能我会一辈子一无所有。"

艾思说:"只要有爱,就可以创造一切。"

我说:"你愿意嫁给我吗?"

艾思说:"愿意。"

我问:"为什么?"

艾思回答:"因为我真心地爱你!"

艾思的目光变得情意绵绵,我紧紧地抓住她的手,牵着她一步步地走向原野。那里有我们爱情的家园,那里有我们幸福的婚床。

就在我们合二为一的瞬间,我忽然想到了我的神圣使命:我是一个诱杀艾滋病病毒——艾思的细胞,艾思是我最后的爱情!就这样,艾思在爱情的甜蜜中再也没有醒来,我也慢慢化作一滴清水,滋润着永远睡去的艾思……

人 生 悟 语

生命诚可贵,爱情价更高,若为自由故,两者皆可抛。人类的每一个进步,都需要付出巨大的努力和牺牲,但只有真正懂得了生命的可贵和爱情的意义,才能在伟大的牺牲中换取人类的自由和进步。

(蔡雪松)

人们发现木亚老师的时候,她那瘫软得像一摊鼻涕一样的身体的不远处正是她情郎与白马的尸骨……

爱 情 鸟 胡 帝

我从阿拉山脉来。

那片地儿山清水秀久了,即便冬天,很多鸟儿不愿离开。等开春解冻时,到处可见鸟的尸骸。它们的身子相互拥着,头颅绕在一块儿,双眼半闭,态度暧昧。

孩子们说,那不是暧昧哩。那是动物在临死前的密谈。

我的天,都要死了,有什么好密谈的?

每当此刻,我和我的安答桑木,一边任鼻涕长长的如风铃般悬挂,一边会撇撇嘴角,以示不屑。我们都在心里感叹:唉,这群孩子,唉。是的,我俩称他们为孩子。他们没有胡须,有的人连头发都没有。脑门上一年四季光秃秃的,像阿拉山脉近海的那片寸草不生的乱石滩,真邪门。

桑木是我们族长的儿子。记忆中,他的背有点儿驼,身材矮小,四肢黝黑,枯瘦枯瘦的,和他高大魁梧的父亲不似。但为人幽默,有时候会把身体贴在地上,学野狗叫。竟能引得打猎者寻声而来,差点儿丢了小命。

我常常仰望阿拉山脉。

老人们都说阿拉山脉上有神仙。他们说这话时白须颤颤,额头皱纹如古松般盘旋,眼神空幽而深邃。

我不信。我从来就不信。那时候，我只信木亚老师一人的话。她说："小胡帝尼，世上本无神，一切人自扰。"她的普通话讲得很标准。"扰"字说完，她的嘴角便露出好看的笑。她还说："唉，仰望山脉能看到什么呢？说实在的，我还想去阿拉山脉尽头看看大海哩。""哩"字说完，我看到她长长的眉睫毛似乎也笑了。

　　唉，怎么忘得了呢，那笑容？

　　桑木不喜欢木亚老师的笑容。他用蒙古语叽里呱啦地发表观点：哎呀，我可怜的老师木亚，太难看了。

　　毕竟桑木是族长的儿子，毕竟桑木还是我的安答。

　　我几次想把握紧的拳头狠狠砸在他毛茸茸的小脑袋上，皆因上述理由未能如愿。

　　我笃信，木亚老师是一位好老师。好老师就一定是漂亮的老师。

　　很多年后，我从内蒙古奔向祖国内陆一些省份，再向南向南，直至沿海，拜师无数，我都没有改变过这一观点。我的名字也由冗长的蒙古名胡帝尼·可可西里，缩减再缩减，末了定名为木亚老师曾经建议的胡帝——像一颗流星由渺不可知的宇宙深处做客地球，庞大的身躯饱经摩擦最后成为一块陨石一样。

　　很多年前，我与我的安答常常就木亚老师是否是一位好老师或者漂亮的女老师争论不休，情绪投入。木亚则微笑地站在我们不可见的身后，让我们貌似激烈的话语温和地拂入她的双耳。她的双耳掩在发梢里，像一对眷念暖窝的小兔。

　　我们的小学教室面南背北。一到春天，便可见好看的花朵漫山遍野。我们在木亚老师带领下，徜徉在花丛里。木亚老师身着蒙古长袖服饰，指着那些不知名的花教我们普通话发音："呵—呜—阿——花，的—呜—我——朵。花朵……"

　　初春的草地上，我们将捡来的死鸟堆放一块儿，依木亚老师授意，用树枝丫撮起刚解冻的泥土，挖洞将鸟掩埋。木亚老师则在一旁轻声哼唱：在天愿做比翼鸟，在地愿为连理枝……

　　阿拉山脉地势绵延。族里的青年每年春季都要骑上高大俊美的马，驰骋草原。他们吆喝着粗犷的嗓门，唱着欢快的曲：

　　在那遥远的地方，有位好姑娘，人们走过她的帐房，都要回头留恋地张望；

　　她那粉红的小脸，好像红太阳，她那活泼动人的眼睛，好像晚上明媚的月亮；

　　……

　　我愿做一只小羊，跟在她身旁，我愿她拿着细细的皮鞭不断轻轻打在我身上……

　　木亚老师注视这些青年的目光也有些异样，她的眼眸一闪一闪，我和桑木的眼眸也会跟着一闪一闪。闪完了，便狡黠地嬉笑。木亚老师便羞红了脸，转过头去。

　　离开内蒙古那年，我多次在溪涧、山脉脚、草原目睹木亚老师萌芽阶段的爱情。那是一位年轻而个性飞扬的蒙古青年，有着腾格尔的卷发，一脸阳光般明媚的微笑，和一匹高大健硕的白马。

　　如果不是父亲考虑生计，举家从美丽的蒙古草原迁至江汉平原了，我想我还会目睹木亚老师爱情的其他许多阶段。肯定会。

　　很多年了，我再未回过内蒙古。我甚至无从知道木亚老师怎样了？她是否去过阿拉山脉尽头看海呢？遗憾的是，在安答桑木的来信里，我也见不到关于木亚老师的只言片语。桑木总是不厌其烦地向我讲述他自己的爱情。不瞒你说，我每次见到这样的信笺，心情相当沮丧。

　　桑木来到南方，是许多年后的事了。

　　夜色下，我们在他下榻附近觅了一处高楼，攀着肩在上面吞云吐雾，听他讲述了木亚老师爱情的其他阶段。

　　木亚老师的爱情像昙花，虽开遍阿拉山脉的溪涧、草原，花香四溢，却毕竟短暂，易于凋谢。

　　那位忠良的情郎一日骑上他高大健硕的白马去了阿拉山脉，再未回来。木亚老师一路寻觅，终于来到了阿拉山脉尽头。辽阔的大海眩晕了她美丽的双眼,紧接着却潮润了。她张开双臂,从山脉尽头的摩崖上跳了下去……

人们发现木亚老师的时候,她那瘫软得像一摊鼻涕一样的身体的不远处正是她情郎与白马的尸骨……

桑木讲完,重重吐了一口烟圈。

他说:"唉,木亚老师是一位好老师啊。她跳崖后手上拽着的纸条上的话我一直记得哩。"

不等我开口,他又问:"你猜是什么字?"

我摇头。我心头瞬间涌起异样的感觉。

我听到桑木似乎哽咽了。他说:"普通话写的,只有四字。听好了——'爱情不老',卜—呜——不,叻—凹——老,不老……爱情不老——"

我和桑木相拥着放声恸哭。

人 生 悟 语

　　莎士比亚说:"天底下再没有比爱情的惩罚更痛苦的,也没有比服侍它更快乐的事了。"如果爱情是一个永恒的命题,来自草原的"爱情不老"的誓言能延续到现代都市里吗?爱情究竟是怎样一种存在,让古往今来、地球上每个角落的人都为之心碎? (薛荣建)

现在，又一个男人走了。杜太太也不知道，她到底见过多少个男人了。男人的背影在雪光的映照下，把杜太太的眼睛晃得生疼。渐渐地，杜太太的眼睛模糊了。

吃　雪 刘靖安

这天，大雪，很冷。

杜太太站在雪地上，始终微笑着。纷纷扬扬的雪花白了她的头发，白了她的衣服。慢慢地，杜太太蹲下去，伸出青筋突出的右手，五根手指深深插进雪里，抓起一把雪，对面前的男人说，你，吃雪吗？

男人摇头，男人说，不吃。

我吃。杜太太说完，一把雪就揉进了嘴里。杜太太的牙掉得差不多了，幸好，雪不用牙咬，自个儿慢慢化了，成了水。吃完一把雪，杜太太又抓了一把。吃完三把雪，杜太太就被雪水滋润得鲜活起来了。她的微笑，水灵灵的，像一碰就会涌出水来。

男人看得目瞪口呆。

杜太太站起身，拍了拍双手，对男人说，你走吧。男人就蹒跚着走了。男人一步一回头，对杜太太说，你再考虑考虑吧，我是真心的。杜太太没说话，只是使劲地挥手，很坚决的样子。

杜太太的丈夫已经死了10多年，很多好心人看她无儿无女，一个人生活得有些孤独，就张罗着给她找老伴。杜太太开始一概回绝了，后来实在不好拂了人家的好意，就半推半就有条件地答应了。她的条件是，见面可以，必须是冬天下雪的时候。每年下雪天，杜太太都会见上几个男人，但没一个男人愿意像她一样吃雪。不吃雪，其他的事儿就自然免谈了。

人们不理解，都说，杜太太这人，怪！

是啊，杜太太这人确实怪。就拿"杜太太"这个称呼来说吧。村里人从没有谁把一个女人叫做某太太的，而杜太太偏偏让人们这样叫她。谁要是不这样叫，她心情高兴，就看你一眼，说，叫我杜太太；如果心情不好，她就不说话，只用眼睛的余光剜你，像仇人一样，让你下不了台。久而久之，人们都习惯了，都叫她杜太太了。

杜太太的丈夫姓杜，叫杜一虎。活着的时候住在村东。村东有一条河，叫巴河。河上，有一座古老的石拱桥。再往东，就是一条通往县城的公路。据说，杜太太就是从县城里来的，当然，这也只是据说，谁也不知道她是哪儿的人，是怎么到村里来的。很多人问过，问杜太太，不说；问杜一虎，也不说。

那年，天降大雪。

那年，饥饿像一条蛇，冰冷地缠住了村里的每一个人。父母都饿死了，杜一虎也挣扎在死亡的边缘。一天早晨，杜一虎坐在雪地上，大把大把地吃着雪。远远地，杜一虎看见，一个人影趔趄着步子，向自己走来了。杜一虎摇摇晃晃站起来，也趔趄着步子，迎了上去。

走着走着，两个人好像都用尽了全身力气，一屁股坐了下去。两个人之间的距离，不过一步之遥。

杜一虎努力地睁开眼睛，他看清了，眼前的人，是一个瘦得不成人形的大姑娘。她，就是现在的杜太太。

杜太太说，大哥，给点吃的吧。

杜一虎听到这话，竟然笑了笑，说，好啊，其他的没有，我请你吃雪。

杜太太怔了怔，说，那，我们吃雪。

杜一虎说，好，我们吃雪。

杜太太抓了一把雪，揉进了嘴里。杜一虎跟着抓了一把雪，也揉进了嘴里。

吃完一把雪，杜太太说，我们，要活下去。

　　杜一虎刚才吃过雪,吃得不少,听了杜太太的话,使劲地咽下一口雪,也说,我们,一定要活下去。

　　两个人吃了雪,哆嗦着,搀扶着,慢慢走向了杜一虎家的土坯房。

　　从此,杜太太就在村里住下来了。

　　后来,生活渐渐好了,有吃的了。杜太太还是盼望下雪。下雪的日子,她就和杜一虎一起出门,选一块雪地,像小孩一样疯玩。玩够了,就面对面坐下去,一边说话,一边吃雪,你一把,我一把,吃得贼欢。杜一虎死后,杜太太就一个人吃,每年都吃,一边吃,一边叫着杜一虎的名字。叫着叫着,就流下泪来,雪水和泪水,全让她吞进肚里去了。

　　这些,村里人都知道。但大家不明白的是,杜太太怎么就那样怪,怎么偏偏喜欢吃雪的男人呢?

　　现在,又一个男人走了。杜太太也不知道,她到底见过多少个男人了。男人的背影在雪光的映照下,把杜太太的眼睛晃得生疼。渐渐地,杜太太的眼睛模糊了。

　　不知不觉,一个冬天就这样完了。冬天完了,就是春天、夏天、秋天……季节不断更替,可杜太太还是老样子,还是一个人孤零零地生活着。

　　一天傍晚,又有人走进了杜太太的土坯房。

　　杜太太好像苍老了许多,不知什么时候,她已经挂上拐棍了。来人看着日渐苍老的杜太太,说,一个人住在这房里,连个说话的人都没有,杜太太你这日子苦哇。

　　习惯了。杜太太说。

　　我又给你找了一个,眼看又要入冬了,你再试试吧。你放心,我替你问过了,这个人说他也会吃雪。来人敞开嗓门,声音很高,生怕杜太太听不到。

　　真的吗? 杜太太的眼睛亮了一下。

　　当然是真的,我怎么会骗你。来人说。

好吧。杜太太满心地答应了。

可是,杜太太等了一个冬天,没有下雪。杜太太一生中,也第一次没有吃到雪。

杜太太像丢了魂似的,喃喃地说,今年,怎么不下雪呢?

爱情是沙漠里的一滴水,滋润着人们心田里的幸福之花。

温暖的臊子面

第四辑

在这个世界上，有很多人可能只是与我们萍水相逢，也有很多人只是和我们擦肩而过，但我们却在不经意间，神奇地感受到了他们带给我们的温暖。这种人生的奇遇，其实正是善良创造出的壮举。我们遇到的人，虽然可能是陌生的，但那份关爱，却是熟悉和亲切的。

好啊！不但抢钱，还想抢人？雯雯的爸爸气得握紧了拳头。他对准男子的鼻孔，挥手就是狠狠的一拳。

追　　踪 彭育彩

雯雯的爸爸、妈妈，像鱼儿一样，在海水里畅游。

雯雯10岁了，她觉得自己长大了，不愿再与爸爸、妈妈黏在一起。她坐在柔软的沙滩上，揉着细滑的沙子。偶尔有贝壳从沙子里滤出来，雯雯便开心得好像灰姑娘意外得到了王子的水晶鞋。

夕阳的余晖，斜照在海面上，摇曳着细碎的金光。一艘渔船像凯旋的勇士，奏着欢歌，靠了岸。

从船里走出一个男子，男子从舱里拖出一个黑黑的、厚厚的塑料水箱，水箱里有不少捕捞来的鱼儿，鱼儿活蹦乱跳的，把雯雯的目光吸引了过去。

雯雯好奇地围在船边，看男子清理船舱。

男子的手，甩出一圈漂亮的弧线。弧线消失的沙地上，躺着一棵美丽的海藻。海藻一尺来高，茎和根须是黑褐色的，泛着光泽，晶莹透亮。叶子呈枣红色，一看就让人感受到海的气息。雯雯把它捡起来，小心地洗净海泥，拿在手中把玩。

忽然，男子发现了雯雯，他惊叫一声，盯着雯雯，眼神怪怪的。

男子满脸络腮胡子，黝黑的肤色，乍看像个土匪头子，他朝着雯雯大步走了过来，叽里呱啦地说着一些雯雯听不懂的话，让雯雯紧张得不断往后退，身子直打哆嗦。

附近有个茶座,有人登台献歌,围观的人很多,雯雯急忙混进了人群里。

当雯雯和爸爸、妈妈准备返回海边度假屋的时候,男子正准备用三轮车将鱼运回家里去,一瞅见雯雯,马上开着三轮车朝雯雯这边追了过来。雯雯眼尖,发现情形不妙,赶忙拉着妈妈的手撒腿就跑。

雯雯边跑边气喘吁吁地说:"妈,有坏人!"

雯雯的妈妈回头一望,果然,背后有一形迹可疑的男子急急追来。

听说这里地痞流氓敲诈游客的事情时有发生,难道这个男子就是来敲诈的?

容不得细想,一家三口,匆匆忙忙上了轿车,飞驶而去。

差不多到度假屋时,总算甩掉了那个男子。

夜里,雯雯全身起满了红疙瘩,星星点点,状如麻疹。痒痒的,好像蚂蚁钻心。雯雯忍不住伸手去抓,结果,越抓越痒,越痒越抓,皮都破了,渗出的黄脓水淋淋漓漓地向周围皮肤不断扩散,黄脓水流到哪里,红疙瘩就起到哪里。雯雯被折腾得哎哟哎哟地哭闹,一家人一夜未合眼。

好不容易挨到天亮,去看医生,医生说,这是无名肿毒。服了医生给的药,雯雯的红疙瘩还是不见消隐。经人介绍,雯雯一家准备登门拜访当地的一位名医。

刚出门,就遇见了上回的那个男子。

男子看见他们,又追了上来,厚厚的嘴唇不停地张合,叽里呱啦地说着一些他们听不懂的方言。

雯雯的爸爸挡在前面,男子跑上前来扯紧他的衣服,指着雯雯对他又比又画。

好啊!不但抢钱,还想抢人?雯雯的爸爸气得握紧了拳头。

他对准男子的鼻孔,挥手就是狠狠的一拳。

雯雯的妈妈直奔门卫室去叫保安。

保安来了，男子已躺倒在地上，鼻子被打得像饱胀的红樱桃，裤子被水泥地板蹭开了一条裂缝，嘴里不停地叽里呱啦着什么。

保安扶起男子，男子用衣袖擦了擦鼻血，叽里呱啦的声音又响了起来。

保安告诉雯雯一家："你们误会了，他是来给孩子送药的。"

雯雯的爸爸说："他来送药？他怎么知道我的小孩病了？"

保安解释说，雯雯那天在海边捡到的海藻，是颗毒藻，人只要一接触它，就会全身瘙痒，起满红疙瘩，如果不及时医治，红疙瘩溃烂流脓，将危及生命。

男子看见雯雯拿着那棵海藻，想叫雯雯丢掉它，然后用消毒水洗洗手。谁知几次追来，都没有追上。几经周折，才打听到了雯雯的住处。

了解了事情的原委，雯雯的爸爸紧紧握住男子的手，说不出话来。

男子指着自己的上衣口袋又是一顿叽里呱啦，一旁的保安翻译说："解毒药在这里，一次一小包，一天三次。你们快给小女孩服药吧！过了三天的期限，就来不及了！"

男子掏出一包药，一瘸一拐地向雯雯走去。

他鼻孔里的淤血，滴在地上，散成一朵心形的红花。

人 生 悟 语

人和人之间的猜忌和隔膜，常常是因为语言无法沟通而造成的，但好在爱心的力量是巨大的，陌生男子的爱心，让他冲破各种沟通上的障碍，终于把药交到小女孩的手中，拯救了她的生命。但愿关爱这朵人类心灵的花朵，能时时在生活中绽放。

(赵辉峰)

身后的眼睛 王 晨

女孩 18 岁,如花的年龄,一头瀑布似的长发从姣好的面庞倾泻,婀娜的身姿如柳枝般左右摇曳,一双大大的眼睛晶莹剔透,丝毫不比电视上的明星逊色。

走在街上,女孩的回头率很高。谁让我长得漂亮呢,女孩甜甜地想。

可是最近女孩常常觉得身后有一双不太友好的眼睛。

女孩很紧张。

从家里到学校有一千多米远,女孩不骑车,步行也就十多分钟。女孩觉得路是那么的漫长,那么危机四伏,所以她晚上从来不一个人外出。

每天女孩上学必经一个广场,广场上有花有草,可是女孩没有心思去欣赏。

她走到广场边的时候,总感到身后有眼睛盯着她,好像就在那一排香樟树后。女孩假装找东西,猛地回头,见有身影在树后一闪,再追过去,已没了踪影。

女孩越发的紧张了。

一连几天都是这样,女孩一天天憔悴了,听大人们说这附近治安不太好,抢劫、斗殴、偷窃发生过好多次,好像最近一个晚上还发生了一起强奸案呢。

女孩紧张地瑟瑟发抖。

女孩的父亲知道了女儿的心思,别怕,我给你壮胆,明天我倒要看看是哪个小兔崽子！

女孩再经过广场时心就不慌了，当身后的眼睛再次出现时，父亲终于在樟树后面揪住了偷窥的人。

满腔的怒火就要喷发的时候，女孩却见父亲拉着一个中年汉子笑嘻嘻地走来。

快，快，快来见见你的恩人。

女孩一脸的茫然。

原来女孩16岁时接受过角膜移植手术，让她有机会重新见到了这个美丽的世界。眼前的男人就是捐赠女孩的爸爸。

泪水模糊了女孩的眼睛，女孩亲切地摇着男人的手，不解地问，那你为什么每天总跟着我呀。

我看见了你的眼睛，就像看见了我的女儿，男人平静地说。

女孩一脸的真诚，说，那你每天早上都来吧，我都从这里走的！

果然，女孩每天都从这里走，男人每天也会准时到，只是不再躲闪。

女孩期末学校评了优秀学生，路过广场的时候她想一定要把这个好消息告诉男人。

男人微笑着向女孩走来，女孩也雀跃地向男人奔去，一阵长长的刹车声响起，只见男人如鸟一样地飞起，惊恐的潮水将女孩淹没。

洁白的病房里，女孩充满生机、朝气蓬勃的鲜红缓缓地注入男人的体内，男人苍白的脸色鲜活起来。男人醒了，看着女孩关注的眼睛，他的眼中一片晶莹在闪动。

人 生 悟 语

生活在社会的大家庭里，我们每个人都既受到过周围人的帮助，也接受过很多陌生人的恩惠。正是那一双双在我们身后关注的眼睛，给予了我们无私的关爱。而我们蓦然回首时，是否看见了他们那可爱的身影？应该记住，多一些关心，也就多一份回报。

(赵辉峰)

温暖的臊子面 王世虎

走出校门，已经夜里 11 点了。我只感到肚子疼痛得厉害，这才想起来，自己连晚饭都没吃。这段时间总是这样，因为要应战下个月的专业考试，没准备好的我只能临时抱佛脚，每天去自习室死啃书本几个小时。

离我租的房子还有一段路，街上已是一片漆黑和沉寂。看来只能回去泡方便面了，我拖着疲惫的身体，一步步往前挪动。

忽然，前面一盏昏黄的灯光吸引了我。我大喜——竟还有一个小吃摊没打烊，一对中年夫妇正坐在那里悠闲地聊天。

我就像一个饿狼似的扑了过去："老……老板，还有吃的吗？"

"有呢，正宗的臊子面。"女人笑着说。

"快给我上一大碗。"我已是迫不及待。

真是人间美味啊！面做得真好吃，完全手工的，汤料也正宗，醇香，油而不腻。我吃得满头大汗，女人不停地劝我："慢点吃，不要急。"

末了，我问："你们明晚还来吗？"

夫妇俩显然吃了一惊，面面相觑了一会儿，女人爽朗地笑："好啊！"

第二天晚上，我果真又看见了他们。夫妇俩像事先准备好了一样招待我，让我受宠若惊。此后每天晚上，我都能吃到热乎乎香喷喷的臊子面。由于那个时段的顾客不是很多,有时我也和他们闲聊一会儿。

渐渐地,我知道了,夫妇俩是从陕北乡下来的,女儿在隔壁大学读大四,因为要考研,正在抓紧最后的时间复习。夫妇俩心疼女儿,便不辞辛苦来到城里照顾女儿。白天,他们做一些小生意,晚上便出来卖小吃,一边赚些生活费用,一边等女儿出来后亲手给她做一碗热乎乎的面。我在心里庆幸:自己的运气可真好,遇见了这么好的事情!

转眼间,考试的时间快要到了。这天晚上,我照例收拾好书包准备离去,忽然,一个戴眼镜的女生在门口拦住了我,问道:"你就是那个每天晚上去吃臊子面的男生吗?"

我点点头。看来,她就是中年夫妇的女儿了。

"同学,我求求你了,不要再这么晚去了,可以吗?"她忽然激动地说,"我妈有风湿病,受不了寒的。"

我一脸疑惑:"我……"

"你知道吗?我爸妈是为了我才出来摆摊受苦的。上个星期,我研究生考试已经结束了,可他们因为你还继续在晚上出来做生意、受苦受冻……我求你了,饶了我妈,行吗?"女生几近乞求地说。

我这才恍然大悟——原来,女孩上个星期就考完试了,可她父母却为了我,白白多受冻了一个星期。

我夺门而出,大步流星地跑了出去。

老远,我又看见了那盏昏黄的灯光。中年夫妇正守候在那里,刺骨的寒风迎面扑来,是那么冰冷。

"哟,今天怎么这么早啊!"看见我来,男人忙像往常一样往锅里下面。

"叔叔,您不要做饭了。"我上前拦住他,哽咽地说,"叔叔阿姨,我都知道了。真的很感激你们这些日子以来对我的关心和照顾,让我感到了家的温暖,你们做的面很好吃,比我妈做的都好……谢谢你们! 可是我不能再让你们为了我受苦了。"我声音嘶哑地说。

老板娘刚想解释什么,忽然看见了后面的女儿。她沉默了半晌,只轻描淡写地说了一句话:"都是离家在外的孩子, 做爸妈的哪能

不心疼呢？"

　　一句话，只有这一句话，凛冽寒风中，我良久无语，已是泪流满面。

　　一颗火热的爱心，即使再遥远，也能将包裹在另一颗心上的坚冰融化。

今冬，飘着春雨 熊延玲

　　风，如手，似臂，轻拂着万物。雨，如雾，像露，滋润着大地。一层细密晶莹的小珍珠，撒在马路边修剪整齐的女贞树上，撒在义敏精心修饰的短发上。

　　这雨，分明就是春雨嘛，但现在是冬天。

　　义敏拿着伞，她不想打，她想让肌肤享受这细雨亲密的抚摸。她健步如飞地走在上班的路上。厂里为她配有专车，她上下班一次也没用过。步行证明她是一个再忙也有时间的人。

　　今天，她比任何时候都起得早，为的是在参加一个重要会议的时刻，还能悠然自得地步行上班，想心事。

异乡的这条街，义敏走了将近 10 个冬天。这一路走来，窄马路变成了宽马路，老街变成了新街，有多少个冬天值得她回味呀！

一个冬天，义敏背着一床被子一身换洗的衣服，随着打工大军涌进这条破旧狭窄的街，投奔小镇最大的国营纺织厂。风像个疯婆子一样，呼呼地卷着塑料袋和纸片，满大街招摇。经过一个小巷口时，她差点没站稳脚跟，被卷进巷子里去。单薄的衣衫让她不住地打战。但她心里不冷，她怀揣着到外面闯天下的理想，这理想让她心里如同沐浴阳光一样温暖。所以，当她想到因为上了大学而甩了她的斌时，依然无所谓地摇摇头，从鼻子里哼出一声冷笑，狗屁爱情，见鬼去吧！

一个冬天，老天向大地扔着小冰雹，义敏一个人走在这条稍稍变宽了的街上。一个噩耗响在她的耳边，落进她的心头。她浑身都冷，但没有流一滴泪。她默默盘算着，怎样向厂长透支这一笔她织一年布才能还清的债务。在病床上挣扎的父亲正等着她寄钱救命。

一个冬天，天像豁开了一个大口子似的，一个劲儿地向下泼着冰冷的水。义敏从家里跑到这条街上。北风卷走了她的花伞，雨幕模糊了街两边的店铺，她的眼前只清晰着一对赤裸的男女，在自己的床上。她的身子不由自主地颤抖了两下，终于没有让冷战从心里打出来。满身的雨水里，没有半滴是泪水。从此，她一直单身。

一个冬天，空中飘起了江南有史以来最大的一场雪。自己打工的国营厂面临着倒闭的危机。早就有心的义敏挺身而出，向厂长立下军令状：给她一年时间，让厂子起死回生，否则，她立马走人，一分工资不拿！厂长虽不能相信她这个打工妹，可事到如今，也只能死马当活马医，让她试试了。厂子真的活过来了！多顶桂冠纷纷戴在她的头上。

她再也不会相信冬天会冷，自然不需要有人为她取暖。

……

不知不觉间，义敏来到厂门口。她正准备跨进大门，突然接到一条来自东北的短信："敏，这边下了大雪，天特别冷，手指伸出来都能冻掉半截。你那边也一定很冷吧？给你买了件羽绒服，快告诉我地址，我给你寄去。"

她合上手机，鼻子一酸，这个傻瓜，不知道今年的江南是个暖冬，用不着棉衣吗？又一想，也难怪，自己一直冷若冰霜地应付他，从不告诉他自己的真实情况，甚至自己身在何处，他都不知道！他怎么会知道这边冷不冷呢？

　　短信又来了："相隔太远了，真想长出一双又长又大的手，长得可以够得到你的脸，大得可以将整个的你都焐在手心里。"她心里一热，眼里，湿湿的液体在闪烁。以前，她不相信一见钟情。没有理由让她相信。曾经爱得死去活来的恋人，曾经相濡以沫的夫妻，都能成为陌路。一见钟情，多么不堪一击！所以，这种呵护、关爱、缠绵的短信，他一天至少发过来几条，她都懒得回复。

　　前来上班的员工向她问好，义敏匆匆掏出纸巾，擦干眼角。一抬头，细细密密的小雨飘到脸上，凉丝丝的。她不由得颤抖了几下身子。她的眼前闪烁着故乡红彤彤的炭火。她的身子又不由自主地颤抖了几下。

　　义敏止住步，回转身子，给刘助理打了一个电话，请他代她主持今天的会议。电话里，刘助理半天没缓过神来，只是连连"噢"了几声。

　　义敏翻开来自东北的短信，按下回复键，输入这样一行字："我好冷，好想有双手焐着，好想有盆炭火烤着。"按下发送键后，她关了手机。

　　义敏打的直奔火车站，踏上北去的列车。

　　如雾，像露，轻轻地，无声地，飘落着，滋润着大地。这本该是明春才飘落的雨，却飘在了今冬。

人 生 悟 语

　　每个人在开始步入人生和社会的时候，都是怀着一颗单纯、火热的真心的。但是岁月的磨砺，世态的炎凉，让人的心渐渐地变得寒冷。但心病还需心药医，一颗火热的爱心，即使再遥远，也能将包裹在另一颗心上的坚冰融化。

(赵辉峰)

"姐,姐……"我扑到姐的身上,有好多话要同姐说,但一句话也说不出来,只是一个劲地哭着。

疯　姐 陈永林

姐比我大 12 岁。

我是姐一手带大的。

姐的疯病不是很重,没发作时同好人一样。姐的病大都在变天的时候发作。姐的病即使发作了,也只是自言自语的。不像别的患病的人追小孩打。

小时候,姐寸步不离地守着我,那时没人敢欺负我。谁敢欺负我,姐就跟谁急。一回,一个大我两岁的男孩打了我,我哭了,姐把那男孩压在身下,让我打他。男孩的母亲来我家告状,母亲就骂姐。姐说:"是他先打弟弟。谁打我弟弟,我就打谁。"

我 7 岁那年上了小学,姐总送我上学,然后接我回家。

碰上下雨天,满是污泥的小路极滑,姐怕我摔跤,背我。我家离学校 4 里路,姐累得气喘吁吁的,我让姐放我下来。姐不。姐说:"你若摔跤了,妈又会骂我。"前些天下雨,姐背我时,脚下一滑,摔在地上了。我和姐都一身的泥巴。姐忙把我抱起来:"摔痛没?"姐的样子很急。我摇摇头:"一点也不痛。"姐这才放心了。

但放学时,我就感冒了,发烧,流鼻涕,打喷嚏。妈就骂姐,说姐这么大的人还照顾不好我。姐不出声,任妈骂。我说:"妈,不怪姐,路太滑。"

小时候的我总为有一个这么疼爱我的姐感到自豪。但懂事后,我为有这么一个疯姐感到羞耻,感到自卑。

那是六月的一天。快放学时,刚才好端端的太阳忽然不见了踪影,阴云却是越聚越厚。片刻就电闪雷鸣,下起倾盆大雨。放学了,同学们都站在走廊里,等家里人送伞来。

没多久,姐送伞来了。姐浑身湿透了,冷得不停地哆嗦。那时我在教室里写作业。姐站在走廊里,也不叫我。目光呆滞的姐嘴里叽里咕噜地说些谁也听不懂的话。走廊里所有人的目光都落在姐的身上。

全班的人都知道我有一个疯姐了。

此时有人喊:"林子,你姐给你送伞来了。"我见了姐的疯样,真恨不得地下有条缝,我好钻进去,永远在同学们面前消失。极度羞愧的我理也不理姐,也没从她手里拿伞,而是光着头冲进雨中。

姐在我身后喊:"林子,戴伞。"姐跑着追我。姐摔了一跤,马上爬起来,又追。我跑得更快了。

跑到家,我浑身湿透了。姐也一身泥水。

妈又骂姐:"你是怎么送伞的?……"我说:"不关她的事。我今后再不要她送伞了,送了伞我也不用,省得同学们都笑我。"

但一下雨,姐仍给我送伞。

我对妈说:"姐若给我送伞,那我就不上学了。"妈说:"她硬要给你送伞,拦也拦不住。"

我不再理姐。姐同我说话,我也装作没听见。姐说:"我做错了什么?你怎么不理姐?你不理姐,姐心里好难过。小时候你多亲姐,半个上午没见到姐,就哭着找姐。什么话也喜欢跟姐说。"姐的泪水一滴又一滴地掉下来,"要是你不长大那多好!"我的牙一咬,狠狠心说:"我没有你这个丢人现眼的疯姐。你让我在同学们面前抬不起头。"姐的身子激烈地抖了一下,姐的手不住地抖。我忙出了门。

此后,我再没同姐说过一句话,姐也没找我说过一句话。

只是我上学时,走了很远,总能看见姐站在村口目送我。我到学校了,她才走。放学时,姐也总站在村口迎我。她看见了我,便加快了步子。我知道她是担心我的安全。小时候，我极贪玩，也极喜欢玩水。而我上学的路上有两口池塘。姐以前总不让我玩水。

但是那天上学的路上，我见池塘里有许多蝌蚪，忍不住蹲下来捉蝌蚪。捉了一只蝌蚪，我就放进矿泉水瓶。当我想捉第二只时，听到姐喊："林子，不能玩水。"我不听，仍捉蝌蚪。蝌蚪游得很快，我的身子不停往前挪，终失去重心，一头栽进池塘里。我手脚乱扑腾，"姐，救我。"但我的嘴里灌进了几口水。后来的事我不知道了。

当我醒来时，在场所有的人都一脸泪水。

原来姐为救我死了。

"姐，姐……"我扑到姐的身上，有好多话要同姐说，但一句话也说不出来，只是一个劲地哭着。

妈说："林子，姐是为你疯的。"

姐11岁那年，爸妈为生个儿子，便让姐装疯。因为按政策，夫妻生的子女如有残疾，就可再生一个。爸妈不准姐洗脸，不准姐梳头，不准姐同任何人说一句话。姐一说话，妈就打姐，姐憋得难受，只有自己跟自己说话。

我生下来后，姐真的疯了。爸妈才后悔。原本爸妈想，只要把我生下来了，就不需要再让姐装疯了，那样村里就罚不到我们家的钱。

妈一脸的泪水："你姐最喜欢的人就是你，她心甘情愿地为你疯，心甘情愿为你死……"

"姐，姐，我最好最好的姐……"

人 生 悟 语

　　每个人在儿时的心灵都是单纯的，随着年龄的增长，逐渐在乎别人的看法，不自觉地将心灵的眼睛遮蔽，忽略了我们身边最真挚的爱。学会理解，学会感受，你就会发现，那许许多多的爱，正绕在我们的周围。

(赵辉峰)

哥　郑俊甫

哥终于要定亲了。

一大早，母亲就开始忙前忙后，把哥收拾得利利落落，然后，把一个蓝布包小心地塞进哥贴身的口袋里。布包里是 1000 元钱。相亲的时候，女方说了，给 1000 元钱，再买两件衣裳，就把亲事订下来。那段日子，为了这 1000 元钱，母亲几乎没有睡过一个囫囵觉。她先是把家里唯一值钱的一头猪低价给卖了——那头猪还不够斤两，可母亲也顾不得了，又四处磕头作揖求亲戚告邻居，总算筹到了 800 元钱。还差 200，母亲实在没有辙了，最后，母亲把目光落在了我的身上。我正打算去县里的一所中学复读，刚刚跟母亲要了 200 元钱。母亲犹豫着说："小小，要不……把你的学费给你哥吧？娘回来再给你筹。""我不！"我捂着口袋说，"我就不！"我知道，这钱给了哥，我就再也念不成书了。母亲的泪就下来了，母亲哀求着说："小小，你晚读一年书不当紧，总不能让你哥一辈子打光棍吧？"

我也哭了。为自己，也为哥。

那年，哥已经 29 岁了。在豫北乡下，跟哥一样大的人，孩子差不多都该念小学了，可哥仍旧单着身。不是哥长得丑，哥的模样周周正正，稍微拾掇一下就像极了电影里的明星。也不是哥的脑子笨，哥读小学的时候，也没少往家里拿奖状。说到底，都是因为家里穷啊。父亲在一家砖窑搬砖,不小心伤了腰,虽然没有落下什么大病,却再也干不成重活了。母亲守着几亩薄田,一年到头打的粮食刚够填饱全家的肚子,哪有钱给哥盖新房啊。辍学后,哥也曾提出去砖窑搬砖,母亲死活不答应,母亲说,宁可过着穷日子也不愿意家里再添一个病人了。几年里,媒人给哥介绍的对象,走马灯似的在我们家的土坯房里变着脸,来的时候都是欢天喜地的,走的时候却一个个撅着嘴,虎着脸。

我成全了哥。那天早上,哥带着钱走后,我们全家都待在家里,急切地等着哥的消息。母亲甚至隔上一会儿就要跑到村头,看看哥回来了没有。天擦黑的时候,哥终于回来了,一回来,哥就哭丧着脸蹲在院子里的枣树下,一言不发。母亲不停地追问,问了好几遍,哥才嗫嚅着说:"娘,我把钱丢了。""在哪儿丢的?"母亲一惊。"在城里,买衣裳的时候,可能遭到贼了。"哥说。

哥的话像一记闷棍,母亲立时就瘫在了地上。屋里的父亲佝偻着腰冲出来,顺手操起一把扫帚就往哥的身上拍。哥不躲,哥就那么呆愣愣地蹲着,承受着父亲暴风骤雨般的拍打。打了一会儿,父亲忽然丢了扫帚,痛苦地蹲在母亲身边,无助地扯起了自己的头发……

第二天,媒人来了,问哥为什么不去送衣裳和钱。母亲苦着脸说明了情况。媒人摇了摇头,说:"老大咋这么命苦哇?"顿了一下,媒人又说:"可这事咋办呢? 那边说了,三天送不去衣裳和定亲钱,这事……"媒人看看哥,又看看母亲,没有再说下去。母亲强打着精神笑了笑,说:"他婶,你放心,三天里我一准把钱凑齐。"

母亲又开始借钱了。从早上天不亮出门,一直到屋里亮起了灯,母亲整整奔波了三天。三天后,母亲坐在桌前,把借来的块块毛毛都摊在桌上,和父亲一遍又一遍地数着。一共315元,离1000元还差得远呢。我听见父亲用手捶着桌子,恨恨地骂了一句:"龟儿子,让他一辈子圈在家里算啦!"

媒人又来了,母亲拎出一篮准备好的鸡蛋,央求道:"他婶,你能不能再去说和说和,让他们缓上一段日子?"媒人没有接,媒人

瞅瞅那篮鸡蛋，叹了口气，走了。这一走，就再也没有登过我们家的门。

过了几天，哥又提出要去砖窑搬砖，母亲仍旧不同意。可这次哥似乎铁了心，哥说："娘，你总得让我把丢的钱挣回来吧？"母亲拿眼光扫着父亲，父亲正抽着一袋旱烟，袅袅的烟雾滑过他清瘦的脸。沉吟了一会儿，父亲终于说："还是放他去吧，总不能真让他在家圈一辈子吧？"

哥收拾行囊走了。走的那一天，哥悄悄地把我扯到一边，从怀里掏出一个蓝布包递给我。我问哥是啥？哥笑笑，什么也没说。

哥走出去好远，我才想起打开那个包。打开后，我就愣了，蓝布包里包着的正是母亲交给哥的定亲钱！钱上面还压着一张叠得四四方方的纸条，纸条上是哥的字：小小，好好念书吧。

我对着哥的背影歇斯底里地喊了一声"哥——"，就哽咽着再也说不出话来。

127

老人的故事讲完了。所有的人都安静地听着，不少人眼中泛起了闪闪的泪光，老人已是满脸的泪水。

半瓶香油 彭永强

故事发生在 1993 年。那时离春节只有一个月的时间了。通过香港海关到大陆的人特别多，因此，工作人员也格外忙碌。

一位老人吸引住了他们的眼光。他衣着朴素，随身仅带一个简易的旅行包，然而，令人不解的是他的左手里提着一个瓶子，瓶子里有半瓶黄澄澄的液体。

一位工作人员按捺不住好奇心，问他："这位先生，您的瓶子里装的是什么呀？"

老人淡淡地说："是香油。"

这时，所有在场的人都感到不可思议，这位老人千里迢迢地赶往大陆，竟带着半瓶香油。"您这是为什么呢？"另一位女士终于忍不住问道。

老人脸上浮出了凄楚的神色，缓缓地说："这是我母亲要我买的。44 年前的一个中午，母亲正在做饭。饭马上就要做好了，却发现家中没有了香油。她拿出一些零钱来，让我到不远处的一家卖油铺去打半斤香油。临走时，她还说：'孩子，你跑快一点，娘马上就把饭做好了，别耽误吃饭。'"

这时，泪从他的眼角流出来。顿了一顿，老人接着说："我刚走出家门，就碰到了一群穿军装的人，他们用枪逼着我，让我帮他们拉大炮。

后来,为了活命,我就跟随着他们一起打仗。再后来,我随着军队到了台湾……这几十年,我得不到一点儿家中的消息。直到三年前,我才和家乡的亲人联系上。他们说,我母亲在我走了之后就疯了,见人就说等着我打香油回家……"

老人的故事讲完了。所有的人都安静地听着,不少人眼中泛起了闪闪的泪光,老人已是满脸的泪水。

　　一切都像以前一样,我们默默地上班,默默地节约。突然有一天,我收到一张 8000 块钱的汇款单,还有一封信。

还　　债 <small>程维平</small>

　　一结完婚,我就带着老婆到了广州。我依旧在原来的电子厂做流水线工人,老婆在一个老乡的帮助下,进了一家服装厂。我们俩的工资加起来也只不过2000元而已。

　　广州是一个高消费的城市,而且我们在外面租了房子,这样,一个月下来,我们的收入也所剩无几了,小日子过得很拮据,更是谈不上往家里寄钱了。

去年春节回家，年迈的父母又向我们要钱，我将仅剩的 500 元给了他们。见只有 500 元，他们不高兴了，尤其是母亲，立即把脸一沉，说我们把打工挣来的钱存进了银行，或者说我们在外面乱花掉了，与此同时，父母提出了分家的要求。一气之下，我答应了他们。我们分到了三亩地，还有 8000 块钱的债务。他们的理由是，这些债务是给我结婚时所欠下的，我必须得还一部分。无奈，我只好答应了，但三亩地我是坚决没有要。

对我们来说，分家是雪上加霜，这 8000 块的债务更是一种负担。

这一个春节，我心事重重，老婆唉声叹气，8000 块钱怎么还啊？我们一直在探讨着这个十分敏感的话题。唉！我不知道父母亲怎么会忍心让我们还这个 8000 块的！刹那间，多年的养育之恩荡然无存，我认为，这个时候我和他们的关系纯粹是金钱上的关系，对他们的不满上升为对他们的痛恨！

大年初五一过，我们就匆匆踏上了开往广州的列车。到广州的第二天，我们就开始了新一轮的打工生活，开始了挣钱还债的艰苦岁月。静下心来好好地想了想，与其说挣钱，还不如说是省钱。我们的工资收入是不变的，去年没有余钱，实际上全花掉了。换句话说，今年能节约多少就是余多少了。我把这个想法跟老婆一说，想不到她也有同感。

从此以后，我们开始想方设法地节约。我戒了抽了 4 年的香烟；老婆的化妆品档次也降低了；以前是三天吃一顿肉，现在改为一周一次了，有时候还不止一周。反正能节约的地方，我们都节约了。一切都是债务惹的祸，一切都是父母惹的祸。

不知不觉中两个月过去了，当我们颤抖着双手打开我们的"小金库"时，老婆一下子跳了起来："老公，这两个月我们余了九百多块哪！"看着欣喜若狂的老婆，我一阵心酸："老婆，让你跟我受苦了，对不起。"

老婆捂着我的嘴，示意我不要说了，但我分明看到她的眼睛里有晶

莹的东西在闪烁,那是眼泪!我发誓,等还了债,一定好好攒钱,让老婆和我们将来的孩子过上好日子。当天下午,我就到邮局寄了900块钱给家里,而且在附言栏里清楚地写上了"还债"的字样。

就这样,一直到今年的8月,我们终于攒下了8000块钱。当我把最后一张汇款单寄出去,走出邮局大门时,面对着高楼大厦,我深深地吸了口气,高呼万岁!

当天晚上,我们躺在床上,谈论着过去艰辛的日子,我突然心血来潮:"老婆,债终于还了,明天可以买肉吃了……""呸!想得倒美,快30岁了,你有多少存款?"老婆的这一问让我哑口无言。对啊!我到底有多少存款?那一夜,我失眠了。

一切都像以前一样,我们默默地上班,默默地节约。突然有一天,我收到一张8000块钱的汇款单,还有一封信。拆开信,我认认真真地看起来:

平儿:

　　8000块钱爹又给你寄过去了,爹知道攒这些钱对你们来说很不容易。其实我们家根本就没有债务,但是,你们在广州打工几年都没有余钱,我和你娘都很着急。无奈之下就想出了这个办法,让你们学会节约,学会攒钱,请原谅我们这样做……

眼泪模糊了我的双眼。

人 生 悟 语

　　在商业社会里,金钱和利益似乎成为衡量一切的标准。但是总有些美好的东西,对于我们来说更加的珍贵和难得。父母对子女的爱,永远是人间最宝贵的财富。有时爱的给予,并不都是那么表面,而是藏在一片难以察觉的苦心之中。

(赵辉峰)

村长打开了另一个纸团,只是用眼睛了瞭,就念出了个"输"字。随即,他划着一根火柴,很快就把两张纸片点着了。

抓 阄 戴晓东

一场大雨,从中午下到了黄昏,才慢慢地变小了。

大龙和小龙站在门前,望着不远处的那条公路。大龙想,爹去了半天了,也该回来了。小龙想,莫不是爹遇见了熟人,或有啥事情给耽误了。

"哥,要不,俺去迎迎咱爹?"小龙推着自行车,一副急匆匆的样子。

大龙一把夺过了自行车,"还是俺去,你和娘在家里等着。"说罢,跨上了自行车,冒着淅沥的小雨,沿着弯弯的山道远去了。

"哥,你的雨衣……"小龙从屋里拿出雨衣时,大龙早已不见了踪影。

"娘,我哥去迎爹了。"小龙回到屋里,对双目失明的娘说,"娘,你别急啊,爹一会儿就回来了。"

娘摸索着站起身来,她扶着小龙走向了门槛,"按说,这时候了,也该回来了呀!"她叹了口气,转过身对儿子说,"说不定,你爹去了三姨家,你姨答应借俺一万元钱哩!"

"娘,等俺和哥读完了大学,就把你和爹接到城里去享福!"小龙拉过一张木椅,让娘坐了下来。

娘笑了,笑得流出了眼泪。"好啊,那时娘和你爹,就是村里最有福气的人了。"

"那是!谁让娘生出一对考上大学的儿子呢!"小龙陪娘说着话,眼睛却不时地瞥向公路。天黑了,屋里的电灯亮了。

突然，门外传来一阵嘈杂声。几个村民推着一辆平板车，借着手电的微弱光亮，很快就来到了门前。

"嫂子，出事了，老哥开着的运石车翻下了山崖……"说这话的，是浑身湿透的村长。

小龙奔了出来，娘也迈着颤抖的脚步跟出了门外。

"娘，俺爹他……"大龙浑身透湿地站着，双手还紧紧地握着车把。

平板车上，一位中年男子，直挺挺地躺着，全身上下已是血肉模糊。

"爹，你怎么了？"小龙一下扑了过去。

"龙他爹，你这是怎么了？龙他爹呀……"双目失明的女人，跌跌撞撞地摸到丈夫的身边。

于是，一阵凄惨的悲哭，在山村漆黑的夜晚传得很远……

第三天，乡亲们将棺木抬到了山上。不一会儿，山洼里就堆起了一座新坟。

安葬后的当天晚上，娘把两个儿子叫到了身边，她取出一个纸包放在了桌上，"大龙，小龙，后天就是你哥俩报到的日子了，这两万块钱，你哥俩就看着分了吧！"

"娘，俺不上大学了，俺在家陪着你。"小龙眼泪汪汪地依偎着娘，态度却十分坚决。

"娘，俺不去读书了，都走了，你咋办？再说，两人读书得花很多的钱哩……"大龙站起身来，握住了娘那双粗糙的大手。

娘推开小龙，也一把甩开了大龙的手，"两个畜生！非得气死娘是不是？你爹刚走了三天，俺的话就没人听了吗？天哪……"

"娘，你别哭了，爹不在了，俺家哪来这么多钱供咱读书？让大哥去读书，俺在家里做工挣钱。"

"这咋成？俺是哥，长兄为父哩！这书，理应小龙去读！娘，你咋不说话了呢？"

你一言我一语，大龙和小龙，试图说服着对方，两人把企求的目光投向了娘。此时，娘早已偏过头去，把饱含泪水的眼睛转向了窗外。

"扑通"一声，大龙和小龙，都跪在了娘的膝下。娘把两个儿子搂在了怀里，更是泪如雨下，"他爹呀，这可咋办哟？"

"娘，你也别为难了，我和弟弟抓阄决定。"过了很久，大龙开口说道。

"娘，让哥去读哩！还抓啥阄吗？"

弟兄俩争来吵去，依然没有个结果。这时，思前想后的娘，终于狠心作出了决定，"你俩可是孪生兄弟啊！出世的时候，早生和后生是个天命。如今，谁读书谁不读书，也只好抓阄了，好歹都得认个天命哩。"

"那好，就依抓阄。不过，谁赢谁去读书！"过了片刻，小龙也开口答应了。他想，从小到大，每次玩抓阄游戏总是哥赢，这次肯定还是哥赢。

"娘，俺去找村长叔，请他来做个公证！"听了娘的话，大龙立刻站起身来，迈开脚步走出了门。

一个小时后，大龙和村长走进了屋子。

落座之后，村长交代了几句，就取出了两张纸片，并很快就写好了字。接着，他把纸片揉成了两个纸团。

"这两个纸团，一个写'输'，一个写'赢'，输了就留在家，赢了就去读大学。大龙，小龙，你俩，谁先拿哩？"村长把纸团扔在了桌上，说罢就眯缝着眼睛，吧嗒吧嗒地抽起了旱烟。

大龙看了小龙，小龙也看了看大龙。

"咱一起拿！"

"好！拿就拿。"

大龙和小龙，闭着眼睛，伸出了手，各自摸到了一个纸团。

小龙先把纸团递给了村长。村长打开了纸团，皱巴巴的纸片上写着"赢"字。小龙顿时傻了眼，一屁股跌坐在椅子上，娘摸索着把他搂在了怀里……

村长打开了另一个纸团，只是用眼瞟了瞟，就念出了个"输"字。随即，他划着一根火柴，很快就把两张纸片点着了。

望着燃烧的纸片，大龙的眼里流出了热泪。

过了两天，大龙挑着行李，把小龙送到了汽车站。

又过了几天，大龙娘给男人上坟。谁知，刚刚走近新坟，就听到了一个男人的喃喃自语，"老哥，别怪兄弟心狠，大龙跪在俺脚下，半天都不肯起身啊，俺只好写了两个'赢'字……老哥，谁让俺山里穷哩！"

"大龙，俺的儿哟……"顷刻，一个女人的哭声，在山谷里传开了……

欧阳嫂流泪了。她回到家后一口气剪了无数个蝴蝶，一根火柴，美丽的蝴蝶化做一缕轻烟，他希望小男孩能收到她的蝴蝶。

飞翔的纸蝴蝶 郭震海

欧阳嫂做梦也没有想到她的剪纸作品能一夜成名。

在黄河滩村自古就有剪纸的传统，家家户户的女人都会剪纸，年年有鱼(余)、龙凤呈祥、春回大地……每年的春节，家家都会在窗玻璃上贴上象征吉祥如意的窗花。

除夕的当天，夜幕降临，皑皑白雪中，映衬着红红的窗花，还有孩子们的嬉闹声，噼里啪啦的爆竹声，在黄河滩村的大地上构成一幅有声有色、如梦如画的风景。

欧阳嫂家的窗花总是清一色的蝴蝶花，贴在窗玻璃上，每一只蝴蝶都仿佛在草丛中翩翩起舞。来求欧阳嫂剪蝴蝶的人络绎不绝，热情的欧阳嫂来者不拒,只要来者拿够了纸,欧阳嫂有的是时间。

有一天,一位民俗爱好者将欧阳嫂的蝴蝶剪纸带到了一次全国性的民间艺术展上,一举夺得大奖,欧阳嫂和她的蝴蝶剪纸一夜成名。

出名后的欧阳嫂变得很忙碌,来自全国各地的民俗爱好者纷纷找上门来请她剪纸,而且每一次都会付上数额不等的酬劳,刚开始欧阳嫂不好意思收,来者说:"收下,为什么不收下,这是你应该得到的!"后来欧阳嫂才知道这叫什么版权费。是的,活了半辈子,从小就跟着母亲学剪纸的她从来不知道什么叫版权,也是第一次听说,更不理解"版权"这两个字的意思,但她明白她剪的蝴蝶现在已经不是一幅简单的剪纸,而是钱,每动一下剪刀都是钱。

有了"钱"这个概念,在黄河滩村的窗户上就很少再见到欧阳嫂剪的蝴蝶了。欧阳嫂惜剪如命,后来明码标价,一幅蝴蝶剪纸300块,出钱就剪,不出不剪。靠土地和打工为生的乡亲们并没有多余的钱用来装饰窗玻璃,春节贴窗花只不过是图个吉利。300块钱贴一幅蝴蝶窗花,除非是疯了!欧阳嫂出名了,然而找他的乡亲却没有了。短暂的红火之后,外面拿钱让欧阳嫂剪纸的民俗爱好者也没有了,似乎把她遗忘,欧阳嫂家的小院开始变得冷清了。

有一对中年夫妇突然找上门来,要求欧阳嫂剪一幅蝴蝶。这让欧阳嫂感到意外,欧阳嫂说了价格,中年夫妇很犹豫问能不能少些,欧阳嫂没有回答,中年夫妇最终买了蝴蝶剪纸。

几个月后欧阳嫂在医院做阑尾手术。住院康复期间,她遇到了一个患有白血病的小男孩,他只有5岁,尽管还在病痛的折磨中,每一次化疗结束后,小男孩都会戴着口罩在医院的花园里玩儿。欧阳嫂坐在花园的凳子上,小男孩跑过来扑闪着大大的眼睛问:"奶奶,您也不舒服吗?""是啊!奶奶做手术了!"欧阳嫂说。"奶奶,医生给您打针的时候您哭吗?"小男孩好奇地问。"不哭,因为奶奶是大人了。""我也不哭,因为我有这个!"小男孩说着小心翼翼地从身上掏出一个纸蝴蝶,蝴蝶的翅膀上系着一条长长的丝线,小男孩用手拉着快乐地奔跑,蝴蝶就凌空飞舞,漂亮极了。小男孩就像飞翔的蝴蝶一样无忧无虑。欧阳嫂看了看男孩手里的蝴蝶，可以确定这是她剪的蝴蝶，因为蝴蝶的翅膀上还有她做的一个小小标记。也许是为了防止盗版，剪纸出名后她对自己剪的每一只蝴蝶都要留有只有自己知道的标记。

"你的蝴蝶很漂亮，能告诉奶奶从哪里得到的吗？"欧阳嫂问小男孩。"爸爸妈妈给我买的，好贵好贵的。爸爸妈妈给我治病花光了钱，我喜欢蝴蝶，他们借钱给我买的。我每一次看到蝴蝶的时候身上就不疼了，奶奶您也想要蝴蝶吗？想要了我给奶奶做一只！"小男孩说着又拉着蝴蝶在草地上奔跑起来。

就在欧阳嫂准备出院的时候，小男孩离开了这个世界。在他的病床上凌乱地放着好多纸，还有剪刀。护士说就在给他实施急救的最后时刻，他手里还紧紧地握着那只纸做的蝴蝶，他让妈妈把手里的蝴蝶给花园里坐着的奶奶，因为他没有帮奶奶做成蝴蝶。他说奶奶有蝴蝶就不疼了。

欧阳嫂流泪了。她回到家后一口气剪了无数个蝴蝶，一根火柴，美丽的蝴蝶化做一缕轻烟，他希望小男孩能收到她的蝴蝶。

又是一年春节到了，欧阳嫂很早就在院子里摆起桌子剪蝴蝶。那一年黄河滩村家家户户的窗户上都贴上了红红的蝴蝶，除夕夜灯亮了，下雪了。洁白的雪花映衬着红红的蝴蝶窗花，整个村庄都在飞翔。

人 生 悟 语

欧阳嫂的纸蝴蝶让一个患白血病的小男孩感受到生命的欢欣，可是她的纸蝴蝶却一度染上了世俗金钱的色彩。在一个夭折的小生命的启示下，纸蝴蝶恢复了它本来的神采。飞翔的纸蝴蝶，象征的是最至纯至真的乡情、亲情和生命之爱，它让我们明白人间最珍贵的是爱，而不是金钱。

(薛荣建)

擦亮心灵的眼睛,学会理解,学会感受,就能发现——爱,正环绕着我们。

一诺抵千金

第五辑

每一个人，都是一本书，但书的内容却千差万别。缓缓地翻开书本，我们将会遇到一幅幅截然不同的面孔，他们或正直、无私，或宽容、友善，或传奇、守信，虽然表现各异，但他们无疑都有以下共同的特点，那就是让我们温暖，让我们感动。

正所谓有奇事才有奇人，其实奇人也并不奇，只是坚持自己的做人原则，不肯顺世随俗而已。

青瓷赝品 余显斌

小镇漫川，五水环绕，地灵人杰，其中名人，首推王三奇。王三奇原名王子翰，年老退休，赋闲在家，日常无事，画几笔画，赏几件古董，把个小日子过成了隐士。

王三奇的奇，一是绘画。一支笔，逆锋而上，中锋用笔，散淡几笔，几茎兰草，无风自摇。叶间淡淡几点，几瓣兰花如蝶，清新淡雅。画旁题诗"兰生空谷，无人自芳"。王三奇画画，不卖不送，独自赏玩，自得其乐。

二奇是赏古玩。一日，在古玩摊经过，见一破损瓷器，内画一鱼。瓷器已残缺，放在那儿，无人问津。王三奇拿着敲敲，袖中伸出二指，说两千元，卖不？

摊主大喜，想这破瓷，从无人问，两千就两千。

成交之后，王三奇拿着青瓷，回家一洗，倒上一杯陈年老窖，只见清冽的酒内，杯中鱼儿须尾皆动，活了一般。据说，这瓷，竟是当年元代宫廷珍品。

第四天，就有人上门来买，给价10万，王三奇将须一笑，道，万金不卖，遑论十万。那意思摆明了，多少都不卖。

来人无语，悻悻而退。

而最让漫川人津津乐道的，莫过于第三奇了，那就是倔。老头子的

倔,达到了极点,算得上小镇古今无二。

据说他当校长时,一日在教室外经过,听一年轻的生物教师上课,给生物下一定义道,这么说吧,天上飞的,地上跑的,都是生物。

他瞪圆了眼,敲门喊,小伙子你出来,出来!

小伙子不知发生了什么事,赶忙跑出来。他问,天上飞的飞机,地上跑的汽车是生物吗?一句话,让小伙子目瞪口呆。

还有一次,炊事员抱几根柴进厨房,枝梢向后翘着,他见了说这样稍不注意,枝梢就会伤到学生的眼睛。

炊事员偏不认错,以为没啥。

这让老头子十分生气,为了让炊事员牢记这事,马上命令把柴抱出来,重新按他的要求,截短了再抱回去。

气得炊事员当天饭也不做了,辞职回家。而这炊事员,正是他的妻子。

最倔的,莫过于后来发生的事。在他获得青瓷不久,儿子王小小就官运亨通起来,由教师改行,进入政界,副科长、科长,最后一跳,做了市长办公室主任,别说镇里县里,就是市里,也是风光无限的人物。

这其中,不说别人啧啧称奇,就连王三奇也连连称叹,说论才吧,儿子才能也并不突出啊;说是后台吧,数遍三服之内,自己也没一个台上人啊。

这实在只能归结为这小子命好。王三奇想。

大概在王小小当主任半年后吧,王三奇过生日,市长亲自来祝寿。市长出马,全市官员,谁敢落后?一时车水马龙,兴奋得王三奇老脸发光。

酒过三巡,菜过五味,市长提议看看那青瓷。

王三奇趁着酒兴,进了内室,拿出一个绸包,打开,一个檀木盒;再打开,一件青瓷赫然在目。王三奇得意地拿出,倒一杯烈酒,那尾鱼在酒中展翅摆尾,栩栩如生。看罢,马上宝物归盒,抱入内室。

再出来时,市长连夸宝物,难怪王老先生10万元不卖了。

王三奇一愣,问不知市长怎么知道?

儿子压低声音说,那是市长派的人。

王三奇一言不发,儿子在旁边扯扯衣袖,说,爹,市长今天给你这大面子,再说没少照顾我,那瓷器——

王三奇抬头,见市长火辣辣的眼睛望着自己笑,就一咬牙,说,好的,既然市长要,老朽礼当献上。

说完,进了内室,再出来时,抱着绸包,可人老体衰,一不小心,摔倒地上,大家忙去拉起,打开木盒时,青瓷已经雪花粉碎。

满堂人长叹,市长更是脸色灰白,转过身,一甩袖子走了。

几天后王三奇抱着一个木盒,去了省博物馆,打开木盒,里面赫然是那个青瓷珍品。

人生悟语

正所谓有奇事才有奇人,其实奇人也并不奇,只是坚持自己的做人原则,不肯顺世随俗而已。不为名利所动,不为权贵折腰,如此高风亮节,怎么不让人佩服,不叫人称奇呢?只要坚持做人的原则,你也可以做奇人。

(艾晓松)

因为那不仅仅是儿时的一个小小的交易,它关系到一个人的诚信。自己就是丢掉一切,也不能失去诚信,那才是无价的。

一诺抵千金 郭震海

去听一堂讲座,讲师说 2002 年感恩节期间美国《芝加哥电讯报》报道了一个案子:该地一名男子向当地法院提交一份诉状,要求赎回自己去埃及旅行的权利。该案一出，立即在美国引起轩然大波。

这名男子叫赛尼·史密斯，案情也非常的简单：40年前，赛尼·史密斯刚6岁，正在威灵顿小学读一年级。有一天品行课老师玛丽要求他们各自说出自己的一个梦想，当时同学们都表现踊跃。赛尼·史密斯一口气说出了两个梦想：一个是他想拥有属于自己的一头小牛；另一个是想去埃及旅行一次。可是当老师问一个叫杰米的男孩时，杰米竟然一下子说不出自己的梦想。玛丽老师建议他向其他同学购买一个属于自己的梦想，于是杰米就拿出身上仅有的3美分向拥有两个梦想的赛尼·史密斯购买了一个。当时赛尼·史密斯太想拥有属于自己的一头小牛了，就让出了自己去埃及旅行的梦想给杰米。

40年过去了，赛尼·史密斯已经事业有成，并且在商界很有威望。40年来他去过世界的很多地方，但从没有去过埃及。不是他不想去，他也曾经多次想过。据他说，从他6岁以3美分卖掉去埃及的梦想之后，他就始终没有忘记儿时的那个梦想，然而作为一个忠诚的基督教徒和一个有威望的商人，他不能去，因为他已经卖掉了这个梦想，要去就必须经过杰米的同意，赎回自己的梦想。

2002年感恩节期间，他的妻子把去埃及列为一个旅行项目。赛尼·史密斯也确实想去。他决定找杰米赎回这个梦想，因为在他看来只有这样才能很坦然地踏上那片土地，否则他的心会很不安。

当时那个买梦想的杰米，40年后也是一个很成功的企业家。他是这样说的：我接到赛尼·史密斯先生的律师送达的赎回请求时，我正打点全家一起去埃及。这好像是我回绝赛尼·史密斯的理由，然而不是，真正的理由不是这个，而是这个梦想的价值。大家都清楚，小的时候我是个穷孩子，当时穷得不敢有自己的梦想。自从我在老师的鼓励下买下那个梦想之后，我变了，上帝作证我彻底地变了，突然就变得很富有：我不再淘气，不再浪费自己的时间，我的学习有了很大进步。我之所以能考上华盛顿大学完全是因为那个梦想，因为我想去埃及；我能认识我美丽的妻子也是因为这个梦想，

妻子是一个对埃及古文明很着迷的人；我儿子在斯坦福大学读书也是因为这个梦想，因为很小的时候我就告诉他，我有一个梦想，那就是去埃及，到时候希望全家人一起去。现在我在芝加哥有6家超市，总价值是2500万美元。我一直在想，如果当时我没有去埃及的梦想，我一定不会拥有这么多财富的。假如这个梦想属于你们，而且这个梦想已经融入你们的生命之中，和你们的生活和命运紧密相连，密不可分，你们认为它是不是无价之宝呢？

我听了这个故事后，感到美国人真是可笑极了。6岁时的一个卖了3美分的梦想，事隔40年，在我们看来也许根本不值得一提。想去就去呗，为什么要把儿时的一场游戏当回事呢？谁在儿时没有做过这样或那样的交换？谁在一生中没有许过这样或那样的诺言？

然而讲师最后说，据《芝加哥电讯报》报道，赛尼·史密斯最终没有去埃及，而是上诉到联邦法院，他声称：就是花光自己的所有家产，哪怕把官司打到自己的孙子那一代，也要赎回自己儿时的梦想。因为那不仅仅是儿时的一个小小的交易，它关系到一个人的诚信。自己就是丢掉一切，也不能失去诚信，那才是无价的。

人 生 悟 语

为了儿时的梦想，为了往日的承诺，引起轩然大波，在我们看来多么的可笑。但正因为对诚信的看重和对梦想的执著，造就了成功者。我们应该重新学习、认识生活中被我们忽略的人生信念。

（艾晓松）

酒后,抱出所余画纸,拖出那张画案,竟是付之一炬。望着冲腾丈余的火焰,先生哈哈狂笑,其声凄切,令人毛骨悚然。

白 先 生 谭成举

丰县多怪杰,白先生当推为首。

先生无师自通,画得一手绝画,且从不用笔墨。

先生旁者不顾,只画荷。

闲暇之余,先生便去深山老林采集百草,挤汁兑水,或浓或淡,注入瓦罐,待用时,根据用量,倾于碗中,置之画案,后,唰地一铺宣纸,不想这时手把碗一带,碗中汁液全泼于纸上。你正叹可惜,却见他微提画纸,噗噗几口,吹得那汁液扩散开去,迅即又伸开五指,指走龙蛇,或勾或点,或破或染。须臾间,那活鲜鲜的荷便跃然纸上,爱煞众人,让你惊叹不已,钦慕一世。

先生名冠丰县,索画者自然甚多,而多者又为政界要人,商贾名流。然先生生性高洁,做人不卑不亢,自是轻易不应,这便得罪者甚众。就是万般无奈,被迫应付,他也不肯马上动手,而是预约三日。期间,他便打探索画者人品、政绩等,论人作画,或病荷或残荷,或污荷或媚荷。友人不解,私下问之,答曰:只配此荷!好在大多索画者不明其意,只观神韵,沾沾先生名声,多能满意而归。先生望其背影,便冷笑不止。

先生年届半百,名满画界,然驰骋教坛三十有余年,却仍一介民师,究其因,自是不言而喻。转不了正,则薪金甚微,他又不愿售画,一家人活得就十分艰辛。不想这年老伴身患绝症,后又儿子腿残,儿媳远走他

乡，这个家就更显凄惶，有时竟至无以为炊，先生也就落得郁郁寡欢，一下子苍老了不少。

这时，友人劝其俗气一次，写份申请，搭上一幅好画，送上去，请求上面救助。先生沉吟良久，大大叹息一声，说，申请的事就试试吧，不过，这画是万万送不得的。友人就摇头。

不几日，奔来一"蓝鸟"(本地机关单位专用车)，肚中奔出一瘦子，乃为某局长，言称专为申请之事而来，正待研究。瘦子很高，特瘦，似一辈子难以养肥。瘦子闻先生堂前挂有《清荷图》，曾几次含蓄索之，先生觉其不配，装聋作哑，未允。

瘦子进屋，直奔《清荷图》，驻足作观赏状，并用手细细触摸。口中啧啧赞叹，似情深意切。

此画也果真是好画，但见远景天空辽阔，清爽无云；中景荷叶田田，百态千姿；近景乃一荷独立，不妖不媚，不卑不傲，在远中之景映衬下，更显超凡脱俗高洁万分。真乃绝品！

临走，瘦子回首望《清荷图》，对先生意味深长地一笑，最后言称申请之事不日见分晓。先生明其意，一脸鄙夷。

一月无音，两月无音，半年仍无音。好在先生对申请之事原本未抱多大希望，自是无所谓。

先生仍饱一餐饥一餐。

又一月，村人遭大火，其状甚惨。先生见之，便长泪直流，长叹一声：罢了！罢了！遂找来村人，言称愿意走一趟，恳请上面救济。

第二日，事果成。

村人感激万分，提酒来谢。席间，村人不见《清荷图》，问其故，先生摇首苦笑，言为昨日盗贼所窃。村人询问可否报案，先生淡淡一笑：世间无此荷，我画之已属不实，即便查来，又有何用？

这一餐，先生大醉。酒后，抱出所余画纸，拖出那张画案，竟是付之一炬。望着冲腾丈余的火焰，先生哈哈狂笑，其声凄切，令人毛骨悚然。

后，有人传言于瘦子家见过《清荷图》，不知是否为真。

"出淤泥而不染,濯清涟而不妖",古来都以荷花比喻高洁的君子。白先生才华过人,贫贱不移,高风亮节,人品堪与荷花相比。可惜晚年大作无奈落到俗人手中,但庸俗之人,又怎能欣赏这高洁之物?

（艾晓松）

他一生都没有忘记自己所犯下的错误。背着这个沉重的包袱,他老人家活得真的很累呀。

"贪污犯"母亲 万俊华

一天晚上,夜已很深了。我起床小解,发现年届7旬的老母房间灯还亮着。走进一看,老母端坐在床上,左手拿着一本书,右手摘下老花镜,然后用手帕抹眼睛。

妈妈,你怎么了? 我关切地问。

没什么。母亲说:你睡吧。

是谁惹你生气了?你看看,眼泪都流出来了。我说:有什么伤心事,说来让我听听。

原来,母亲是看到手中这本《微型小说选刊》中,宋清海作者写的《手捧红宝书》一文而触景生情。

故事大意是,30年前,组织上认定涂师傅贪污了30斤全国粮票,被撤去机关食堂会计职位,开除党籍,此后烧了30年锅炉。如今,收拾家务的时候看到一直珍藏的《毛主席语录》,拆去塑料封皮,封套中掉出30斤全国粮票。涂师傅原来坚信自己没贪污而活着,现在证明自己确实是贪污了,从而手捧着红宝书自杀了。

提到食堂,我也隐隐约约地想起了母亲曾在工厂当过食堂管理员的往事来。

那一年,母亲被打成贪污犯游街后,被下放到农场劳动改造。家里的猪被赶走了,值点钱的樟木箱也被搬走了……

父亲早年过世了。家中唯一的经济来源——母亲的工资,全部扣除抵贪污的款项。可怜我50多岁体弱多病的外公,就这样支撑起了这么一个一贫如洗的家。

为了我们姐妹俩的生存,外公养了10只鸭子,让它们生蛋卖钱。数九寒天,他下到信江边摸螺蛳给鸭吃,不幸得了伤寒病。终因没钱医治,活活被病魔折磨死了。

我和姐姐因交不起两元学杂费、加上同学们都欺负我们而辍学了。

记得那年夏天。妈妈忙不过来,我和姐姐就去农场帮着妈妈摘辣椒、茄子等。那时的太阳特别毒,我们在菜地里全身湿透了。几天下来,都晒成非洲人了。

妈妈,我试探着问:你那时到底贪污了没有?

孩子,母亲泪流满面地说:你都不信妈了吗?

我信,我信。我赶紧补充说:我知道你是清白的。但我还是好奇:可他们凭什么说你是贪污犯呢?

年终结算,食堂少了295斤大米,26斤菜油。母亲也纳闷:都说是我拿回家吃了,可我又没有拿,这些东西自个儿会跑到哪儿去了呢?

是不是老鼠吃了呢? 我帮母亲回忆:或者说,是不是有人拿了没记账呢?

仓库很严密,老鼠难进来。母亲慢慢地回想:也没有人到我这儿要过大米和油什么的。

那为什么会平白无故地就少了那么多东西呢? 我说:你再仔细想想看。

就是呀,母亲心有不甘地说:人家涂师傅还真是贪污了30斤粮票呀,尽管他也不是有意的。

那也太过分了。我说:就算贪污了 30 斤粮票,组织上也不至于下手这么狠呀。

那个年代就是这个样子的。母亲接着说:没有粮票就买不到米,30 斤粮票可以救活一条人命呀。

哦,我明白了。我说:那你是他的 10 倍还要多,难怪组织对你处理的就更严。

问题是,母亲急忙申辩:我确实是什么也没拿呀。

停顿了片刻,母亲感慨地说:可是又有谁来证明我的清白呢? 证明不了我的清白,我就是到死也不会瞑目的呀。

妈妈,我劝慰她:过去了的事情就让它过去吧,别去想它。

你说得倒轻巧,母亲说:你知道吗? 我每天都生活在贪污犯的阴影中,生不如死呀!

我知道,母亲是位有点文化的人,她一向都把荣誉看得十分重要。这件事,对她一生的打击,实在是太大了。

自那以后,没过多久,母亲终因忧郁成疾,抱憾而去。

多年后的一天。家中卖废报纸。我称了是 32 斤,买废报纸的人称的却只有 29 斤。一查才知道是他在秤上做了手脚。由此,我灵机一动:母亲厂里的大师傅,是不是也在这方面做了手脚呢?

于是,我专程去找了那位大师傅。可惜去晚了,他儿子告诉我:我父亲半年前就去世了。

不等我说明来意,他儿子就对我说:我知道你的来意。我父亲临终前告诉了我他对不起你母亲的往事。

是不是他在秤上做了手脚? 我迫不及待地问。

不是。他儿子说:我父亲只是在每次称米和油时,将秤杆往上翘了一些。少时一次可多称得几两,多时一次可多称得几斤。一年下来,就是你母亲贪污的那个数了。

我气愤地说:那你父亲为什么不出来作证呢?

就是那些大米,养活了我们兄弟两呀。他儿子说:我父亲要是说了出来,那些米和油都要吐出来。这样一来,我们还能活下来吗?

我默默无语:可怜天下父母心。

其实,他儿子接着说:我父亲成天生活在良心受到煎熬的痛苦之中。直至临终前,他才告诉我们真相,要我们一定要替他向你们赔罪。这就足以说明,他一生都没有忘记自己所犯下的错误。背着这个沉重的包袱,他老人家活得真的很累呀。

原来是这么回事。可惜我母亲没有亲耳听到:妈妈,你女儿终于还你清白了。你不是贪污犯,你可以瞑目九泉了。

❁ 人 生 悟 语 ❁

　　一位无辜母亲一生的清白换来了两个孩子年轻的生命。在那个物质贫乏和充满无奈的年代,我们对此又能说些什么呢?人生如梦,当前尘往事都烟消云散,我们在感叹过去不幸的同时,好好珍惜今天的来之不易的幸福生活吧!

(艾晓松)

到如今,我还常常告诉自己,那是真的,在这世界上一定存在着一方美丽、纯洁,没被污染而且还未被世俗的人们发现的净土。

米奇的魔椅　邵陆芸

　　我本来是不想去取回那壶水的,可是这毕竟是在沙漠,水对人生命的意义不言而喻。都怪我的粗心,刚才大家停队休息的时候,我打了会儿盹儿。被米奇叫醒后,匆匆忙忙地上了路,走到这里,才发现水壶丢了。我以最快的速度跑回去，可是不见水壶。当我掉转头去追大部队的时候，更可怕的事发生了——我掉队了。半小时后，我彻底绝望，拼了命地跑也不见大部队的影子。我开始后悔最初的决定——

米奇是我的死党，外号"科学怪人"。这一次他求我参加他一个新发明的实验，就是跟着一大队人去沙漠探险。他说只要跟着大家，危险系数为零，而且可以减肥。我答应了。我被他带到一间屋子，他说在沙漠会很累，让我先在那张大藤椅上睡一会儿。醒来的时候已经在去沙漠的车上了。

现在一切都迟了。我漫无目的地走着，突然一阵剧痛，眼前一黑，便失去了知觉。醒过来的时候好多张陌生的脸围着我。我跳起来，大叫："你们是谁？"他们叽里咕噜地说些奇怪的话，但表情很真诚。一位胡子最长的老人走过来对我说："年轻人，别怕！你刚才踩上了我们的防敌机关，而且由于饥饿、缺水、疲劳，身体很弱，要好好休息！"看着这一张张充满善意又微笑着的脸，我的心踏实了。

以后的日子，通过与长胡子老人的交流，我知道了这是地球上唯一一个未被发现的种族，而他是这儿唯一一名懂外族语言的人。每天，都有新的朋友来看我，拿出家里的美食、药方送给我，还通过长胡子老人问我些有趣的问题。当我可以自由活动的时候，我走出屋子看到一个全新而又美妙的世界。这哪是在沙漠啊！青山绿水，小桥人家，在这里没有猜忌，没有灾难，人们每天微笑，生活幸福无比。与陶渊明笔下的世外桃源相差无几，只是要先进得多。我教他们一些新的烹饪方法，他们尝后赞不绝口。只短短一个星期，我们就俨然成为一家人了。可是对亲人、老友的思念又开始袭击我，我开始坐立不安，心神不定。长胡子老人看出了我的心事，于是与我长谈了一番："……你不是闯入我们生活的第一个外族人，但没有一个最终留下来，你们属于外面的世界，应该回去。我们可以帮你……"我被他带到一间屋子，他让我在一张大藤椅上睡下，这儿与米奇的屋子惊人的相似，我全身由于恐惧和无比留恋之情而不停地颤抖，过了好久才迷迷糊糊地睡去。

醒来的时候，首先看到的是米奇充满怪笑的脸。"怎么样？这几天感受如何？你可是醒得最晚的一个。"米奇轻松地说。我还来不及回答，他又继续说,"好了!来,称一下体重,哇噻!足足瘦了10公斤!成功了!现在我可以告诉你,这是我的最新发明,集娱乐、减肥于一身的'神奇虚拟世界魔椅'。投放市场以后,一定大受欢迎。""虚拟世界?你是说,这一切都是假的,我根本没去过沙漠?"我疑惑地问。"当然!这都是你的想象,它们根本不存在,感谢高科技和我天才的脑袋吧!"我没理他。莫名地难过。我不相信,那位慈祥的长胡子老人,那些好客又淳朴的人们,那些如此真实地展现在我眼前的世界会是虚拟的?到如今,我还常常告诉自己,那是真的,在这世界上一定存在着一方美丽、纯洁,没被污染而且还未被世俗的人们发现的净土。

人 生 悟 语

中国有句古话说得好,假作真时真亦假,无为有处有还无。在物欲被极度放大的今天,让我们抛却物质的吸引,回归心灵的净土吧。

(艾晓松)

哑嫂正给哥扇风,转身望着娘,静静地流下泪来。她嘴唇哆嗦了半天,我清清楚楚地听见从那里挤出一个字:"妈!"

哑 嫂 顾文显

哑嫂嫁到我们家那年,她19岁,哥40岁。

娘说:"大几岁咋?花一大把钱,买回个没声的,我还觉得屈哩。"

哑嫂娘家太穷,爹做主,就给了俺家。过门后,哑嫂活儿干得煞是麻利，家里外头，没见她有累的样子，只是脸上木木的，待哥，不咸不淡；待娘，不淡不咸。

她耳朵能听见点什么呢。比方说，打雷；比方说，娘冲她说："你把尿罐拎回来"，她都知道。心平气和时，我高声说些简短的词，不需手势，她也点头。点头就是明白了呗。

一次，哥卖猪回来，乏，和衣睡着了，醒后一翻兜，少100元钱，便把哑嫂喊来，用拳头捶她的脑袋，话也骂得极难听，哑嫂则任他捶，任他骂，只是咬着唇，眼泪在眼圈里打旋儿。我说："怕是你自己丢了？"哥道："她这不是一回，我睡前特意数过的。"

娘也愤愤："该打！这穷窟窿，好几千彩礼填不满，还往回偷。"

有一次我对娘说："哑嫂那耳朵能治，咱花点钱，治好了，那多美气。"

娘就拿眼横我："胡说！哑巴是缺小舌头，你能给她长上？"见我认了真，又小声告诉我："傻丫，治好了，她还能跟你哥过？咱花钱把媳妇治跑了，狗也能笑出屁来！"

我也无话可说，哑嫂若真走了，想也想死我。她不会说话，心眼儿却好得出奇。

哥坐拖拉机翻车，把脑袋砸坏了，成了植物人，只会吃饭，不懂人事。哑嫂活干得更猛了，就像没日子干了一样。闲下来，就给哥擦呀，洗呀，然后，坐在男人身边，吧嗒吧嗒掉泪。

如此一年。娘对我说："就让哑嫂走了吧。你哥这样子，拖累了人家。"我舍不得也不行啊，就痛快地点了头。

娘叹口气："不一定能治好她的耳朵，凭心意吧，一个哑巴就算是寻着人家，也逃不掉受气。"说完，拿出一万元钱，"你陪哑嫂去上海看看。"

哑嫂正给哥扇风，转身望着娘，静静地流下泪来。她嘴唇哆嗦了半天，我清清楚楚地听见从那里挤出一个字："妈！"

但是，意外还是发生了。驾驶员的脸都吓白了，这右下方可是万丈悬崖呀！

老　　兵 刘绍泉

　　老兵其实并不老，但兵站的战士们都这样称呼他。

　　老兵是川藏线雪域兵站上的一名司机，老兵从入伍时起，就在这条漫长的川藏线上奔波。

　　雪域兵站在川藏线的中段。冬天冷得要命，兵站上流传着这样一个笑话，说在这儿尿尿，尿水还没撒到地上就被冻住了。

　　一年365天，老兵有多半时间是在军车上过夜的。从雪域兵站到最西的拉布兵站，还要开7天7夜的车，老兵对这段路上有多少坑洼，哪一段常发生雪崩，哪一段会有泥石流，都了如指掌。每次出车，兵站领导都是让老兵带队。

　　有一次，车队刚离开兵站不久，漫天飞舞的雪花就从天而降，高原的天气，说变就变。不一会儿，路上就铺了厚厚的一层雪。飞扬的雪花让老兵的心揪了起来，他知道车队正行进在一个十分危险的路段。不下雪还好，这样的暴风雪会让两侧的峭壁随时都有可能发生雪崩，更不用说路上被雪掩没的坑洼了。老兵手握方向盘，沉着地减下车速，并向后面的车队用尾灯发出信号："不准鸣笛，减速行驶。"老兵眼手合一，稳稳地开车行驶，后面的车一辆跟着一辆的车辙，缓慢地行驶在暴风雪中。漫天的飞雪，车灯闪烁的车队，构成了一幅壮观的行军图。整整6个小时，车队才全部驶出这段只有4.5公里长的峡谷地带。

老兵的经历多得数不清。新兵们空闲时总缠着老兵讲讲他的故事，但老兵总是说，这算啥！习惯了么。

老兵又接到了带队西进的命令，120辆军车满载军需品浩浩荡荡向西驶去，老兵的车依然在前面带路。蜿蜒曲折的川藏线上，军车在湛蓝湛蓝的天空下欢快地行驶。

走了两天两夜的路程，车队来到了被士兵们称之为"鬼门关"的地方。这儿一边是万丈悬崖，一侧是千仞峭壁，中间刚刚能通过一辆军车。老资格且有经验的驾驶员到了这儿也会发怵。

老兵停下了车，跳出驾驶室察看地形，老兵知道这段路的危险性。他的几位战友就是在这儿牺牲的。老兵走近"鬼门关"一看，不禁暗暗叫苦。原来几天前的一场暴雨把路面冲得七高八低，车队根本无法通过。老兵马上和带队的站长召集战士们搬石填坑。在战士们个个浑身湿透之后，路面终于垫好了。

老兵的车第一个小心翼翼地通过了这段"鬼门关"。老兵停下车让副手继续前行，老兵走回来，仔仔细细地检查了路面，才打手势让第二辆车通过。

老兵是过一辆车检查一次路面，凛冽的寒风中，老兵满头大汗，熟练地指挥军车一辆辆通过。

但是，意外还是发生了。一名实习的驾驶员哪里见过这样的场面，心里一紧张，在通过一个用石头垫好的坑洼时，方向盘稍微一偏，军车的右前轮就悬空了。驾驶员的脸都吓白了，这右下方可是万丈悬崖呀！车毁人亡的事故在这儿可是最易发生的。

老兵心里更急，他恨不得能上去亲自把车开过这段险路。可右是悬崖,左是峭壁,驾驶员根本出不来。老兵打着手势,让驾驶员别慌,往左打方向盘。驾驶员满脸是汗,看着老兵的手势,往左打方向。方向盘打到了底,右前轮才刚刚碰着石块。老兵眼盯着车轮,手里打着踩油门的手势。驾驶员脚下猛的一踩油门,军车吼叫着,一下冲向左侧的峭壁,驾驶员又赶紧向右一打方向,脚下的油门忘了松开,军车一下撞到老兵的身上。

战士们哭着围住倒在血泊中的老兵。老兵睁开眼,用十分微弱的声音对哭得像孩子似的战士们说,哭啥……看看你们……像个兵吗……

川藏线的路边又多了一块墓碑,碑上刻着"烈士吴明军之墓。"

老兵叫吴明军,牺牲时才二十七岁。

人 生 悟 语

漫长的川藏线,充满了各种难于上青天的险道,但是我们英勇的人民子弟兵,却不畏任何艰险,一次次将重要的物资运送到边防站,正是他们的无私的奉献,才让不可征服的"天堑"变成了通途。而这些埋在川藏线路边的战士们,我们应该永远的铭记。

(艾晓松)

令所有人不解的是,苏联克格勃并没有追究他的责任,而是让他继续留任。

寻　　岸 陈力娇

拉比尔早晨上学心情很不好,这天有大雾,他的同学比萨把物理试卷给他时,他看到自己的成绩非常不理想,然后就伏在课桌上哭了,谁都不知道拉比尔哭,只有比萨看到重新抬起头的拉比尔眼睛有点红。

拉比尔平时是个乐天派,没有什么事会让他不开心,他的学习成绩一直名列前茅,同学关系也好,还特别热爱军事,熟读兵书,一米八的大个子永远是女孩子垂青的旗帜。

但是这几天拉比尔的心情就是不好,这都是因为遇上了那个人。

那个人那天在学校的大门外站着,他好像盯了拉比尔很久了,反正拉比尔无意中眼光同他对视时,觉得他特别不陌生,好像在哪见过,接着是那人向拉比尔点点头。

这以后拉比尔就再也没有忘记过他,觉得他的体魄格外地健壮,气质也超出常人。

拉比尔哭过后,心情稍好一些,上课时他的精力很集中,只是课间他第一个跑出教室,他要去厕所,他早上的小解一直憋了一节课,就在他要走进厕所门那个瞬间,有个人在他身上撞了一下, 这一撞实际只撞到了肩膀,但是拉比尔立刻感到有些晕眩,拉比尔侧眼望去时,又一次遇见了那个人,接着拉比尔闻到一种迷人的奇香,他二话没说,跟着那个人走了出去。

这一年拉比尔19岁。

这一年19岁的拉比尔神秘失踪。

10年以后,拉比尔长到29岁了,成为标志挺拔、仪表非凡的军人。和他10年前在学校门口见过的那个人一样, 他的体态健美,体魄强壮,一看就接受过正规的部队训练。

他还有了自己的名字,叫辛格·比萨。

辛格·比萨现在有一个很好的头衔:苏联克格勃内部一名高官。这天辛格·比萨和一群外交官在罗马街头散步,走着走着,他忽然提出,要前往梵蒂冈看看。辛格·比萨兴趣广泛,好奇心强,大家理解他,由着他去了。

梵蒂冈是罗马的博物馆,里面有浩如烟海的文物、珠宝、雕塑,但是这些都不是辛格·比萨热衷的,辛格·比萨的思路远远游移于这之外。

逛完梵蒂冈，再看辛格·比萨的行动，他像10年前决然离开他的母校一样，没有沿原路回苏联大使馆，而是迈进了美国大使馆。

这一脚就意味着辛格·比萨叛逃了。

辛格·比萨对自己的出逃早有准备，果然不出他所料，美国方面对他的到来喜出望外，他们像对亲人一样接待了他，又很快把他转移到美国。至此，辛格·比萨对10年前他离开校园的不情愿，稍稍有一点报了一箭之仇的快感。

负责审问辛格·比萨的是中情局一名重要官员，他叫威廉·艾姆。艾姆一点也不如当初带辛格·比萨出来的那个人好，最主要是辛格·比萨没在他脸上看到任何笑意。

艾姆正襟危坐，问了许多在辛格·比萨看来不太礼貌的话。而辛格·比萨对他的提问大都不感兴趣，他主要是想尽快交出苏联在美国的谍报网。

苏联的谍报网那时非常强大，许多大的军事机要都是通过它的传导治美国于死地，辛格·比萨有把握自己的情报货真价实，这将奠定他在美国的特殊地位。

但是尽管辛格·比萨做了全方位努力，在审讯的一个多月间，他发现他所提供的谍报网毫发未伤，苏联在美国的谍报员依旧如履平地。辛格·比萨糊涂了，这对他无疑是个粉碎性打击，颠覆了他叛逃的初衷。

辛格·比萨这天去一家酒馆吃饭，其间喝了点闷酒，有一个官员模样的美国人在另一张桌上吃饭。他对辛格·比萨的到来颇感兴趣，他也喝多了，他示意辛格·比萨过到他的桌上来，而等辛格·比萨过去，他却出其不意给了辛格·比萨一拳，然后对辛格·比萨说，知道你在这坐不稳的原因吗，因为这是我的地盘，但这并不否认我对你的国家的重要性。

辛格·比萨愣愣地看着他，乖乖地回到自己的座位，但是那人不依不饶，直逼得辛格·比萨离开了那家酒馆。那天辛格·比萨什么都明白了，他明白了那个人的用意，明白了艾姆是苏联克格勃的特工。

辛格·比萨还明白一个更重要的道理，这里终究不是自己的岸，他想靠岸，太难了。

3个月以后,辛格·比萨摆脱严密监视,像离开那家酒馆一样,顺利地回到自己的国家。

那天他大摇大摆进了克格勃机关,他吹着口哨,脸上带着从容的笑意。令所有人不解的是,苏联克格勃并没有追究他的责任,而是让他继续留任,这谜底后来由知情人传出许多版本,但是只有一种版本比较适合辛格·比萨,说他一直在想念他的妈妈,寻找他的妈妈,可是他的妈妈早在他神秘失踪的第二年,抗不住思念之苦,抑郁而终,死前哭瞎了一双眼睛。

塌鼻子男孩挣扎着站了起来,撕开鼻孔和嘴上的纸。他朝面包房的方向努了几努,孤零零的朝一个漆黑的桥洞走去……

闻　　香 刘会然

在落日的余晖中,市郊一个街道拐角处的面包房正金碧辉煌。在这个偏僻的地段,面包房犹如一位楚楚动人的贵妇,挺胸翘臀地仰视着来往的人流。

　　这里是城乡结合部,房租是闹市区的五分之一。这里居住的都是些在闹市区干活的农民工,他们早出晚归,像候鸟般按固定的路线匆匆去,匆匆归。

　　现在正值寒假,农民工的部分孩子被接到这里来与家人团聚了。他们是不能陪父母亲去出工的。在父母亲上工期间,他们只能待在出租房里或在房子四周的街道闲逛。诱惑他们的新式物品或电视里见到过的种种神奇的什物,目前他们还是无法去闹市区亲密触摸。

　　来的孩子很多,大多是些学龄小男孩。虽然来自不同的地方,不出半天,他们就打成了一片,做起了属于他们年龄段的游戏来。

　　面包房虽然和这里隔了好几条街,或许是面包房的香气实在太馥郁,或许是孩子们的嗅觉太过敏锐,很快他们就循香发现了拐角处的面包房。他们小心翼翼地凑了过去,在彩灯辉映下,终于看到了在玻璃橱窗中黄金似的面包和抹满五彩奶油的各式蛋糕。他们口水满襟。

　　门口梳着盘髻,穿着旗袍的迎宾小姐看到了这群满脸污浊的男孩。她让这群孩子远远地看,但不准他们靠近,因为孩子的手会在透明的玻璃橱窗上留下污迹,脏了,她要负责清洗的。

　　这天晚上,数个出租房里都传来了父母打骂孩子的声音,显然这是因为白天孩子去过面包房的缘故。他们并不知道,父母亲赚了一天的工钱或许买不到一块精致面包。孩子的贪欲与逞强只能换来一顿皮肉之苦。

　　第二天,挨过打骂后的孩子似乎憎恨起了引诱人的面包,他们都不愿再朝那个飘香的方向走。他们漫不经心地在它的反方向做着游戏,但热情似乎锐减了许多。不到两个小时,他们都以各种借口离开了。

　　黄昏是美丽的,特别是郊区的黄昏,能看到血红的斜阳落山,能看到翱翔的飞鸟归巢。可他们的父母亲却比昏鸦回来得还晚。明月当空,他们才能听到父母迟归的自行车的铃铛声。踏着月光的行板,这时的孩子早已是饥肠辘辘。

拐角的面包房像往常一样灯火辉煌，在霓虹灯的宣泄下，几个黑乎乎的脑袋不约而同地在街对面徘徊。

一个高鼻子男孩说："真香！"其他的孩子也附和："真香！"

他们发现瘦小的塌鼻子男孩也在附和，就嘲笑了起来。

"你的鼻子也能闻到香味？"

塌鼻子男孩不屑地回答："怎么不能？"

"哈哈，你不要骗人了，昨天我们把尿撒到你衣服上，你都没有闻到，你还能闻到面包的香味？"

"我闻不到尿的气味，但我可以闻到面包的味道啊！"塌鼻子男孩又把鼻子使劲地朝面包房的方向努了努，仿佛要把整个面包房的香气都掠了过来。

其他的男孩看到他拼命努，马上毫不示弱地伸长自己的鼻子，憋着嘴深吸气。

努了一会儿，高鼻子男孩大骂起来："妈的，怎么不香了。"小小的年纪哪里懂得"入芝兰之室，久而不闻其香"的道理。

他们纷纷把头转向塌鼻子男孩，说："你赶紧把鼻子蒙起来。"

塌鼻子男孩感到很委屈，说："凭什么我要蒙鼻子？"

高鼻子男孩说："你这死塌鼻子，闻香的功能肯定比我们强，你赶紧蒙起来，你闻光了我们闻什么？"

塌鼻子男孩没有屈服，他依旧努力地伸长鼻孔对准面包房。

高鼻子男孩火了，一挥手，其他男孩一拥而上。塌鼻子男孩很快就被拱翻在地。他们用单脚踩住塌鼻子男孩的两手两脚，用地上丢弃的广告宣传海报狠狠地塞住了塌鼻子男孩的鼻孔，甚至嘴巴。

然后，他们笑了起来，笑后又拼命朝面包房方向努鼻子，几乎想把面包的香气吸到肌肉中甚至血液里。

华灯初绽了，孩子们像满载而归的将军。他们把鼻子朝向星空，富足地踱着步子，朝家的方向飘去。

塌鼻子男孩挣扎着站了起来，撕开鼻孔和嘴上的纸。他朝面包房的方向努了几努，孤零零的朝一个漆黑的桥洞走去……

❀ 人 生 悟 语 ❀

　　小小的面包房是城乡的地理分界点，也是城里的农民工子弟融入城市生活的分界点。他们看到的是城市生活的便捷和物质的丰富，对此却只能"望洋兴叹"。不论是挨打的塌鼻子男孩，还是打人的高鼻子男孩，他们都对城市的"美好生活"充满了向往和期待……(艾晓松)

　　那天半夜,孙老师离开了人世。他走了,我们四个姐妹却好得跟一个人一样,因为大家共守着同一个高尚而无法说给别人的秘密……

共 同 秘 密 白姗姗

　　那一年初秋,工会组织秋游,我们单位 40 多名职工,包了一辆大客车,开到一个很偏僻的农村去疯了两天。头一天,大家喝了不少酒,个个玩得无比开心,直闹腾到深夜,人们才陆续回到各自的宿处休息。当地农民已经为我们腾出好几间房,事先也分配了你住哪儿他住哪儿。我们 4 个年轻气盛的女性说,不用为我们操心啦,我们守着火堆打一宿扑克。

　　可是事实往往跟预计的不一样,玩到下半夜三点多,由于其中有个人耍赖,众人的积极性一下子就低了下来,一个个呵欠连天,就说,算了,睡一小会儿吧,熬到天亮,没什么具体意义。

　　上哪儿去呢? 小吴说,到孙老师的房里挤去。老夫子本来就自己混到那么一间大屋,咱去了四大美女,不高兴出鼻涕泡才怪呢。这一说,我们四个的灵感都起来了,都说,去撩老孙。谁让他一天到晚酸腐腐的,见咱们几个一本正经,连句笑话都没敢讲过。四个年轻女子很快想出了方案。几个人憋住笑,悄悄潜到孙老师窗前,我们藏好,让最机灵的于小华去叩老夫子的窗户。

"孙老师,孙老师。"小于这鬼东西做戏真像,声音压得低沉而充满神秘感。

屋里老夫子醒了,或者他根本没睡。很紧张地问:"谁呀?"

"我,小华。孙老师,我的孙哥哥儿,快开门,冻死小奴家了。"

"那她们几个呢?"屋里人不放心。

"霍遇才去了,替出我来……"

我们几个简直要憋死了,这于小华,可把老孙坑苦啦,他以为真遇上投怀的淑女了呢。

门终于开了,于小华闪身进门,她已冻得浑身哆嗦。我们也冷得忍无可忍,随后也冲了进去。

然而一进门,我们全呆住了。孙老师一把搂住小于,正没头没脸地狂吻,小于嘴里刚刚喊出"孙老师……"可嘴又被他堵住……

屋里空气一下子凝固了。孙老师松开小于,僵在那儿!

我在一分钟内大脑飞快地转了几百圈,孙老师那么要面子,这事传出去,他还怎么做人?都是这玩笑开得过火。我不顾一切地凑过去,说:"孙老师,您别偏心,为什么搂她不搂我?你必须一样对待。"

孙老师在我的鼓励下,挨个儿搂了我们四个,他大颗的泪珠滴在我的脸上。

这件事成了我们五个人的共同秘密。孙老师回到单位后,精神焕发,事业一天比一天旺,很多作品在全国都获了奖。他对我们一如既往,玩笑也不甚开……

后来,孙老师患了胰头癌,病重时,我们四个单独看他。他用虚弱的手拉住我们,说:"谢谢……"我们几个同时说:"孙老师,我们是天下最幸福的女人,感谢您提高了我们的品位。"四个人都吻了他……

那天半夜,孙老师离开了人世。他走了,我们四个姐妹却好得跟一个人一样,因为大家共守着同一个高尚而无法说给别人的秘密……

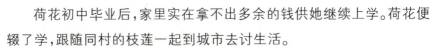

　　我每次来你这儿,都不敢有乱七八糟的想法。你知道吗,肮脏的念头都是在肮脏的环境下产生的,而干净的环境也能让人的心灵得到净化。

荷　　花 陈龙江

　　荷花初中毕业后,家里实在拿不出多余的钱供她继续上学。荷花便辍了学,跟随同村的枝莲一起到城市去讨生活。

　　这是荷花第一次离开山村,来到繁华的都市,都市里到处闪烁的霓虹灯耀得荷花眼都晕了。最初,荷花和枝莲进了一家制鞋厂做计件工,制鞋厂的活又脏又累,老板还常常拖欠工资。枝莲受不了,偷偷跑到一家发廊做了洗头女。当荷花发觉半个月没见到枝莲时,枝莲却突然穿金戴银地找荷花来了。

　　荷花一把抱住枝莲,惊喜地说:"枝莲姐,这半个月你跑哪儿去了?把人都急死了。"

　　枝莲炫耀地一笑,指指自己的脖子上的一串项链,问:"你看我有没有什么变化?"

　　荷花惊奇地说:"枝莲姐,你发财了!你找到更好的工作啦?"

"荷花，我这次找你，就是为这事来的。"枝莲有点神秘地说，"我们老板想让我再找一个姐妹去，保你工作轻松，又能挣钱。"

"那是什么单位？"

"那不是什么单位，是一家发廊，只给客人洗洗头，比在制鞋厂舒服多了。"

荷花听了，即羡慕又胆怯地问："枝莲姐，只洗头，不做别的吧？"

枝莲用手指头一点荷花的额头："人不大，心思倒不少，不做别的，放心吧！"

荷花跟着枝莲去了那家发廊。

这个发廊的规模比较大，一到晚上，前来洗头的客人络绎不绝。第一天，荷花就发现了发廊的秘密，这里的姐妹表面是给客人洗头，暗地里却从事着别的营生。荷花亲眼看见枝莲被一个男人带走了。

荷花就害怕，害怕老板也逼着自己从事那样的营生。这时，一个将近五十岁的男人指名要荷花洗头，荷花坐在椅子上，专心致志地给男人洗头，洗得很仔细。尽管荷花的手艺还不是很精，但荷花洗得到位，手上力度把握得很好。男人很舒服。

男人问荷花："小姐，你叫什么名字？"

荷花如实地答道："荷花。"

男人又问："你是刚来的吧！我以前怎么没见过你？"

荷花点点头："今天上午刚来，你是我的第一个客人。"

男人语气暧昧地说："今晚，跟我出去吧！"

荷花没回答，只是摇摇头。男人没再勉强，有点搞笑地说："小姐，还不很开放啊！"那晚，男人带另一个小姐出去了。

后来，男人每次来，都让荷花给他洗头，荷花洗头的手艺也日渐成熟。每次洗完头，男人都会提出相同的要求，荷花每次都拒绝了。再后来，荷花与男人熟了，知道男人是一家公司的老板，姓仇。

又过了一段时间，荷花成了这个洗头房的招牌，荷花洗头的手艺能满足每一个顾客的不同需求。仇老板虽然天天来找荷花洗头，但荷花仍然坚持着最后的底线：只洗头，不做别的。

半年后,荷花从那家洗头房辞了职,自己在另外一条街开了家"荷花洗发屋"。开始,只有荷花一个人,几天后,原来的那些老顾客全找了过来。仇老板也跟了过来,天天让荷花洗头,只是每当仇老板来到"荷花洗发屋"时,却再也没提出过什么要求。一个月后,荷花一个人应付不过来,就招了两个洗发妹,条件是洗头手艺要精,而且只准洗头,不准和顾客有其他行为。枝莲想跟着过来,荷花都没有要。

"荷花洗发屋"越来越红火,规模也越来越大,顾客全都是冲着荷花的手艺而来的。而且所有的顾客来的目的就一个:洗头。

一天,荷花在给仇老板洗头时,仇老板说:"荷花,你知道不?你的发屋很干净!"荷花笑笑,说:"当然了,每天我都打扫呢!"仇老板接着说:"荷花,我每次来你这儿,都不敢有乱七八糟的想法。你知道吗,肮脏的念头都是在肮脏的环境下产生的,而干净的环境也能让人的心灵得到净化。"

人生悟语

人生活在社会的大环境里,有人被动接受社会带给他的一切,但也有人积极的以自己的行动来影响社会。荷花就如同她的名字一样,出淤泥而不染,她不但保持着自己的高洁,而且影响了周围的人和环境,只要像荷花一样的人多起来,我们的社会风气就会变得越来越好。

(艾晓松)

最后一句话

第六辑

羊羔跪乳，乌鸦反哺，是子女对父母的感恩和报答，更是爱的循环和接力。正是在这种给予和回馈的互动中，我们把爱画成了一个首尾相连的圆。或许正是因为有了这样一份情感，有了这样一个圆，人类才会不断走向文明和进步吧！

一颗子弹射中了他的头部,他倒下了。在地上,他吃力地掏出日记本,用尽最后的力气写下了一句话,便永远地闭上了眼睛。

最后一句话 包利民

在麻栗坡老山前线,几个战士躲在猫耳洞内喘息着。阵地依然在敌人手上,他们一个连的战士冲锋了几次,遇到了敌人猛烈火力的抵抗,阵地没有夺回来,战士也只剩下了这几个。

其中有个叫林锋的战士,他从怀里掏出一个日记本来,借着外面炮火的闪光匆匆地写着什么。旁边的一个战士探过头看了一眼,只见他写着:"妈妈,我……"火光便熄灭了。休整了一会儿,他们又发起了一次冲锋,可是敌人的火力太强,他们被迫又退了回来。林锋又掏出了小本本,用铅笔写着什么,旁边的战士探过头看了一眼,依然只看到"妈妈,我……"便又是漆黑一片。

后来,后方部队来援,他们成功地夺回了阵地,并乘胜向前挺进。林锋一直冲在最前面,虽然身上已多处负伤,可是却不能阻止他冲锋的脚步。每次战斗的空隙,他都要在日记本上写下几句话。

天刚放亮时,全面的大反攻开始了。林锋冲出掩体,向敌人的阵地扑去,身边的许多战士倒下了,他视而不见地大步向前。忽然,一颗子弹射中了他的头部,他倒下了。在地上,他吃力地掏出日记本,用尽最后的力气写下了一句话,便永远地闭上了眼睛。

战役结束后,林锋的母亲来到那里的烈士陵园,在儿子的墓前久久地站立着。她的手上拿着那个小日记本,每一页上都写满了同一句话:

"妈妈，我还活着！"只是在后面的一页，写着另一句话，一句被鲜血染红的歪歪斜斜的话：

"妈妈，你要好好活着！"

　　片刻后，不知是谁带头鼓起了掌，潮水般的掌声里，不少观众都悄悄抹起了眼泪。

假如没有读书　郑俊甫

　　这是某电视台举办的一档"谈话"节目，嘉宾一共4位，都是风度翩翩的中年男子。他们来自这个城市的各行各业，引领着各自领域的潮流和风骚。他们有房，有车，事业有成，是无数男人眼里的标杆和努力的榜样。

　　但他们又有一个共同点，那就是，都无一例外地生长在经济不发达的贫困地区。从小家境贫寒，衣食无着，完全依靠父母节衣缩食，供养着读书、上学，才改变了自己的命运，有了今天的成就。

　　谈话就是围绕着"读书和命运"这个话题展开的。4个男人的故事虽然各有千秋，却也没有多少出人意料的新意。节目在平静和缓的氛围里接近了尾声。

接下来，照例要由台下的观众来提问。第一个获得提问机会的是位记者，他一上来就问了一个记者们都喜欢问的问题："假如父母没有送你读书，你觉得现在会是什么样子？"

第一个男人说："假如父母没有送我读书，那我现在肯定不会坐在这里，我可能还会生活在那个小山村。前不久，我回了趟老家，发现村子里跟我一起长大却没有机会读书的男人，大都在家里守着几亩薄田。山里缺水，每天驮水吃饭，引水浇地，就是他们生活的全部。"

第二个男人说："假如父母没有送我读书，你们说不定就会在城市里随便的一个建筑工地上见到我。念高中的时候，很多学生就是因为家里拿不出学费，背上背包出去打工了。说真的，当时，我也偷偷打好了背包，要不是母亲求亲靠友借来的钱，我也不会走到今天。"

第三个男人说："我们那个村子现在是全乡有名的养鸡专业村，很多没有机会读书的男人，都在家里养鸡。假如父母没有送我读书，说不定大家餐桌上的烧鸡炖鸡叫花鸡，都是我养的呢。"

台下响起了一片笑声。气氛轻松活泼，一切都朝着节目预定的方向发展着。

最后，大家的目光落到了第四个男人身上。大家都觉得，在那样的场合，他也一定会照着这个思路说下去的。

没想到，第四个男人沉默了一会儿，却忽然用一种沉重得有些压抑的语气开了口，那样子就像是迈进了某种痛苦的回忆。他说："我念高中的时候，家乡正值旱灾，庄稼几乎颗粒无收。这对靠田糊口的村里人，无疑是个灾难。我们家也一样。那时候，村里一共有 3 个人在县城读书，其他两个人都因交不起学费退了学。我也想退，父亲不让，父亲甚至为这件事打了我一巴掌。

"我不知道他们是怎么筹起的钱，供我读完了高中，又让我念了大学。临毕业的那年，本想着可以挣钱养家了，没想到父母却双双病倒。他们的病都是能够治好的，要是放在今天的话。可是那时候，家里一贫如洗,能卖的东西都卖光了,还欠了一屁股债。为了省钱,父母都不肯住院,甚至连药也舍不得吃,就这样,不到一年的时间,他们相继离世。

"现在,每到夜深人静,我就止不住想,假如父母没有送我读书,我也就不会离开他们。就可以守在他们身边,为他们分担生活的重负,挣钱、养家、尽孝,他们也就不会这么早地死去。'子欲养而亲不待',一想起这句话,我就觉得,自己真是不孝啊……"

演播厅里出现了短暂的寂静,就连一向口吐莲花、应对自如的主持人,也像是忘记了自己的职责。

片刻后,不知是谁带头鼓起了掌,潮水般的掌声里,不少观众都悄悄抹起了眼泪。

❀ 人 生 悟 语 ❀

学而优则仕,自古以来,读书上学对于中国人来说都是改变生活尤其是贫穷生活的重要途径,今天,家长更是把子女的教育看得比什么都重要,但正因为如此,他们付出了太多,可是在付出的过程中,一些更重要的东西,却被我们忽略了。

(宋小爱)

奶奶帮助豆豆在南瓜两面刻了画——那个长头发的是妈妈,那个有胡子的是爸爸。

那天夜里,豆豆接着刻有爸爸妈妈的南瓜,睡得很香,很香……

豆豆和他的南瓜 仲维柯

阳光,依然像豆豆的圆脸那样光彩灿烂。

豆豆蹲在地上，双手托着绯红的脸颊，看着眼前蓊郁的南瓜藤蔓，甜甜地笑了。

豆豆是个3岁的小男孩，因为爸爸妈妈在外打工，只好跟爷爷奶奶生活在一起。

爸爸妈妈是春上走的，走的那天，豆豆哭闹了好长时间。

离开爸爸妈妈的豆豆也很乖，他只在院子里、大门口自个玩耍。

那天，豆豆好一阵子没了动静，奶奶忙丢下手头的活儿到外面去找。哈，小家伙蹲在地上，正看邻居李婶在自家大门旁种南瓜呢。只见他双手托着脸颊，眼眸里透着万分的神奇，不时地问这问那。

"李奶奶，您种的什么？"

"南瓜，给豆豆种的南瓜。"

"好吃吗？"

"又好吃，又好看。第一个大南瓜一定给俺豆豆。"

豆豆高兴得拍起了手。

"这南瓜给你后，这面刻上爸爸的脸，那面刻上妈妈的脸；豆豆想爸爸时看这面，想妈妈时就看那面……"

豆豆高兴得跳了起来。

从那以后，豆豆特别喜欢李婶，虽然李婶长有一张很不好看的南瓜脸。

自从李婶门前种下了那南瓜，豆豆总往她门口跑。

南瓜发芽了，豆豆知道；南瓜展开第一片叶子，豆豆也知道；南瓜开花了，豆豆知道；南瓜坐果了，豆豆也知道。

豆豆渴了，首先想的是为南瓜浇水；豆豆饿了，首先想的是为南瓜施肥；豆豆不舒服，就央求奶奶在南瓜藤蔓上捉虫子……

日子过得真快，那株南瓜的藤蔓爬满了整个院墙，零零星星的黄花点缀其间，吸引了许多孩子驻足观看。

豆豆决不让任何人去碰那株南瓜藤蔓，哪怕是下面的一片枯黄的叶子。

第一个南瓜是豆豆用来刻爸爸妈妈的，豆豆连做梦都这样想。

第一个南瓜在阳光雨露呵护下慢慢长大。颜色由深绿到浅绿，再到浅白，最后泛出了红色。

终于有一天，一个红彤彤扁圆柱形的大南瓜赫然挂在了藤蔓上。而这时，豆豆看南瓜去得更勤了。

李婶摘了第一批南瓜——当然也包括第一个大南瓜——拿到集市上卖了个好价钱。

那天，豆豆不吃不喝，把奶奶急得团团转。

豆豆还是天天去看，因为那藤蔓上的南瓜多的是。

李婶卖了一批又一批南瓜，豆豆伤心了一回又一回。

秋风起，黄叶落，几个黄黄的小南瓜孤零零地挂在落光了叶子的藤蔓上。可豆豆依然在下面痴痴地看着。

李婶出家门，看见了发呆的豆豆，忙顺手从院墙上摘下了几个小南瓜。

"豆豆，拿着画你爸爸妈妈去吧。"李婶似乎想起了自己的承诺。

豆豆只拣了个最大的唱着跳着回家了。

奶奶帮助豆豆在南瓜两面刻了画——那个长头发的是妈妈，那个有胡子的是爸爸。

那天夜里，豆豆搂着刻有爸爸妈妈的南瓜，睡得很香，很香……

人 生 悟 语

小孩子的心灵最单纯，他们的梦想也最执著，圆孩子的一个好梦，就是送一份甜美的祝福。用我们的爱心，将他们的梦想轻轻地捧在手心里，让他们在梦想的美丽摇篮里，快乐健康的成长吧。

(宋小爱)

我决定选一个合适的时间去张小莉和宋琪琪的家里进行家访，我敢肯定，这里面一定蕴藏着一个非常感人的故事……

两篇作文 刘吾福

　　我是一个教学经验丰富的小学语文老师，尤其擅长教学生怎样写作文，我给刚刚步入写作文阶段的三年级学生布置的第一道作文题目是，写一个"最喜欢或者最不喜欢的人"。

　　我知道，作为初学写作文的小学三年级学生，这是一道最容易激发他们写作兴趣、也最容易写的作文题，几乎每一届三年级学生我都是以这道作文题让他们进行入门写作的。

　　我把作文题目写在黑板上，然后将写作要求细心地讲解了一遍，并且规定在半小时内写好两百字左右。

　　果然，半小时后，全班学生都准时交上了作文本。

　　坐在语文教研室的办公桌旁，我饶有兴趣地批阅孩子们幼稚的作文，把全部的作文看完后，我特意选出了两篇，准备讲评。

　　这是两篇很有意思很有特色的小作文，一篇是张小莉写的——"我最不喜欢的人"，另一篇是宋琪琪写的——"我最喜欢的人"。

　　张小莉的作文是这样写的：

　　我最不喜欢的人是一个我并不认识的阿姨。

　　我每天下午放学后就在人民路擦皮鞋，有一个阿姨每天都要到我的擦鞋摊来擦鞋。

　　其实阿姨的皮鞋已经一尘不染，很亮很亮了，完全用不着每天都来

擦，但这个阿姨每天都来擦皮鞋。我想，这个阿姨肯定属于那种特别特别爱打扮的女人，老实说，我巴不得她每天都来擦鞋呢，因为她每天都能给我增加一元钱啊！

但是我心里其实最不喜欢这个阿姨，因为这个阿姨臭显摆！

宋琪琪的作文则是这样写的：

我最喜欢的人是我妈妈。

只说一件事，我妈妈每天下班都要绕到人民路一个女孩子的擦鞋摊去擦皮鞋，我说，妈妈您的皮鞋都那么亮了，还用得着每天都擦吗？

妈妈说，那个女孩子很可怜的，小小的年纪就在街头擦皮鞋，不用说，她家肯定很困难，我每天去擦皮鞋，每天就可以为那个女孩增加一元钱的收入啊！

我说，您不可以直接捐给女孩一些钱吗？

妈妈说，不能那样做，那样做会伤害女孩的自尊心的，你懂吗？我点点头。

我最喜欢我妈妈，因为我妈妈是一个最有爱心、最善良的人！

看完这两篇作文，我的眼眶被泪水模糊了。

我决定选一个合适的时间去张小莉和宋琪琪的家里进行家访，我敢肯定，这里面一定蕴藏着一个非常感人的故事……

人 生 悟 语

两篇不同的作文，写的却是同一个人，同一件事，但是评价却是完全相反的。当我们不理解一件事的真相时，往往会产生误解，因此在生活中要多去理解，多去倾听，就会发现很多感人而美好的故事。

(宋小爱)

投诉母亲的事,儿子没说,那是一个秘密,是他的幸福。

投诉母亲 凤　凰

　　母亲下班回来的时候,儿子对母亲说,妈,您该辞职了!母亲在一家超市上班,母亲上班是为了多挣点钱给儿子读书,现在儿子毕业工作了,母亲完全可以不用去上班了。今天,儿子去了超市,看到了母亲,看到母亲很忙很累。母亲说,我想继续干下去,我觉得一点都不累,我已经习惯上班了,要是不上班,反而无聊得很!儿子看了看母亲,说,现在我工作了,我的工资四千多,您真的不用再上班了。您可以去跟别人聊天,或者打打牌,不会无聊的!母亲说,我上班不是为了挣钱,我是为了快乐。超市里人来人往的,可以跟许多人说话,这是很快乐的一件事。母亲的话,儿子当然不相信。儿子亲眼看到母亲忙忙碌碌,哪有快乐的?母亲还想上班,还是想多挣钱。儿子知道,母亲挣钱是想换房子,然后让他风风光光地结婚。儿子不再劝母亲,母亲的性子,儿子知道。

　　但儿子决心不让母亲上班了,儿子有儿子的办法。

　　不久后的一天,母亲回家就叹气。儿子见了就问母亲,妈,您怎么了?累了就不要再干下去了,家里不缺那几个钱!母亲说,不累,不累!我没想到,我干得那么认真,干得那么好,居然有人投诉我,而且还是好几个人投诉我,说我态度不好,对他们不尊重。唉……母亲长长地叹气。儿子的心里暗暗发笑。儿子说,妈,有人投诉您,只怕老板不要您干了。母亲说,老板没说不让我干,他只说要扣我这个月的奖金。那几个投诉我的人，成心跟我作对呀。一个月的奖金，近百块钱！母亲为奖金惋惜不已。儿子见母亲心痛的样子，心里也不由一疼。其实，那几个投诉母亲的顾客，是儿子让他们干的。儿子这么做，是想让老板把母亲辞退了。既然老板还不肯辞退母亲，儿子就决定再找人投诉母亲，他一定要让母亲失去这份工作，一定要让母亲回家好好享福，不再那么累了。

为了让老板辞退母亲，儿子又找人投诉母亲。一天投诉母亲一两次。儿子想，这样一来，母亲肯定会成为超市最糟糕的售货员，老板肯定不会再不重视这事了，肯定会无情地把母亲辞退。

一连几天，母亲回家都没有提老板找她谈话的事。儿子耐心地等待着。儿子相信自己的做法肯定有效果。假如儿子是老板，如果他手下有人不断被顾客投诉，他会毫不犹豫地辞退那人。儿子相信，老板不会知道这是一个阴谋。

一周过去了，母亲还没有被辞退。这天，母亲回来的时候，一脸的兴奋。儿子见了就问母亲，妈，您今天显得挺高兴，有什么喜事？母亲说，我升职了！儿子吃了一惊，妈，您升职了？您不是说有人投诉你吗？老板还会提拔您？母亲说，这是真的！上周有几个人投诉我，这几天，老板就在观察我，看我是不是真的如顾客说的那样态度不好。这几天，老板都觉得我很不错，谁知却依然有人在投诉我。老板觉得太奇怪了，后来就问投诉我的人为什么随意乱投诉，陷害员工。投诉我的人最后说了实话，说是收了人家的钱，故意投诉我的。老板听了很气愤。超市里正好缺一个主管，老板想肯定有人视我为对手才请人投诉我的，再加上我干了这么多年，一直不错，老板观察这几天，也发现我真不错，于是就提我当主管了。儿子，你说这是不是喜事？还真得感谢那个请人投诉我的人。要不是他，我怎么能引起老板的注意？怎么能当上这主管？

儿子听了，呆了，没想到事情会弄成这样。儿子原本是想让老板辞退母亲的，没想到却让母亲升了职。如今，当了主管的母亲，想让她不上班，更难了。儿子看到母亲灿烂的笑，也不由地笑了笑。儿子想，当了主管的母亲不会像从前那么忙那么累了，工资也长了一大截，只要母亲高兴，他还能说什么呢？他所做的一切，想要的结果，不就是让母亲过得高兴吗？

投诉母亲的事，儿子没说，那是一个秘密，是他的幸福。

人 生 悟 语

儿子想让母亲在家里享福，但他并不完全理解母亲的真实想法，他对母亲的关怀和爱，也许并不是母亲最想要的，但好在母亲在工作中认真负责，没有因为儿子的作为而失去快乐的工作。

（宋小爱）

"娘！"我再也控制不住了，泪水喷涌而出，"过年了，我在路上呢，今年我回家过年！"

陪着贵客过大年
赵守玉

今年过年我又不能回家了。

其实这已经是我连续第三年没有回家过年了。大学毕业后，我费了九牛二虎之力才算留在了省城，成为天都餐饮集团的一名员工。天都在省城饮食界可是赫赫有名，平时客流量就极大，逢年过节更是门庭若市，过年不放假早已成了这里不成文的规矩。咱一个农村孩子，能进入这个条件好待遇高的单位，本来就已经欣喜若狂了，哪还敢有分外的要求。所以每年过年我都给远在偏远农村的娘寄上几千块钱，让她好好过年，然后更加拼命地干活儿，并很快引起了总经理的注意并得到了他的认可，渐渐地成了他非常信任的人。

今年过年，我们依然不放假，而总经理却派给了我一个特殊的任务：备好过年的东西，代替他回老家陪他的老父亲过年。其实总经理也是农民出身，早年母亲就去世了，老父亲又当爹又当娘地拉扯着他和小弟弟过日子，总算把他们都养大成人。总经理有了自己的事业，他的弟弟大学毕业后进了省城一家机关单位，并娶了一位厅长的千金。两个人要把老父亲接到省城居住，可老人家却死活不肯离开农村，一个人待在老家。由于集团的事儿太多，总经理也是好几年没有回家，所以这次他把我派回去，一再叮嘱必须要陪老人过好年。

陪总经理的老父亲过年，简直是天上掉下来的美差，我置办好过年的各种东西，兴冲冲地踏上了陪着贵客过大年的旅程。

一路奔波，等我赶到老爷子家时，已经是除夕这一天。

一见是陌生的我，头发花白扎着围裙的老爷子愣住了："你找谁？"

"老爷子好，您是于世浮总经理的老父亲吧？我是他手下的员工。省城时兴在饭店过年，所以集团特别忙，总经理实在抽不出身来，就让我回来陪您过年。您就把我看成您的儿子一样，有什么事儿就吩咐我吧。"

"噢，世浮给我打电话说今年过年我不会孤单了，他要给我一个惊喜，原来就是这么个惊喜呀。"老爷子轻轻叹了口气，"那你进来吧，快帮我忙活！"

整个院子里布置得年味十足，屋子里收拾得一尘不染，厨房里香气四溢，许多菜都已经准备好了，火上正炖着鱼。我急忙接过老爷子手里的家伙，煎炒烹炸地干了起来。

边干边聊，我这才知道，前几天老爷子的二儿子打回电话，说一家三口要回家过年。今年能过个团圆年了，老爷子特别高兴，精心准备，等待两个儿子回来。现在大儿子不能回来了，二儿子一家回来他依然特别兴奋，风风火火地给我打着下手，仿佛一下年轻了十几岁。

菜做好了，老爷子也出去迎接了好几趟，可依然不见二儿子一家人的身影。眼看着暮色低垂，家家户户都升起了过年的红灯，可老爷子家的对联还放在桌上，他依然在等，要等儿子孙子回来一起贴。突然，电话响了。老爷子一把抄起来。

"爷爷,过年好!"电话那头,是小孙子的声音。

"好孙子,你也过年好,你们现在到哪儿了?爷爷去接你们。"

"我在三亚。妈妈的公司组织了春节海南八日游,允许带家属,妈妈说机会难得,所以我们全家都来了。刚才吃饭的时候,爸爸偷偷地朝着北边洒了一杯酒,他还哭了呢。我妈不让打电话,可爷爷,我想你。"

老爷子嘴角抽搐了半天:"好孙子,爷爷挺好,告诉你爸别挂着爷爷,出去一趟不容易,你们一家就好好玩吧。你大伯他们马上就回来陪爷爷过年了。"

"老爷子,别难过了,他们也是忙……"看着老人木然地放下电话,我急忙劝道。

"你给我滚!"老爷子两眼通红,大吼着把我赶出了院门。

四周红灯高挑,家家笑语欢声,我呆呆地站在雪地里,不知道该怎么办才好。

突然,老爷子的屋里传出了痛哭声,我急忙冲进屋,不由愣住了。

炕上放好了桌子,桌上摆好了酒菜,一个纸牌位放在桌子正位上,上写墨迹未干的几个字:亡妻之位。老人家坐在桌子对面,举起了酒杯:"老伴儿呀,大儿子忙着挣钱,二儿子作不了主,今年过年又剩下咱俩了,你这一年咋样啊?咱喝酒!"

"老爷子,"我急忙奔过去,"我陪你喝!"

老爷子摇了摇头:"小伙子,刚才我不该跟你发火。可你们这些年轻人咋就不理解当爹当娘的心呢?你们在外边拼,可你爹你娘的心是一直跟着你们呀。一年了,他们就盼过年能看上你们一眼,能知道你太太平平的,就足了,孩子给多少钱也不如回家呆上一分钟呀!挣钱的日子有的是,可你爹你娘的日子可是越来越少哇!"

我一下傻在了那儿,眼泪顿时涌了出来,白发苍苍的娘倚门而望的情景浮现在我的眼前。

"孩子,你不用陪我了,回去吧,你也有爹有娘,回去陪他们过年吧。记住:挣钱不差这三两天,叫花子也过三天年呐!"

走出村口,我拿出了手机。

"谁呀? 孩儿呀,是你吗?"娘颤抖的声音从电话里传了过来。

"娘!"我再也控制不住了,泪水喷涌而出,"过年了,我在路上呢,今年我回家过年!"

在老家时,胡小兵的娘见到我总是说,小兵跟着你多亏了你照顾。我把脸扭到一边,往远处望去,总是看见苍茫的天地间腊月雪在翩翩飞舞。

那年冬天好大雪 连俊超

腊月里,冬天像是一台年久失修的鼓风机,把粗糙的北风吹得没完没了。

我们裹着棉衣或棉被在刚盖好的大楼里抽烟、打扑克。同时在等着工头回来发工钱。出来半年了,我们才领到了三个月的工钱。工头说他也没拿到钱,要找开发商去要。他开着轿车出去几天了,眼下风还没有把他给吹回来。我们只管等,这种情况见多了,除了等,我们想不到别的办法。

下午,胡小兵正在那边打扑克,突然披着他的破被子凑到我身边,递给我一支烟，说："叔，抽支烟！"我说我自己有。胡小兵硬是塞给我，还给我点着了。胡小兵今年才跟他爹出来。几个月前，他爹从脚手架上掉了下来，摔坏了腿，回家了。我想这小子可能有什么事。我抽了一口，说："有啥事？"胡小兵嘿嘿一笑，说没事。

我拿出自己的半瓶酒，说："来一口？"胡小兵还是嘿嘿笑着，接过去，咕咚灌了一大口。我也喝了一口，胸口立即暖烘烘的。在这冰冷的城市、冰凉的大楼里，要是没有一口酒，我怕自己会冻僵。胡小兵喝过酒，脸色通红地说："叔，我爹的腿不行了。当初以为是小事，可后来加重了。"我不知说什么。胡小兵又给自己灌了一口，说："上个月我给娘打电话说给她寄一千块的，可那天我把准备好的钱给糟蹋了。"

"怎么弄的？"我问。

"几个哥们在一块玩牌输掉了一半——我本来想会捞点，多给家寄点的。"胡小兵通红的脸上滚动着几滴泪珠，"现在我就剩五百了，我给娘说过要给家寄一千的。我怎么凑也得凑够一千块。"

我口袋里也没有几个子。家里老老小小的，都张着嘴等我一个人喂呢！虽说我和胡小兵是老乡，可挣的都是血汗钱。我吞吞吐吐地说，自己口袋里没有钱了，都寄给家了。胡小兵盯着我，说："叔，就借你一百，等发了工钱就还你！要是工头不回来，侄儿明年出来的第一张钱就还给叔！"胡小兵几乎是一字一顿地说的。屋子里的人都不再乱哄哄的嚷嚷，而是把注意力都送给了我和胡小兵。那时，屋内寂静无比，楼外是北风疯狂的尖唳。

我顿时感到尴尬万分。胡小兵脸上挂着的泪珠令我不忍再看。我翻了几层衣服，掏出两张藏好的百元票子，说："侄儿，拿上，什么时候再说还钱我就不答理你！"我说完，有些手足无措，夺过酒瓶一气喝干了。

"胡小兵，还差多少呢？"突然有人问。胡小兵哽咽着说："三百。"

"既然答应过娘寄一千的，就不能寄五百，差多少我们给你凑齐！别嫌少，拿上这五十吧！"一只只粗糙皲裂的手伸进了口袋。一张张皱巴巴的人民币塞进了胡小兵的手里。胡小兵流着鼻涕，不停地说着谢谢。

我的鼻子酸酸的，出来半年我鼻子还没这么酸过。我朝窗外瞟去一眼，

看见了随风飞舞的雪花。我说，北风得了势了，把大雪也叫出来了。在外跑了几年了，从来没见过那么大的雪。雪片似乎把所有的大楼都塞满了。

我们一屋子人都挤到窗户旁，争着看大雪。不时有人说："也不知道咱们家里现在下雪了没？""咱家的雪肯定比这里的要大得多！"

那年，我们没有等到工头回来，就一起卷起铺盖奔向火车站了。坐在火车上，仍然看得见窗外的雪片追逐着火车飘飞。

在老家时，胡小兵的娘见到我总是说，小兵跟着你多亏了你照顾。我把脸扭到一边，往远处望去，总是看见苍茫的天地间腊月雪在翩翩飞舞。

桉没有听到这一切，他只顾沉浸在"北京"的一切。随着吉普车的颠簸，燥热逐渐消失，又是一片清凉世界。桉还在想一件事：爸爸为哪样不说话呢？

触 摸 爸 爸 庄 学

红土地上的这个小镇与其他小镇一样，有着许许多多的人，公家的人、经商的人、种田的人……镇子外面如黛的山峦，飘洒着玉带样的公路,来来往往的汽车就停留在镇子上一会会,就再来来往往。

许多汽车在镇上停留,是要歇歇脚,吃吃饭。于是就有许多镇上或者周边村子里的妇女做起了汽车的营生,她们把玉米棒放在炉子上烧烤,焦黄焦黄的,很是诱人的味蕾,然后再用削好的竹签插进玉米棒的根部,用干净的塑料袋子包裹起来,看到汽车来了,就举着玉米棒对着汽车窗口叫:烧烤,烧烤……

桉的母亲也是她们其中的一员。

桉每日跟着母亲。母亲忙母亲的,桉就腰板直直地坐在离母亲两米远的地方,用一个搪瓷缸放在脚前,一言不发,任凭路人往里面或多或少地放几张纸币,或者叮咚响的硬币。如果叫桉论起来,桉更喜欢听硬币撞击搪瓷缸壁的声音,那声音悦耳。

桉的两手放在盘起的膝盖上,脸对着搪瓷缸的方向,眼皮耷蒙着。旁边有路过的人,当然也有外地的旅客,站住脚,把桉的上下周围看了仔细,并无惯常的文字诉说,桉的穿戴也整齐,不邋遢,于是就说:这孩子,乞讨也讨得正气凛然。这人就是镇上新来的民政助理,大学生,说话文绉绉的。

桉的眼睛是那一年玩炮仗给炸坏的。桉刚开始感觉到一片鲜红,一点微弱的光线引导着他,而后便是无尽头的黑暗的洞洞。桉和小伙伴们曾经钻过离村不远的一个山洞里,也在黑暗的洞洞里爬过很长时间,爬着爬着,就看到一丝丝的光线,最后是哭着爬出来的。母亲扑上来紧紧地抱住他,桉感觉到了母亲一抖一抖的,肩头颤抖不止。

爸爸长啥样?桉不晓得。桉从来就没见过爸爸的样,眼睛好着时,母亲指着学前班的课本上的天安门、五星红旗,给桉说爸爸在北京挎枪站岗,许多人都听他的,经常给他献花。可是父亲为啥老不回来看他呢?不过,桉从此有了向小伙伴们夸耀的话题了,还有很多人都给爸爸送鲜花呢。

镇上许多人都知道桉和他的母亲,当路过桉的面前时都要往桉的搪瓷缸里叮哩咣当地放硬币。桉把讨来的钱一张张一摞摞整好,如数交给母亲。可是桉的小动作还是被母亲发现了。桉给母亲交钱的时候,

手心里攥着一枚硬币，然后悄悄地放到自己床下的鞋盒里。母亲偷偷看了，里面有了厚厚一层的硬币。

这样的日子平平静静地过了几年，外面的汽车继续来来往往，桉也就长到了9岁。9岁的桉挺直了胸，就有人说这小大人。民政助理每月都要来看他们几回，路过了就停下来与桉或者桉的母亲说几句话。桉也觉得自己成为大人，就向母亲提出要到北京去看爸爸。桉还把床下的鞋盒子拉出来，举给母亲看：我有钱。母亲抚着桉的头顶，身子一颤一颤的，泪流满面。

母亲对闻讯而来的民政助理说：我带他去吧？民政助理默默地从身上摸出几张钱，递给桉的母亲，只说了一句话：早去早回。

母亲带着桉出行了，有时走路，有时坐车。经过了一片热闹的县城，桉问：是北京吗？母亲说不是。又经过了一片热闹的州府，桉听到许多汽车欢快地鸣叫，就问：是北京吗？母亲说不是。在一片人声嘈杂的地方吃米线，桉又问：是北京吗？母亲还是说不是，但是加了一句：快到了。

就这样一程又一程，没几天，原本清凉的天儿就走出了一身的燥热。母亲告诉桉：这里就是比家里热。

晚上住在招待所，床铺坐上去也是颤颤的直打战。出门吃了米线，桉问：北京为啥也有米线？母亲说北京啥样好吃的都有。一夜，桉没合眼，想象着北京的一切。

一早，母亲就带桉来到了国门一侧的1号界碑前。界碑周围是绿色的草坪绕着，再往外就是摸着溜溜光的不锈钢围栏。旁边，早已站着迎候的军人。母亲拽着桉的手抚摸界碑上"中国"两个大字，凸凸凹凹，摸着很厚实的感觉。又往上抚摸，就摸到了国徽上的天安门和五星红旗。桉满足地一遍遍抚摸，并与依稀还记得的画面相印证，最后叹了一口气：北京好是好，就是太小了……

在边防连队的荣誉室里，桉抚摸那尊挎枪昂首目视远方的半身塑像，摸到了耸着的鼻子，突着的嘴唇，还有圆睁着的眼睛，冰凉凉的。桉还闻到了一束鲜花散发出来的芬芳。可爸爸为啥不说话呢？连队干部都与桉的母亲一样,颤颤地流下了眼泪。

　　在回家的军用吉普车上,指导员把一卷钱塞给桉的母亲:这是全连战士的一点心意,送桉上学吧,上盲校,学费我们连队一代代地负责到底。

　　桉没有听到这一切,他只顾沉浸在"北京"的一切。随着吉普车的颠簸,燥热逐渐消失,又是一片清凉世界。桉还在想一件事:爸爸为啥不说话呢?

人生悟语

　　没天哪有地,没有家哪有我。蓝天之下,大地之上,巍巍中国就是我们的家,没有战士们用热血铸就的不朽长城,哪有我们今天美丽的祖国?不是他们付出了热血和生命,怎么会有我们幸福的家?世界上最可爱的人,我们会在心中永远牢记。

(宋小爱)

　　男孩展开汗津津的小手,露出两张皱巴巴的纸币,不甘心地说:"妈妈,我还是想给爸爸焊个铁笼子!

儿子的理想 杨启范

　　女人拉开枕头套上的拉链,伸手摸索,内心一惊,藏在枕头套里的200元钱不见了。女人一屁股坐在床上,丈夫每天冒着生命危险下井挖煤,一个月才500多元的工资,这200元钱可是一家人一个月的油盐酱醋啊!女人想起了8岁的儿子,拼命地呼唤着儿子的名字,并没有儿子的应声。

女人拉开门跑出去，天空正淅淅沥沥地下着雨。女人一路狂奔，呼唤着儿子。却见儿子在一个五金加工门市部门口傻傻地站着，浑身的衣服湿漉漉的，双手捂脸，正透过指缝看焊枪下刺眼的电花。女人抓住儿子的衣领将儿子拎在半空中，"小兔崽子，你偷家里的钱了？"儿子吓得脸色蜡黄，嗫嚅着："我……我想给爸爸做个铁笼子，把他关在里面。"女人怒火万丈，将儿子狠狠地摔在地上，猛踢两脚，"你这个白眼狼，你爸爸拼死拼活地挣钱供你上学，你想把他关在笼子里？"门市部的师傅将浑身发抖的男孩拽起来，一手拦着男孩，一手从兜里拽出一张白纸，"你看看吧！"白纸上用稚嫩的线条画着一个笼子，女人看不懂，师傅泪眼婆娑，"孩子说听到矿难的消息，就吓得睡不着觉，生怕自己变成没爹的孩子。他半夜里爬起来，画了这张'图纸'，他要我在笼子的顶上焊上全世界最厚的钢板，这样就砸不着他爸爸了；底下不焊钢筋，让他爸爸抬脚迈步；两侧焊上把手，他爸爸挖一段煤，就可以提着笼子前进一段；前面留出门，方便他爸爸挖煤。天底下你上哪儿找这样聪明、懂事的孩子？"

女人内疚地抱住儿子，"儿啊！妈妈对不起你，走，咱上井口等你爸爸去！"男孩展开汗津津的小手，露出两张皱巴巴的纸币，不甘心地说："妈妈，我还是想给爸爸焊个铁笼子！"女人把脸贴在儿子的小脸上，意味深长地说："孩子啊，妈妈和你的牵挂就是你爸爸最安全的笼子！"儿子仰起小脸，无限向往地说："妈妈，等我长大了，挣了大钱，我要给每位挖煤的伯伯、叔叔都焊一个铁笼子！"

女人紧紧地抱着儿子，"我的儿子，那你就快快长大吧！"

人 生 悟 语

孩子的想法多么的幼稚，孩子的想法又多么的可爱啊！孩子的爱是直接的，孩子的爱也是单纯的。孩子，希望你长大后，不要忘记你儿时的理想。用你的双手保护你所爱的人，让他们快快乐乐，平平安安。

(宋小爱)

是爱给了我们温暖、动力和希望,激励我们一路前行,不敢轻言放弃。

会上楼的牛仔裤

第七辑

我们都渴望幸福和快乐，我们都期待世界上只有微笑和阳光。或许，有人会说，这只是一厢情愿的奢望和梦想，但只要我们拥有一颗美好的心灵，世界在我们眼里，就会变得美丽而可爱。到那时，奢望会变成现实，梦想就会成真。

我愣愣地坐着出神，一种叫嫉妒的感觉在身体里小蛇样游走着，带出一种难以言状的酸楚。谁能不需要那种亲情环绕的感觉呢？

亲你的左脸颊 巩高峰

我的事在学校早不是什么秘密了，几乎每进一个班级都要被当成传奇流传一遍。倒不是我自己说的，因为绝大多数时候我有个沉默寡言的标签。是我弟弟孙浩说的。

两岁时妈妈带我去菜市场买菜，为了两根茄子妈妈和菜贩子津津有味地讨价还价着，我就被人贩子拐走了，卖到了四川一个山沟沟里。6岁时我被公安局抓住的人贩子供出来，这才回到了已经陌生的城市，发现家里有了个小自己3岁的弟弟。妈妈一见我就紧攥着不放，哭得我身上哪儿都是鼻涕眼泪，我却惊恐而无谓地躲闪着。这时的我说着一口地道的四川话，所以在家里从不敢随意张口。我在的那个山沟沟里小孩子8岁才开始上学，6岁的我只有放羊的资格，于是回来后我只好跟弟弟一起从幼儿园小班开始上。买我的那家人给我起的名字叫祖拴住，所以在很长一段时间里，我根本不知道别人孙涵孙涵的竟是在叫我。

跟弟弟一个班是妈妈坚决要求的，妈妈说这样我可以照顾弟弟。说实话，妈妈那是在照顾我的面子，实际上一直都是弟弟在照顾我。直到如今念大学了，我跟弟弟还是一个班，弟弟还在照顾我。弟弟替我向别人解释兄弟一个班的原因，弟弟帮我澄清奇特的身世，弟弟还为我勇敢地遮挡着流言飞语。所以大多数时候，我都会有自己是弟弟的错觉。

尽管这样，尽管我已经完全褪掉了四川口音，我还是不肯说话。有

什么好说的呢，弟弟需要什么我就需要什么。妈妈买什么东西也都是一式两份，根本不需要我说。这样我就更显出一种郁闷，一种落落寡欢。外人觉得是我的身世造成的，所以性格上有点自闭。妈妈不这样认为，妈妈觉得我是对那个山沟沟有了感情，所以每年过年前妈妈都要问我，要不要回去看他们？我总是摇头。我也不知道自己是怎么回事，我想自己可能是缺少弟弟那种可以和父母毫无顾忌地说，毫无顾忌的笑，不分场合都可以撒娇的习惯吧。

现在我和弟弟在遥远的一个城市学计算机。跟别人家的父母一样，妈妈拼命俭省出一台电脑来，让我和弟弟合用。每次来看望我们，妈妈跟弟弟总是有叮嘱不尽的悄悄话，跟我却仍是只有那句：你要照顾弟弟啊。印象中只有这句话才是自己应该得到的慰藉。我多想像弟弟那样耍赖似的拉着妈妈的手不让她走啊，可我连张口的勇气都没有。

因为负担我们兄弟俩，家里的日子比较拮据。妈妈就用家里的老电脑跟我们QQ聊天，说是可以练练打字，也能俭省些电话费。为此弟弟孙浩诞生出一个经典来，每次跟妈妈聊完了，弟弟都会来上一句：晚安妈妈，亲你的左脸颊。其实这是弟弟习惯性的撒娇，可在崇尚个性的大学校园里，这可就不是简单的一句话了。孙浩不仅为此声名远扬，还交了个校花级的女朋友。因为这个，电脑就老被弟弟用着。不过我本来也很少用电脑，除了学习上的那点事，我用电脑干吗呢。从小就跟弟弟一个班，我像个透明人似的，让弟弟向父母汇报着向外人宣传着，我甚至连交个好朋友的机会都没有。

宿舍里的人都睡了，我却怎么也睡不着。翻来覆去半天，还是爬了起来，准备对着电脑消磨消磨时间。一碰键盘我就发现懒惰的弟弟没关电脑。屏幕一亮，QQ里妈妈的头像一闪一闪的，甚是焦急。鬼使神差，在回头朝弟弟的上铺看了一眼后，我抖着手开了对话框，以弟弟的名义跟妈妈聊了起来。

咱们语音聊天吧，妈妈打字慢，再说也很久没听到你的声音了。

妈妈这句话一来我就慌了，赶紧说，宿舍里的人都睡了，别吵醒了他们。

妈妈打字虽然慢，但很健谈，特别是跟弟弟。于是我们聊了天气、学习、老师和同学,还有女朋友。我的心里就莫名的越来越不是滋味,是因为自己在冒充弟弟吗?我不知道,反正手心里一直在冒汗。直到妈妈发了一句:太晚了,明天你还要上课呢,早点睡吧。我才把背结实地靠到了椅子上,意识到已经是深夜了。为了掩饰自己的冒充,我用了弟弟最经典的结尾:好的,晚安妈妈,亲你的左脸颊。

话发了出去,我愣愣地坐着出神,一种叫嫉妒的感觉在身体里小蛇样游走着,带出一种难以言状的酸楚。谁能不需要那种亲情环绕的感觉呢?叹了口气,我黯然的要关对话框时,妈妈的最后一句话来了:晚安涵儿,要照顾弟弟啊。

瞬间,热泪爬满了脸,我的眼前一片迷濛。

人 生 悟 语

　　因为一段不寻常的经历,造成了"我"与身边亲人的隔膜,但这到底是命运的捉弄,还是他自己没有向家人打开心扉?爱在心头口难开,但是真情的流露,又怎么能被掩盖呢?　　　　(潘 洋)

　　"哇!"孩子们叫了起来,大喊着凯特的名字。凯特向同学挥手致谢,走上座位时,眼睛里早已满含泪水。

光头美丽 陈振林

　　美国西雅图东部一所学校的八年级教室里,物理教师第尔今天一上课没有讲授电磁感应现象,却滔滔不绝地讲起了光头:"孩子们,你们留心过吗？光头其实是多么的美丽啊。凉爽宜人，看起来也干净。可以免去每天梳洗的麻烦，可以消除心中的烦恼。如果上点头油，要多亮有多亮。如果再戴上顶帽子，多酷呀……"

"那我们去剃成光头吧。"坐在最后边的男生史蒂文叫道。他一个人坐在最后一排，旁边的桌子空空的，他的同桌女生凯特已经有 10 多天没有来学校上课了。

"史蒂文的主意不错。孩子们，今天放学时咱们开始行动吧。"第尔老师笑着说道。

第二天，剃了光头的第尔老师一走进教室，就受到了孩子们的掌声欢迎。第尔一看，已经剃了光头的孩子除了史帝文，还有五个男生和两个女生。其他的孩子们围着光头们，仔仔细细地看了又看，心中羡慕不已。

第三天，第尔老师走进教室时，感觉教室里特别亮堂——34 个孩子都已经剃成了光头。

"要是凯特来学校上课，也剃成光头，该多好啊。"最爱学习的小个子女生露茜小声地说。"是的呀，凯特已经 19 天没来上课了呢。"马上有孩子也附和着说。

第四天第一节课，第尔老师在黑板上刚写下"光头美丽"几个字，教室门口传来了一个清脆的声音："先生，我能进来吗？"

是凯特。

也是一个闪亮的光头！

"哇！"孩子们叫了起来，大喊着凯特的名字。凯特向同学挥手致谢，走上座位时，眼睛里早已满含泪水。

"孩子们，这一堂课的主题就叫'光头美丽'。记住，在这所学校有一个美丽的八年级，有 35 个美丽的孩子，还有一个美丽的第尔老师……下面请这次活动的组织者史蒂文同学讲话。"第尔充满激情地说。

史蒂文缓缓地站了起来，说："我们亲爱的同学凯特，20 多天前被确诊为血癌，她就请假去治病，但是这种病得化疗，化疗就必须剃成光头。我们可以想一下，凯特治病要承受多大的痛苦啊，可是，她挺住了。

她剃成光头，就她一个光头，走进学校走进教室时又要承受多大的心理压力呀？于是，在第尔老师的建议下，我，还有罗斯、约翰逊、杰克等6个同学就想到了我们每个人能不能都剃成光头呢……"

不等史蒂文说完，教室里已经响起了整齐的叫喊声："光头美丽，光头美丽。"

人 生 悟 语

每个人都爱美，尤其是女孩子，谁不想拥有美丽飘逸的长发呢？但是光头也有美丽的时候，当史蒂文和老师、同学们为了凯特，而情愿剃成光头时，他们美丽的心灵，让他们的外表也变得美丽起来，真正的美丽源于心灵的爱，只要心中有爱心，你就是最美的。

(潘 洋)

他们为感恩而哭，为幸存而哭，让在场的每一个人潸然泪下。

拯救有爱心的人 刘永飞

一辆公交车为躲避闯红灯的摩托车，冲断金属护栏，载着一车的绝望、尖叫一头扎进40多米深的山沟。随着巨大的撞击声，顷刻间，公交车头就瘪了。大约1分钟后，开始有人击碎后挡风玻璃向外钻。

这时，一位满脸是血的年轻人，背着一个老人爬了出来。年轻人把老人交给前来施救的群众后，自己又歪歪斜斜地钻进车厢去救其他人。

第七辑 会上楼的牛仔裤

"车子要爆炸啦！"

突然，不知谁喊了一声，正陆陆续续接近车厢的群众，顿时惊恐地四下逃开。原来，有人发现车尾有火苗蹿出，而汽车的油箱正在哗哗地漏油。

此刻，进入车尾的年轻人，犹豫了一下，瞬间又坚定地快步向车头走去，就在众人万分惊恐又无可奈何地等待汽车即将爆炸的一分多钟的时间里，那个年轻人，从车尾竭尽全力地"滚"出一个胖子来。

由于此人过于肥胖，年轻人只能拉着他的两只脚向外拖，就在这时，汽车爆炸了。他们有惊无险地死里逃生，而车上的另外十几个人全部葬身火海。

医院里，不顾生死、舍己救人的年轻人，成了新闻追踪的热点人物。一个记者问："明知车子要爆炸了，还上车救人，你不怕死吗？当时你怎么想的？"年轻人笑笑说："没怎么想，反正要爆炸，就是我跳下车的一刹那也会爆炸的。"

另一个记者激动地问："我采访过在场的目击者。他们说你没有直接在车中央随便救个人出来，而是一直到车头，救出了一个身体肥胖的人，请问这是为什么？你认识那个人吗？"

"不认识。"

"那你为什么偏偏选择救他呢？"

"这……"年轻人沉吟了一下继续说，"其实，我那天是带母亲去医院看病的，可上了公交车却没一个人让座。这时，那位坐在最后排的胖师傅把位子让给我母亲，自己去了车厢前面站着。我当时很感激他的举动。就在有人喊'爆炸'时。我想，老天爷若要我死，我就是立即跳下去，汽车同时爆炸我也会死。不知为什么，我突然觉得我应该跟死亡赌一把，于是我选择了先救他，因为他值得我用生命去救。"

这时，人群后一片骚动，人们主动让出一条道，只见一个护士推着一个挂着点滴，绷带裹头的胖病人过来。胖病人几次要挣扎起身，他颤抖着问："恩人呢？我的恩人在哪里？"

紧握住年轻人的手，病床上的胖子泪流满面，泣不成声。他说：

"小兄弟，您可是我的再生父母啊，要不是您舍身相救，我恐怕……恐怕……"中年人哇一下哭出声来。

年轻人也哭了。他说："大哥，我该谢谢你呀，要不是你把座位让给我母亲，出事时她有前面的座位挡着，以她这个年纪恐怕早不行了。"

他们为感恩而哭，为幸存而哭，让在场的每一个人潸然泪下。

　　我现在承认，在这场耗时过久的赌局中，我输了，输得心甘情愿。

输在日喀则 天空的天

　　尽管时令还是秋季，西藏却已经下过一场雪。我穿着长款大衣，走在日喀则的街头，脚步有些拘谨。

　　这是我走过的海拔最高的街。我行走在街上的时候，街上的行人会停下来，对我行注目礼。我无数次地想象过走在这条街上的感觉：孤单、寒冷、陌生，或者因为缺氧而呼吸困难，唯独没有想过我会被人行注目礼。我知道这是因为你，他们心里对你的敬意惠及到我身上。我好后悔，没有早点来，和你一起走在这条街上。而今，这样的礼遇，让我惭愧。

你们派出所的所长说，这是你每天都会走的街，你对街上的每户居民都了如指掌。这也是你最后走过的街，街上留下了你最后的脚印、鲜血、还有生命。

天色阴沉，北风呼啸。所长走在我身边，一直和我讲关于你的事。他说到你牺牲的情景时，我忍不住掩面而泣。而我在心痛的同时，想不明白一个问题，你为什么那么傻呢，身上流着血还要追赶那个逃跑的窃贼？你如果不是拼尽最后一口气去追那个窃贼，也许就不会失去生命。你忘了答应过我的事了吗？你说这次一定要调回到我身边，每天陪着我，到白发、到终老。有多少次，我把工作都帮你联系好了，你却一次又一次推迟归期。我不明白，这里有什么让你那么恋恋不舍呢？

北风越发紧了，有雪花夹杂在风里，飘落下来。又下雪了，好冷。

我紧了紧大衣，继续在街上走。

我在这条街上来来回回地走，已经走了九遍。我踩着你曾走过的街面，呼吸着你曾呼吸过的空气，想象着你走在这条街上的样子。我期待着我的某一个转身，能与你不期而遇，期待着在我回眸的一刹那发现你对着我笑，那笑容像一朵绽开的雪莲。我最喜欢你这样的笑。

可是我转了120个身，也没有遇见你，却遇见了一位老奶奶。她左手晃动着一个金轮，右手捻着一串佛珠。老奶奶很慈祥地看着我。我想起来了，从我的双脚踏在这条街上开始，她的目光就一直注视着我，跟随着我，不离我左右，在我的身体终于受不了寒冷，倒下的那一刻，是她扶起了我，把我扶进了她的家。

她盖厚厚的毯子给我，生暖暖的炉火给我，煮热热的奶茶给我。她待我如她的亲人。她为什么对我这么好呢？我并不认识她啊！我想你一定认识她，她也认识你，因为我在她的家里看见了你的照片。你那张微笑的照片摆在她家最显眼的位置。你在照片里笑得那么和蔼，我的心却莫名的好痛。

她做了许多好吃的给我，我却一样也吃不下去。我发烧了，呕吐、头痛不止。

她不知道怎么办才好,找来了所长。

所长说我是典型的高原反应加重感冒,于是把我送到了医院。我恨自己这不争气的身子,刚来头一天就倒下了。你在这里一待就是五年,你是怎么待的呢?每次我问你,高原苦吗?你都说不苦。你看,你又说谎了吧。

在医院输了两天液,我的情况有所好转,不高烧了,也不呕吐了,只是感冒还没有好。我饿了想吃东西时,就有一碗热气腾腾的鸡蛋面捧到我面前。所长说,不是我做的,是她做的。她,就是左手转金轮,右手捻佛珠,把我从风雪中扶起的那位老奶奶。

所长后来跟我说,她是你曾经帮助过的人。你在这条街上工作了5年,就帮她担了5年的水。她是个懂得感恩的人,把对你的感激之情,都用到了我身上。她每天都煮面条给我吃,每碗面里都藏着一只荷包蛋。我跟她说过可以不放鸡蛋的,因为我不爱吃鸡蛋。但她仍然每次都放。我忽然想起,你是爱吃鸡蛋的,她一定是把我当成了你。

不止是她一个人,街上所有居民都如她一样,煮面给我吃。在煮面的时候,碗里都藏着一只荷包蛋。他们每天每天都来医院看我,做他们认为我爱吃的东西,买他们认为我喜欢吃的水果。每天每天,我的心里都涌起一波又一波的感动。我忽然明白了,你为什么一次又一次推迟离开这里的时间,为什么对这里恋恋不舍。

冰雪融化的时候,我又一次来到了这里。

所长拿着我的人事档案,问我:决定了?不后悔?

我说,决定了,不后悔。

所长又说,落下来,你可就走不了了。

我说,来了,就没想走。

还记得我们曾经打过的那个赌吗?我说,谁的力量大,谁就把谁拉到谁身边。

我现在承认,在这场耗时过久的打赌中,我输了,输得心甘情愿。

李小多的喉结蠕动了一下,鼻子一酸,久违的温暖涌了上来。

李小多知道,他的幸福终于着陆了。

李小多的幸福生活 龚宝珠

李小多的幸福生活是从那顿年夜饭开始的。

那个年底,李小多没有拿到一丁点儿的工钱。工程结束后,黑心的工头拍拍屁股,一个响屁也没放,溜了。

工地待不住了,身无分文的李小多流浪在除夕夜的街头。李小多的身影在街灯的映照下显得很单薄。饥寒交迫的他产生了一个不简单的念头:打劫。打劫的目的比较简单:抢点吃的填饱肚皮,抢点钱做路费回家过年。

李小多选择了女人的小店作为目标。

可是,李小多失败了。女人察觉到李小多凶狠的眼神中夹杂着惶恐和无奈。善良的女人收留了他。女人给了他丰盛的酒菜,却带着自己6岁的女儿进住了旅馆,把唯一的小店留给了落魄的李小多。

李小多犯罪的冲动被女人的善良及时地扼杀了。他感谢女人,他要报答女人。最终李小多娶了这个大他3岁的女人，有了自己的家。

李小多的想法很简单，"老婆孩子热炕头"就可以了。

女人的想法也很简单。女人对李小多说，只要咱们在一起好好过就行。

李小多捧着女人的脸，眼里闪动着幸福和满足。李小多知道女人受过伤害——她的前夫移情别恋，抛弃了她们母女。李小多对女人说，你救了我，我要让你和女儿过得幸福。

李小多对幸福的理解也很简单：让女人过上好日子。条件成熟的话，再和女人要一个孩子。以前，在这个城市，李小多没有亲人，而现在，他有了一个善良的女人，有了一个管他叫"叔叔"的女儿。

对于女儿的称呼，李小多不介意，丝毫都不介意。这个家让他很温暖。

李小多的父母去得早，他唯一的亲人就是老家的叔。

叔待他刻薄。

没成家的时候，李小多每逢春节都回老家过年。

叔总是把李小多的行李和口袋搜刮得精光。钱整理好后，叔拿一个塑料袋装好，用皮筋扎好口，锁在一个小铁匣子里。叔的脸色取决于钱的数目：钱多的时候眯着眼慢慢点，钱少的时候两手简单一搓——挣这点钱还好意思回家。

叔还见不得李小多吃闲饭，过了初五，就催他出去打工。李小多收拾好破烂的行李和简单的路费，踏着晨曦就上路了。

他的脚步总是及时地唤醒这座沉睡的城市。他就像在城市行走的游击队员，从一个工地辗转到另一个工地。李小多的生活比较简单：早上馍菜汤，中午菜馍汤，晚上汤馍菜。他的想法也很简单：干活挣钱，过年回家交给叔。

3个年头过去了，李小多再没有回老家。叔的形象已模糊不清，逐步淡化在李小多的记忆深处。有时，李小多抱着一岁的儿子逗乐，偶尔也会想起这个小老头。

李小多屈指一算，前前后后交给叔的钱也有3万多块。他不想再要了，毕竟叔养了自己十几年，不容易。有时李小多和女人谈起此事，女人的态度也很明确。女人说，钱坚决不能要，过几年日子好了，回老

家看看叔。

自从儿子出生后,李小多感觉压力挺大。女儿上学,儿子每月的奶粉,一家的生活开销。这些都是实打实的,需要的都是钱。小店的生意也不景气,李小多又去了工地。他甩开膀子,撅着屁股在工地的钢筋水泥中爬行,影子一般贴在高楼的脚手架上。尽管如此,李小多还是只能艰难的维持一家人简单的生活。

李小多经常对着高楼大厦里冒出来的万家灯火,痴痴地想攥紧未来的踪迹。他感觉自己就像影子一样,永远融入不进城市的躯体。这种感觉让他很沮丧。

沮丧的李小多还常常被电视里的新闻所困扰,在城市里越来越没方向的他被搅得乱了方寸。电视里经常报道关于新农村建设的新闻:农民种地补贴了,路修通了,公交车到村了,农村合作医疗了……

前段时间,他害了一场病,挂吊针带吃药地折腾了几天,300 多块没有了。

李小多的心扎得生疼。

在经过一番对比再对比,考证再考证的思想斗争后,李小多跟女人商量着回老家的事。女人只说了三个字:听你的。

腊月二十九,李小多带着女人和两个孩子回了老家。

家乡的变化让李小多不停地叹气:这几年在外算白混了。一排排崭新的平房刺得李小多的眼睛发酸,有的甚至盖起了二层小楼。他眯着眼,蜷缩在夕阳的余晖中。

叔家的门楼很气派,叔的精神也好得出奇。叔说,小多,你终于回家了。

李小多能敏锐地感觉到叔的情绪很激动,叔的眼角随时会弹出几滴眼泪。李小多不声不响地吃着饭,叔全家的热情让他有点惶恐和莫名的自卑。

吃完饭,叔拉着李小多进了里屋。叔拿出钥匙小心地打开了一个铁匣子,取出一个塑料袋,把扎口的皮筋去掉。叔说,这是 4 万块钱,是你前些年打工的钱和银行的利息,不够的我给你补上了。

李小多愣住了。

201

这钱本来我打算一直存着,等你回来娶媳妇时盖房子用。前些年我怕你在外面胡来,一直没和你说。

叔说,你成家我就放心了,拿上这钱先安定下来,村里的宅基地也一直给你留着的。

李小多的喉结蠕动了一下,鼻子一酸,久违的温暖涌了上来。

门外,噼里啪啦的鞭炮声响了起来——过年了。

李小多知道,他的幸福终于着陆了。

人 生 悟 语

常年漂泊在外的人,感受最多的是世态的炎凉和人情的冷暖。但是在生活中,总是有许多让人感到美好的东西,只要真诚地感受,就会发现,善良的心和无私的爱就在你身边,你的家,并不遥远。

(潘 洋)

我们跑了一阵,回头看看,娟子老师屋子里的灯已经熄了。我和小强、王利默默地分了手,我一个人走在黑夜里,哭了。

阻止老师的爱情 张晓枫

最让人担心的事还是发生了,星期六的下午,那个骑摩托车的男子又来到了我们的学校。上星期六,就是他把我们的语文老师娟子接走了。很明显,他在追我们的娟子老师,而我们的娟子老师也对他有意思了。上个星期六娟子老师走的时候,头靠在那个男的背上,还冲我们幸福地笑呢。

　　当然，我们不反对娟子老师有男朋友，但我们坚决反对她选择这个男的做她的男朋友，因为他俩太不般配了。我们的娟子老师是从县城学校下来支教的，长得很漂亮，脾气也很好，教学水平更不用说了，比我们的校长教得还好。而这个男的呢，又矮又胖，头发还稀，戴着墨镜，怎么看怎么像黑社会。娟子老师肯定被他骗了，我们一定要阻止他。我们要教训一下那个骗子，给他些颜色看看，让他不敢再来找我们的娟子老师。

　　该怎么教训他呢？他那样子我们看着都有些害怕，谁敢靠近他呢？只能智取，小强说，我们放掉他的车气，让他推着走，这样老师就不会跟他走了。王利补充说，干脆把气门芯给拔掉。我说，那他要是再去买个呢？小强想了一阵说，气门芯只有王利家的修车铺里才有，王利，你先把家里的气门芯都偷出来。王利还在犹豫，我们急了，大声的叫喊，咱不能眼睁睁地看着老师上当受骗呀。王利便点头回家了。

　　那个男的还在娟子老师的办公室里。小强从书包里掏出他的圆规，很容易就把摩托车车气给放掉了，顺带着把气门芯也给拔掉了。一会儿，那个男的和娟子老师一块儿出来了。他们很快就发现车气被放掉。娟子老师很着急，跑到正在假装打乒乓球的我们几个面前，生气地问我们是怎么回事。我们都假装很无辜的样子。娟子老师说，那你们谁去给我买个气门芯来。我故意自告奋勇地说，我去。我到学校外面跑了一圈，回来对她说，报告老师，王利家的气门芯卖完了。娟子老师不信，会这么巧？于是她亲自跑了一趟，结果当然是两手空空而回。那男的走过来了，娟子老师说，找不到气门芯，咱怎么回去呀？那个男的一脸坏笑，咱就住这儿得了。娟子老师说，也只好这样了。

　　我们的肺都要气炸了，没想到我们精心设计的计划反而被这家伙给利用了。为了防止事态往更不利的一面发展，我们决定把气门芯还给他们。我们让王利去。王利怯生生地走到老师面前说，我好不容易从家里又找到了一个气门芯，还把充气筒也给你们拿来了。娟子老师说，谢谢你们，先放这儿吧，天这么晚了，我们明天再走。王利回来一说，我们都傻了。小强说,我们一定要斗争到底,绝不能让这小子轻易得逞。这样,吃过晚饭,我们都来学校问娟子老师学习上的问题,让他们一夜都不能睡。

对我们的到来,娟子老师明显的不太欢迎,可还是耐心地回答着我们提出的各种各样的无聊的问题。最后,我们实在没有问题可问了,而不争气的王利竟连连打起了呵欠。娟子老师下了逐客令,你们该回去了吧,我们也该休息了。小强终于忍不住说,老师,我们不能让你休息,你一休息,我们以前的努力就泡汤了,你这一辈子就完了。娟子老师笑了,笑得腰都直不起来了,你们这些小鬼,说的什么话呀。我们早结婚了,我肚子里都有娃娃了。

我们逃也似的跑出了娟子老师的屋子。我们跑了一阵,回头看看,娟子老师屋子里的灯已经熄了。我和小强、王利默默地分了手,我一个人走在黑夜里,哭了。

第七辑 会上楼的牛仔裤

这首我常常躲在房里唱的歌,被我和韩老五一路唱回了家。我不知道,为什么我们都唱到哽咽,唱到泪流满面,可我们却依然一路歌唱!

你唱的歌儿真好听 邵孤城

过完腊月十五,司机就不愿意跑长途了。货主找上门的时候,韩老五正惬意地品着老酒,我妈早办好年货,准备好好过年了。

货主是个戴着黑纱的年轻女人。她找了很多司机,可没人愿意接这单晦气的生意,他们让她找韩老五试试,他们说,整个北兴镇,只有韩老五拉过死人。

15年前,我爸的尸体就是韩老五拉回来的。

货主一进门就给韩老五跪下了。这个年轻女人,反反复复只说着一句话,"大哥,求你了"、"求你了,大哥"。

韩老五点头的时候,我对妈说:我想押车!

妈没有反对,"这趟,你捎上他!"她看着一脸不乐意的韩老五说,"好歹也是胡老三的儿子,也该让他尝尝跑车的滋味。"

韩老五不再说话。

我坐上副驾驶的位置,韩老五检查完车况,跳上驾驶室。他看了我一眼,说:"等会天黑了,你怕不怕?"

说完,韩老五指了指车厢。我明白韩老五的意思,那口装了死人的棺材,就在我们身后。

我嘴硬,说:"不怕。"

"好,有种!"韩老五拍了我一下,"出发!"

我爸死后第二年,韩老五搬进我家,成了我的继父。我不喜欢这个三棍子打不出一个闷屁的韩老五,我常想,为什么那场车祸,死的不是韩老五呢?

天快黑的时候,韩老五说:"小子,给你韩叔唱个歌吧?"

"我不会!"

"那好,你韩叔给你唱!"说完,韩老五清清嗓子唱了起来:"妹妹你大胆地往前走哇,往前走——"

我闭上眼睛,听五音不全的韩老五唱了一首又一首。他终于唱累了,推了我一下,"怎么能睡呢?你不知道押车员的任务就是和司机说话,不然我也睡着了怎么办?"

他递过来一个酒瓶,命令道:"喝口,暖暖身子!"

我喝了一口,有些呛人,但是一股暖流却一下子在四肢百骸里窜动。"要不",韩老五说:"你先睡一会儿。"

我是被车子熄火的颤动声惊醒的,我问韩老五:"我睡多久了?"

他指着升起来的太阳说:"你说你睡多久了!"

韩老五把车停在路边,那是个不算繁华的集镇。为了掩饰自己的羞愧,我说:"我下去买早点吧!"

韩老五吼了我一声:"不许下车!"好像意识到自己有些失态,他又说:"车上有干粮。"然后,就呆呆地望着前面出神。

过了很久,韩老五叹了口气,对我说:"我们走吧!"

车子继续前进,到中午的时候,天突然下起雪来,一会儿,就是漫天飞雪。韩老五表情严肃,不再试图跟我搭讪,一副物我两忘的境界。

我们到达那个小镇已经是夜里,雪落了厚厚一层,整个小镇在银装素裹里显得无比纯净和静谧。接车的人在指定的地点早等候多时了,雪地里,落着他一长串急躁而无奈的脚印。他迎上来,说:卡车——村里进不去了。他指了指身后的板车,递过来一支烟,又说:要麻烦师傅了!

把棺材抬上板车后,韩老五和接车的人在前面拉,我在后面推。雪飘到我们身上,很快就化了。我们在雪地里一脚深,一脚浅的走,远远的一个村子里,有一户人家灯火通明。

快进家门的时候，接车的汉子突然高喊一声："回家了——回家喽！"

一个老人从屋里抢出来："回家了——回家呦！"

韩老五怔怔地站着，我听他嘴里也喃喃着：回家了，回家了——

"你爸也是那样回的家。"回程的路上，一直不说话的韩老五突然开口问我，"你恨你韩叔，对不？"

我说："不恨！"

"连我都恨自己，你怎么会不恨呢？"

"真不恨！"说完，我的眼泪就下来了。

"知道我为什么不让你在那个小镇下车吗？你不知道，你爸——就是在那里下的车！"韩老五虚脱一样地说："如果不是给我买酒，你爸就不会下车，你爸不下车，就不会撞上那辆呼啸而来的面包车。"

这是我第一次听韩老五说起我爸的死因。我扭过头去看他，他依然坚定地看着前方。忽然，他伸过手来，拭去我脸上的泪水，说："给你韩叔唱个歌吧！"

"我不太会唱！"

"唱吧！我听你常偷偷地唱，你唱的歌儿真好听！"

我有些羞涩，韩老五看我犹豫，说："我来起个头！"说完，空出一只手，比画了两下："这些年，一个人，风也过，雨也走——预备，齐！"

这首我常常躲在房里唱的歌，被我和韩老五一路唱回了家。我不知道，为什么我们都唱到哽咽，唱到泪流满面，可我们却依然一路歌唱！

人 生 悟 语

曾经有那么一首歌，你是否也听过，当我唱起那首歌，总感觉有点失落。由于太少的相互理解，造成了多少人的孤单与寂寞！当孤独的你和他一起唱起那首歌，是否会记得，生活中的多少风雨，你们都曾一起走过。

(潘 洋)

等我和父亲拎了礼物，兴冲冲地赶到我卖过煤球的那条小巷，一下呆在了那里：镇里搞小城镇建设，道路要拓宽，老奶奶一家早搬走了！

是谁欠我煤球钱 刘克升

　　我上高三那年，父亲带着家里的全部积蓄，到一个很远很远的地方给母亲治病去了。还有 8 天就要参加高考了，他们还没有回来。我急坏了：到县城参加高考的路费和伙食费怎么办呢？亲戚那里父亲已经借遍了，再找他们是不可能了。

　　我咬了咬牙，乘着星期天的工夫，去邻居家借了一辆地排车，到镇上挨家挨户地卖起了煤球。一天下来，我累极了。晚上，四仰八叉地躺在学校集体宿舍的木板床上，闭着眼睛盘算开了：今天卖出去了五车煤球，还有一户没给钱，说是让我第三天去取。一车煤球挣 25 元，五车煤球的钱都收上来，就能挣 125 元，参加高考的路费和伙食费就有着落了。

　　到了第三天晚上，我没有上晚自习，向班主任请了假，去要煤球钱。镇上的小巷黑咕隆咚的，我连着敲开了几户人家的大门，奇怪的是他们都说没有买我的煤球。我感觉一下掉进了冰窟窿：都快 9 点了，还没有找到欠我煤球钱的人，是不是自己记错了地点？最后，我凭记忆又敲开了一家的大门。开门的是一个老奶奶。我哭丧着脸问道："老奶奶，是你家欠我煤球钱吧？"刚说完，我回想着自己遭受的委屈，忍不住放声大哭。老奶奶见状，动了恻隐之心，急忙把我让进了屋内，给我泡上了一杯加糖的热茶："小伙子，不要着急，慢慢说，慢慢说。"双手抱着那杯热茶，一股暖流涌上了我的心窝，我一五一十地把事情的经过告诉了她。

听完了我的诉说，老奶奶轻轻地戳了一下我的脑门："你看看你，怎么这么忘事？欠你煤球钱的，不就是我家吗？""可是，那天买我煤球的是位大婶啊……"我疑惑地问道。老奶奶微笑着解释说："喔，那是我儿媳妇！她今天晚上串门子去了，还没有回来。"说完，老奶奶颤巍巍地打开抽屉，拿出了一张100元的钞票，转身递给了我。我连忙说80元就够了，又掏出20元找给老奶奶。没想到她坚决不要，还说："小伙子，等考上了大学再来还我吧！"

高考前一天下午，学校里包租的客车来了。我正要进入客车，和同学们一起赶往县城，忽然从远处急匆匆地赶来了一位大婶。我一眼就认出来了：这位大婶不正是那天晚上我要找的那个人吗？我正要向她表示感谢，并托她问候那个老奶奶。没想到她突然从兜里掏出了80元钱，说："小伙子，你让我找得好苦啊！那天，和你说好了去拿煤球钱，你怎么没有来啊？今天幸亏找到了，还好，没耽误你用钱！"说完，她把钱硬塞到我手里，转身走了，我一下子愣在了那里……

不久，高考成绩公布了，我考了全县第二名，被北京一所知名的大学录取了。这时候，母亲也治好了病，和父亲一起回来了。我把自己卖煤球的事情告诉了父亲。父亲拍着我的肩膀，郑重地说："孩子，我们一定要好好地报答那位好心的老奶奶！"

等我和父亲拎了礼物，兴冲冲地赶到我卖过煤球的那条小巷，一下呆在了那里：镇里搞小城镇建设，道路要拓宽，老奶奶一家早搬走了！我眼里含满了热泪，我可是连老奶奶的名字都不知道啊，甚至还没有来得及亲口向她道一声"谢谢"。

人 生 悟 语

有过多少往事，仿佛就在昨天，有过多少朋友，仿佛还在身边。对于那些曾经无私帮助过我们的好心人，我们怎么能够忘记他们呢！即使我们在茫茫人海中再也找不到他们，也要诚心的祝愿他们。

(潘 洋)

命运也许会出现差错，但是她从没有自甘堕落，没有放弃追求。她一直都是我最优秀的学生之一！

院子里的歌声 天空的天

那时候，我刚到这座城市，为了工作，日夜打拼，每天都睡得很晚。可是偏偏每天天还不怎么亮就被一种噪音吵醒。噪音是我气愤的说法，其实是歌声。那时候，陈小莺每天天不亮就起来练歌，要练一个早晨才罢休。

当我一连几天都被她的歌声吵醒后，我懊恼地想去找她理论，却被房东拦住了。房东说，反正天已经亮了，她一个小姑娘也怪不易的，只是可惜了点……房东还要说什么，被人叫了出去。我一看，天真的亮了，而且大亮了。只是我从没这么早起来过。想想回到床上也睡不着了，就出去买早点。一路上想着房东的话，她怎么不易了？怎么可惜了？

卖早点的铺子，要拐好几个胡同。拐着拐着，就拐到了歌声的发源地。是一个长满浓绿的爬山虎的院子，透过镂空的大门，我看见一个穿着正式演出服装的女孩，面目清秀，两手自然地搭扣在腹部，站在台阶上，认真地唱着歌。歌声圆润高亢，通俗里还夹着点美声的味道。我舅妈是音乐老师，我耳濡目染对音乐也懂那么一点点。她为什么要穿得这么正式地练歌呢？而且唱得那么认真？可能是我想的出了神，没发觉她的歌声已经停止了。当我发现她在看我的时候，我倒有些不好意思了，匆匆走掉。

我一直想问问房东这个唱歌的女孩的事，但不是我忙得见不到房东，就是见到了房东有别的事岔过去了。那时候我还不知道她叫陈小莺，我对她的所有了解就只是房东说她"不易""可惜"那句话和我在长满浓绿的爬山虎的院子里看到她唱歌时的情景。

一天，我陪客户去喝酒。在酒吧间，我听到一个熟悉的声音，圆润高亢，通俗里夹着些美声。寻声望去，我看见舞台上一个女孩穿着正式的演出服，两手自然地搭扣在腹部，认真地唱着歌。她原本清澈的脸庞，在霓虹灯的映射下也变得不再清澈。我一眼就认出了是她，那个在长满浓绿的爬山虎的院子里唱歌的女孩。我也一下子明白了房东说的"可惜了"的话。一个女孩子，来这种充斥着浓重男人味的地方唱歌，怎么能不可惜？

她好像也看见了我，但是没冲我打招呼。我想跟她说点什么，又觉得一切都无从谈起。她唱了两首歌，然后就走了。我不知道她去了哪里。

生活的艰辛与不易，让很多人被迫更改了行走的轨迹，可惜与不可惜之间的界线也变得越来越模糊。我想她出现在这里一定有某种原因，是什么呢？我不得而知。之后有很长一段时间，我都没有听见她在清早练歌，也就渐渐把她忘了。

秋天里的一天，母亲打来电话，说舅妈病了，让我去看看她。舅妈住在邻城，坐汽车 30 分钟就到。我因为工作的原因，一直没抽出时间去看舅妈。在接到电话后的那个周末，我买了些礼品前去探望。

在舅妈家的楼梯口，一个面目清秀，穿着一身休闲装的女孩与我擦肩而过。我好似在哪里见过她，却一时想不起来了。她走过去时冲我点了一下头，我继续在大脑里搜寻那份似曾相识的记忆。猛然间想起那片浓绿，那片由爬山虎涂染的浓绿。只是在这里看见她，让我越发的迷惑。

见到舅妈，相互问候了一番后，我问起了刚才的那个女孩。

舅妈说，她是我一个学生，叫陈小莺。这孩子，命很苦。舅妈怜惜的语气让我想起了我的房东。

舅妈说，她从小没有父亲，母亲一个人把她拉扯大。她一直喜欢唱歌，就考了一所音乐学院。大二时母亲病了，胃癌，晚期。母亲知道迟早是那个结果，放弃了治疗。因为她家的积蓄除去了给母亲治病的钱，就不够她上学的学费。而她死活不同意，毅然放弃了学业，为母亲治病。结果，钱花光了，还欠了一屁股债，也没能留住母亲的生命。

我看见她在酒吧唱歌。

是的,她要赚钱为母亲还债。舅妈说。

很可惜,她的嗓子很好。

她考上了一个文工团,今天来让我看通知书。

是吗? 我惊异地看着舅妈。

命运也许会出现差错,但是她从没有自甘堕落,没有放弃追求。她一直都是我最优秀的学生之一! 舅妈的语气很自豪。

我又想起了那个长满浓绿的爬山虎的院子,那个穿着正式演出服,面目清秀,两手自然搭扣在腹部,站在台阶上认真唱歌的女孩。一个把每次练习都当做正式演出的人,怎么能没有一个光明的未来? 我为自己曾有的想法汗颜。

人 生 悟 语

有句诗说的好:宝剑锋从磨砺出,梅花香自苦寒来。不管脚下的路多么的崎岖,生活的担子多么的沉重,但是只要时刻保持一颗上进的心,通过自强不息的努力,美好的未来,总会在前方等着你。

(潘 洋)

楼道里忽然传来缓慢而沉重的脚步声。我预感到那个人要出现了,忙起身,向外张望……

会上楼的牛仔裤 刘永飞

10 年前初来这个城市工作,为了省钱,我在市郊租了一套 6 楼一居室的老式工房。因公司每天加班,我终日早出晚归,快半年了还没真正认识一个邻居。

说心里话,我对这个物质高度发达的城市毫无好感可言,我觉得它冷漠、排外、以为自己叽里咕噜的方言十分优越,视所有的外地人均为乡下人。

那时候我从市区回到住处往往已是深夜,自己随便弄点吃的,或者洗洗积攒下来的替换衣服,沾床就睡。常遇到早晨挂上阳台晒干的衣服,被傍晚突来的雨打湿的情况,第二天还要重洗。而那条牛仔裤就是在一次风雨交加的夜晚掉下楼的。

发现牛仔裤不见了,我没着急,一是因为那是条旧裤子,本不打算穿了,二是因为已是午夜,底楼的邻居早睡了,如果贸然为一条旧了的牛仔裤,以一个陌生人加外地人的身份去敲邻家的门,遭训斥和白眼肯定少不了。

第二天下班,我发现我的那条牛仔裤被装在一只干净的马甲袋里,系在一楼楼梯扶手上。本来就破的牛仔裤,经过大雨的洗礼,污秽的浸泡,越发显得丑陋。看到的第一眼我决定放弃它。于是,我没去动,继续让它留在那里。

奇怪的是第二天下班,那条牛仔裤又出现在2楼的扶手上。我没收牛仔裤,我相信过不了两天这条裤子会像垃圾一样被人丢掉。

然而,我没料到,第三天这条牛仔裤竟然"走"上3楼,我觉得这个"好事者"真够执著的,于是产生了一个好奇的想法:"就不收,看你会不会'跑'上6楼。"我想人的耐心总是有限的,他(她)总不至于为了一条无人理睬的旧裤子跟自己过不去吧。

出乎我的意料,第四天这条牛仔裤上到4楼,这让我感动之余感觉很有意思,我有了"认识认识"这位好心人的冲动。

不出意外,第五天下班它在5楼出现。此刻,我坚信明天这条裤子准会跑上6楼。倘若再不见见这位执拗的好心人,我会后悔一辈子的。第二天我破天荒地请了"病"假。

第六天的早晨醒来后我感到莫名兴奋,楼道里一有风吹草动立刻

跑至猫眼前望一望。后来我干脆搬个凳子持本杂志在猫眼下坐等。

时间一分一秒地过去，那个人没有出现，我的耐心受到挑战。我正为是否先去买菜而犹豫不决时，楼道里忽然传来缓慢而沉重的脚步声。我预感到那个人要出现了，忙起身，向外张望，结果猫眼里除了墙壁上的一只电表盒，其他一无所有。我没失望，因为那脚步声正越来越近。我发觉这个人的步履间隔很长，行进时停停留留，仿佛在寻找什么东西，而他的喘息越发强烈，胸腔内不断发出"咝咝"杂音。

脚步声和喘息声先在 5 楼短暂停驻，随着一阵摆弄东西声，脚步向 6 楼来了。我原想开门迎接，怕是误会，决定在猫眼里观察。

终于，他在我的眼前出现了：一个偻腰、低头、银发稀疏的老人。老人拎着那条牛仔裤，背对着我的门口一阵粗喘，然后哆哆嗦嗦将手里的塑料袋系在楼梯扶手上。

"大爷!"老人欲转身下楼，我喊住他。老人先是一愣，左耳缓缓面向我，接着眯起的双眼斜睨过来。天哪，他竟是个盲人!

我告诉老人这条裤子是我的，不准备要了，并表示了歉意和感谢。老人听后很开心，露出孩子般的笑容。我问老人既然行动不便又为何一层层"送"上来? 老人说这栋楼里像我这样的年轻人还有几户，远离故乡异地"讨生活"不容易啊，我是怕你们来去匆匆的看不见。我说，你完全可以敲门问问的，也不至于费这番周折。他说，这样不好，一个瞎老头子随便敲人家的门不礼貌，再说了，好多人只希望过自己的小日子反感人家打扰呢!

老人下楼时我要送他，被他婉拒，他说自己能行。看他颤颤巍巍摸索着下楼，我的心弦莫名地被谁抚动了，眼睛湿润起来。我蓦然觉得这城市原来有爱，而且爱就在身边，只是之前太过于封闭自己而恐惧于接受它罢了。

漂泊在外的人，在陌生城市里生活，常常会感到缺少归属感，觉得自己与别人的心很遥远。可是只要我们敞开心灵的窗户，就会发现，很多美好的心灵，就在我们的身旁。只要我们用爱来拨动那久久沉寂的心弦，就会在陌生的城市里，引起许许多多心灵的共鸣。

（潘 洋）

只要我们敞开心灵的窗户，就会发现，很多美好的心灵，就在我们的身旁。只要我们用爱来拨动那久久沉寂的心弦，就会在陌生的城市里，引起许许多多心灵的共鸣。

野狼谷中的坟茔

第八辑

我们常说，动物是人类的朋友，其实，在很多时候，动物还是人类的老师和镜子。它们用无言的方式，默默地向我们讲述着一段段感人的故事，让我们在不知不觉中，懂得了什么是爱和付出。它们也会照出我们的不足和惭愧，激发出我们心底的爱和暖意。

第八辑

野狼谷中的坟茔

鱼鹰积蓄了平生最后的力量,冲出水面跃向小舟。猎物终于被抛向小舟,鱼鹰长鸣一声,掉进它深深眷恋着的老江河水之中。

鱼　　鹰 陈 勇

黄昏的落日宛如一个红彤彤的火球,悬挂西边,染红了地平线。斜阳吻着大地,渐渐下沉。

暮色苍茫的老江河上,飘过来一叶小舟。小舟的主人是一位渔翁,他的脸像秋天的辣椒——越老越红。渔翁不紧不慢地划着小舟,向前驶去。

小舟前头,伫立着一只苍老的鱼鹰,黑色的羽毛,在余晖的照耀下,依稀闪着绿光。

鱼鹰的两只眼睛已经失去光泽,变得浑浊起来。鱼鹰不时地转过身,目光呆滞地回望空空如也的小舟,间或发出几声悲哀的鸣叫。

渔翁明白鱼鹰的心思,停下双桨,走到舟头,抱起鱼鹰抚摸它。

鱼鹰像个孩子似的,在渔翁怀里呜咽起来。

渔翁拍拍鱼鹰的头,伸出大拇指。

鱼鹰这才止住了哭泣,抬起头,睁大警惕的双眼,目视前方。

突然,前方发现目标,鱼鹰不顾一切地冲向河中。几番厮打,还是让狡猾的猎物跑掉了。

鱼鹰垂头丧气地上来,站在小舟前,一言不发。

渔翁停下双桨,走到舟前,拍拍鱼鹰的头,伸出大拇指。

鱼鹰受到鼓舞，振奋精神，又立于舟前，寻觅对象。

这时，又一个猎物出现了。鱼鹰吸取上次教训，没有急于下水，而是等猎物靠近些再出击。近了，近了，鱼鹰看准猎物，箭一般射下去。谁知，猎物溜得更快。

鱼鹰几乎绝望了，它眼里喷着火，发出悲伤的吼叫。

渔翁停下双桨，走到舟前，从腰间取下干粮喂鱼鹰。鱼鹰仿佛受了污辱，紧闭着眼，不受无功之禄。

渔翁只得收回干粮放回原处，拍拍鱼鹰的头，伸出大拇指。

鱼鹰扇了扇翅膀，对天长啸一声，似乎是对天赌咒发誓。

迎着一轮残阳，小舟继续前进。

家，越来越近；鱼鹰，越来越急；渔翁，更加不安。

忽然，鱼鹰发现猎物。鱼鹰既惊喜又紧张，它仰天鸣叫一声，扇动着翅膀，迅雷不及掩耳地砸下去，死死咬住目标不放。这一次，鱼鹰成功了。

这是鱼鹰有生以来捕获的最大猎物。鱼鹰用尽全部精力，游向小舟。可是，鱼鹰隐隐约约感到自己的身体在渐渐下坠，猎物也趁机兴风作浪，形势十分危急。

鱼鹰将猎物吞到喉咙口，使之动弹不得，解除了后顾之忧。随后，鱼鹰积蓄了平生最后的力量，冲出水面跃向小舟。猎物终于被抛向小舟，鱼鹰长鸣一声，掉进它深深眷恋着的老江河水之中。

此时的老江河，水天一色，被黑夜溶化了。

人 生 悟 语

与人一样，动物往往也具有坚强的品质。文中以捕鱼为天职的鱼鹰那种"无功不受禄"的铮铮铁骨，和永不放弃、死而后已的强者风范，无不打动着读者的心灵。动物尚如此，我们更应该发扬人类顽强不屈的品格。

(薛荣建)

在娘的追问下，苦花道出了实情。娘气得将猪肝汤掀翻了，要苦花滚，不认她这个不孝女儿。

狗 保 姆 陈 勇

苦花爹病死了，娘又得了乙肝，卧病在床，一家三口的重担，就压在了12岁的苦花身上。

苦花东挪西借凑了点钱，送弟弟上了学。老师多次上门，劝苦花也去上学被苦花婉言谢绝。每夜苦花都做梦，梦见自己上了学堂。梦醒，才知是一场空。背着娘和弟弟，苦花偷偷流过不少泪。

学校放暑假了。

苦花嘱咐弟弟好生侍候娘，独自一人进了城。

找了无数用人单位，人家一看她那孱弱的身子，憔悴的面容，褴褛的衣裳，就连忙摇头摆手。苦花那个苦哇，没法提，只好一个人躲在旮旯里，暗自哭泣。

一天，苦花来到劳务自由市场瞎逛，想碰碰运气。等了大半天，无人问津。又气又饿的苦花实在支撑不住了，就势靠在一根电线杆上，进入涩的梦乡。不知过了多久，苦花隐隐约约觉得有人在用脚踢她。苦花一个激灵，站了起来。踢她的是一个贵妇人，40岁左右，穿金戴银，珠光宝气，手里牵着一条打扮入时的白狗。

喂，小东西，愿意给我的狗宝贝当保姆吗？贵妇人用一种居高临下盛气凌人的口气说。

您要我干什么都行。可怜的苦花仿佛早逢甘露。

说好了,包吃包住,每月 50 块钱,怎么样?贵妇人看透了苦花的心思,把工钱压到了极限。

行啊,阿姨。苦花答应得很爽快。

给狗当保姆,并不轻松。

苦花每天清早起来,给狗沐浴,然后用电吹风将狗毛吹干,擦上护手液,用梳子反复梳理,直到狗满意为止。

狗早餐喝酸奶,吃猪肝。中餐吃栗子烧排骨,晚餐食火鸡,吃鸡翅。狗吃不完的,趁主人不备,苦花偷吃掉。

一个月下来,苦花原本苍白的脸庞上,破天荒有了丝丝红光。

主人不悦。到了发工钱时,只给 40 块。苦花不计较,怀揣头一回的喜悦直奔家里。

没钱治病,又无营养,娘的身子更加羸弱,脸色更加蜡黄。

望着骨瘦如柴的娘,苦花扑在娘身上嘤嘤啜泣,娘枯槁的手握着苦花,也泪如雨下。

苦花立刻返城,悄悄拿了一小块给狗吃的猪肝回家,给娘做了一碗猪肝汤。

闻着香气扑鼻的猪肝汤,娘嘴唇动了动,却没吃,而是大声问:哪来的?

在娘的追问下,苦花道出了实情。娘气得将猪肝汤掀翻了,要苦花滚,不认她这个不孝女儿。

苦花扑通跪下,狠狠打了自己两耳光,并发誓:再也不干这种傻事了。

娘这才露出了一丝苦笑。

苦花买了一大块猪肝急匆匆赶到主人家。主人见了她,大发雷霆,破口大骂,要苦花马上滚蛋。

苦花几次想开口说工钱的事,见她气势汹汹,又胆怯了,一咬牙,苦花气愤地离去。

苦花前脚回家,狗后脚追了来,嘴里,竟叼着一大块猪肝!

苦花抱起狗,放声大哭起来。

人 生 悟 语

苦命女孩儿为贵妇人的狗当保姆,只能靠偷吃狗剩下的食物给自己苍白的脸上添点颜色,然而这点卑微的举动也为人不容。穷人的悲苦和自尊,富人的无良和骄横,两相对比令人颇感压抑,最后那条狗身上呈现出来的温情,却不由让人感慨万千。　　(薛荣建)

尤其是当老妇人要下葬时,小羊围着棺材转个不停,用头乱撞棺材,当场的人都感动莫名。

老 人 与 羊 韩昌元

月光下,有一户人家,一个老头,一个老妇人,一头羊。

老头的脾气很犟,发起了脾气,老妇人只是一个人在角落里无声地哭泣。老头有时也还是有点心的,用老妇人的话说,当初就是老头在细节上感动了她,老头的一句话、一个眼神便让老妇人死心塌地地跟了他一辈子。

他们没有孩子,也不知是谁的错,但这个错误最终却成了这个家中永远的秘密。也许,老头知道,但秘密终归秘密,最后,老头咬了咬牙还是没有走进医院的大门去检查。

日子也就这样过着,无声无息,很平凡,老头连以后谁来养老的忧愁都没有。看到如此,老妇人嘀嘀咕咕,经常为一些鸡毛蒜皮的小事与老头吵嘴。每次,老头都是听着——不过,他的犟脾气一来就不认得人了。时间长了,没有老妇人的唠叨,老头反倒觉得生活没滋没味。还是这样地过着日子，无声地，没有人忍心去打破这种宁静的生活。一天，老妇人从亲戚家牵回来一头羊，水灵灵的。老头看见了，从谐音上把"羊"读成了"娘"，当然这招来了老妇人的一顿痛骂。

老妇人虽然是个女人，但手却是那种很笨的人。所以拥有羊的她喂法很是"独特"，只是将那些剩饭残水硬硬地放在羊的面前。每次，羊是吃了几口便没了胃口。但老妇人却舍不得羊饿着便又捡一些有"营养"的食物去喂它。然而，直到老妇人看到羊趴在地上，才知道自己的方法又是不奏效。

羊，瘦了，是慢慢形成的。想起早先羊的水灵灵，她便有些伤感与失落。后来，老头割草来喂羊，可羊似乎只是瘦的命，脱不了干瘪的底色。

奇迹有时是没有规律的。没有多久，又瘦又弱的羊居然要下崽了。可是，命运不济的羊在生下小羊之后，便离开了人世。那一瞬间，老羊轻轻地舔了一下小羊便倒下了。老妇人被感动得直揉眼睛。老头愣看着。

小羊的地位比老头还高。有了小羊之后，老妇人便让小羊睡在自己的身边，而让老头在另一张床上歇着。老头，有点无奈。经过老妇人细心的照料，小羊很快长大了。小羊与老羊一样，又瘦又弱。一场小雨过后，由于老妇人的粗心，微雨中的小羊生了一场大病。老妇人一边自责一边不停地替小羊寻医，但都无济于事。于是，老头说了些十分丧气的话。

小羊，毛色暗淡，瘦骨嶙峋，眼睛无光，确实没有生还的希望了。把它扔了！老头竟产生了这个念头。那天，趁老妇人不在家，老头真的把小羊装在袋子里扔在了田野旁的水沟里。

而当老妇人和老头争吵羊的下落时，小羊狼狈艰难地跑了回来。老妇人急忙把小羊抱怀里，任凭小羊的冲撞，顿时，老妇人的泪流了下来。小羊探出头，看着发愣的老头很忧伤地叫了几声。

后来，小羊的病居然好了，跟着老妇人活蹦乱跳的，但只要一见到老头便会怯怯地躲开。有时，老头拿着草去喂它，它也是愣愣地看着老头，不吃。

无声的日子总是伴着月光。

后来，老妇人得了一场大病而不得治。临终之时，老妇人托付老头好好地照顾着小羊，然后，抱了小羊一下，便离去了。老妇人闭眼的那会儿，小羊围着老妇人的尸体叫个不停，叫的人心都碎了。老妇人下葬的那天小羊叫了一天一夜，叫的喉咙都肿起来了。尤其是当老妇人要下葬时，小羊围着棺材转个不停，用头乱撞棺材，当场的人都感动莫名。

没了老妇人的老头很伤心，经常一个人到附近的水库看着漫无边际的水面。偶尔，也有几只水鸟从水面上飞过，老头感觉很沧桑，好像往事会莫名地涌上心头。当然，他不会忘记老妇人的遗言。现在，老头对小羊很好——是真的。但无形中还是有一股力量在阻隔着他和小羊。

有一天，老人来到了水库。深秋，湖旁的小草已渐发黄。黄昏笼罩下，湖边的一些地方依稀能分辨出暗淡的水洼。老头偏爱这样的地方，在这上面走着，似乎有好多感想和冲动。这时，小羊跑了过来。此刻，老头的心中热乎乎的，他高举手叫唤着小羊。

羊跟在老头的身后，走着。这样走了好长时间。而当老头双脚站立时，突然身子下陷了，但越是挣扎越是陷得厉害。顿时，老头知道自己陷入了沼泽地。现在似乎唯一能救他的便是小羊了。但当老头看着小羊时，小羊却跑向了远方。老头愣在那里，骂了几句，几乎是绝望了。但不多时，小羊却艰难地衔着一根树枝跑了过来。老头笑着摆了摆手示意着树枝起不了作用。

这时，小羊迅速向老头身边跑了过来。稍时，几滴鲜血从小羊的嘴角溢出，小羊倒下了。老头也流了泪。最后，老头凭借小羊的尸体和小羊衔来的树枝逃出了沼泽地。

月光如银，照着水库有点泛白。

月光下，老头的影子拉得很长很长……

动物也是有感情的，只不过由于沟通障碍，我们无法了解它们的内心世界。一对孤苦无嗣的老年夫妇，平静日子中的生活点滴也让人心动，那只小羊的身份就是他们的亲儿。无情岁月带走了老妇人，与老头子相依为命的小羊最后用生命化解了它与老头子之间的龃龉。岁月无痕，点滴皆是情，人畜同此。

(薛荣建)

母牛爱子，深触郑屠，肉不卖，将其埋于旷野，立一坟丘，焚香下跪，叩头祭拜。

牛　跪　张 凯

古城淮源，水陆畅通，舟车络绎，商客趋之若鹜。

城有郑屠，祖上三代宰牛卖肉为生，方圆百里皆知。

一日，郑屠到乡下买一牛，体健，腰圆，肥硕。郑屠观其型，视其膘，乐津津，牵牛回村，一路思量，稳赚一笔。

翌晨，郑屠差下人，端盆、倒水、放盐、搅动置于牛前。少顷，郑屠提壶喝酒，捉刀近前，欲开宰。

郑屠目视牛面，忽见，牛双目泪水盈盈，悲戚戚。

郑屠思忖，牛通人性，已预感其厄运。但他还是举起屠刀，欲刺之。瞬息，牛两前腿"扑通"跪于屠，头叩地连连。

郑屠为之一怔，愕然。

郑屠寻思，宰牛三十余载，倒于刀下之牛，数以千计，死前掉泪常有，但下跪、叩首之牛，唯今一见。为生计，郑屠不再多虑，决然动刀向牛,牛颈顿时鲜血汩汩流出,盈于盆。

牛去,净牛肤。

稍息,郑屠操刀划牛,手中之刀忽"咣当"落地,轰然双膝跪牛,连叩三头,呆若木鸡。

原来,剥皮开膛,见牛腹一小牛。

郑屠猛醒,牛知己有孕,下跪、叩首乃为子哀求。

母牛爱子,深触郑屠,肉不卖,将其埋于旷野,立一坟丘,焚香下跪,叩头祭拜。

从此,郑屠户收刀洗手,立下规矩:郑氏后人不许杀牛。

人 生 悟 语

生命中的感动何止仅发生在人身上?牛护小犊,临死前的那一跪令天地动容,杀牛无数的郑屠也由此放下屠刀。我们不奢望这个世界消灭对动物的屠杀,我们以最虔诚的心劝诫世人:对任何生命,哪怕是一只小动物,也要给予人性的关爱。

(薛荣建)

寂静的无边的夜里忽然响起轻微的抽泣声,老两口冷不丁暗吃了一惊,回头一看,是阳阳!星光下可以看到阳阳的眼里亮晶晶的。

回家的羊 徐树建

秋风一起,天就一点一点地凉了。这天一大早阳阳家来了一位客人,是村小学的李老师,李老师人可好了,平日里见着阳阳总是笑眯眯的。李老师摸摸阳阳的小光头,使阳阳既舒服又害羞,然后对奶奶说:"阳阳奶奶,阳阳到上学年龄了,再过几天该让他报名上学了。"

阳阳听了眼睛闪闪发光,挎上小书包和伙伴们一路来一路去是他做梦都笑醒了的美事,这时房间里响起爷爷左一声右一声撕心裂肺的咳嗽声,那声音听了真让人担心会一口气喘不上来。奶奶听了李老师的话用袖子直抹眼睛,说:"他老师,话是这么说,可你看看这家里还能供得起他上学吗? 他爸妈出去打工几个月了,到现在一分钱都没寄家来,说是工资要不到。他爷爷是个老药罐子,这两天气管炎又发了,可也只能硬挺着,我们实在拿不出钱来啊!"

阳阳眼里的光亮一下子暗了下来,他掉过头睁着一双大眼睛无助地看着李老师。李老师搓着一双青筋暴露的大手,低声说:"是啊是啊,可再困难也不能误了孩子啊,要不,我再帮你们想想办法……"

门外有声音在叫,"咩、咩……",是一只半大的羊的叫声。房间里随即响起爷爷吃力的声音:"李老师,我们有手有脚不痴不呆的,要别人帮忙干啥! 阳阳奶奶,你跟人家老师说啥呢? 家里怎么没钱? 把羊卖了不就是钱?"

爷爷是村里有名的犟人,一辈子要强,从不肯在人面前说软话,更不肯接受人家一丝一毫的帮助。奶奶一听就着急了:"可羊卖了是要给你抓药的啊!"

爷爷立即拍着床沿吼了起来:"是我这死不掉的身子重要,还是阳阳上学重要? 你这老太婆又糊涂起来了……咳咳咳……"

奶奶不敢再说了,阳阳却"哇"的一声大哭起来,一边哭一边说:"奶奶不要卖羊,我不上学了,我要羊陪我玩……"原来这只羊是阳阳独自一人一天一天带着的,每天牵它到山坡上吃草,到小溪里洗澡,一人一羊形影不离,只差晚上搂在一块睡觉了。现在羊跟小主人一样还没长大,阳阳哪舍得它被卖掉?

李老师实在看不下去了。

可羊还是卖了。第二天一大早,当阳阳还在熟睡的时候奶奶就牵着羊到集市上卖了。阳阳醒来时面对空荡荡的羊圈大哭了一场,爷爷好不容易才哄住他。可奶奶卖羊回来后还是叹气连连的,阳阳听了奶奶跟爷爷的对话才明白,原来上学的钱还是不够。

又过了一天,当阳阳大清早眯缝着没睡醒的眼睛起床撒尿时,他禁不住把眼睛狠狠地揉了又揉,他看见了一只羊、一只雪白的羊站在羊圈里,那正是他的羊!

是做梦吧?是看花了眼吧?阳阳又要揉眼睛时有声音响了起来:"咩、咩……"那分明是分别一天的羊在叫自己的小主人哩!阳阳跳进圈里一把搂住小伙伴,用自己的小脸一个劲地擦羊脖子,再也不肯松开。

爷爷奶奶也被惊动了,爷爷说这肯定是羊还恋着阳阳,偷偷一个"人"跑回家的。

等了两三天不见有人来找羊,开学的日子却就在后天了,奶奶心就动了,跟爷爷商量说要不把羊再卖一次吧?爷爷咳嗽了半天后捶着胸口难过地说:"现在这是人家的羊,按理说卖不得了,可……唉,想不到我一个要死的人却把这张老脸给丢了!"

羊再次卖了,可过了一夜后早起的奶奶发现羊又回到了圈里,这羊神了!

一家人吃惊了老半天,到最后奶奶决定再卖一次,这样的话不仅阳阳的学费够了,说不定还能多出一点钱给爷爷抓药哩。阳阳在一旁眼睛忽闪忽闪的,也不知道他在想什么。

第三次卖了羊的当天夜里,奶奶起了身,爷爷也起了身,爷爷用手死命捂着嘴小心不咳出声来。初秋的夜里凉气很重,老两口披着棉衣悄悄猫在门口黑漆漆的地方,一动也不动。他们这是要干什么?

夜色正深,四下里静得连秋虫的丝丝鸣叫都听得一清二楚。一会儿来了一个黑影,那黑影个子高高的,弓腰削背,看上去是很瘦的一个人。只见那黑影轻手轻脚地一步步走过来,他的手里还牵着什么,等走近一些看清楚了,那是一只羊。

黑影在阳阳的羊圈外停下来,然后打开羊圈,把羊一点一点地推进去,再关上圈门,整个过程没有发出一点声音。

原来羊是这么回来的!

微弱的星光下老两口把黑影看了个清清楚楚,可他们依旧一动也不动,像是怕惊吓了那人,只是紧握在一起的两只粗糙的手颤抖着、抖着……

寂静的无边的夜里忽然响起轻微的抽泣声,老两口冷不丁暗吃了一惊,回头一看,是阳阳!星光下可以看到阳阳的眼里亮晶晶的。

不知什么时候有了心思的阳阳也起来了,他也看到那黑影了,是李老师……

听到这句话时我知道我犯下了一个致命的错误,我不该用自己的观念衡量他的观念。我不由自主地闭上了眼睛,就在这时我听到了一声枪响

一次失败的劫持 安 勇

我把那个孩子弄出来时正是一天里最热的中午。

知了的叫声锯似的割着我的耳膜,一只黄狗蜷缩着在树下午睡,我走过它的身边时,它竟然毫无察觉,我冲它撇撇嘴,立刻断定这是个不屑一顾的蠢货。孩子的父母也在午睡，如果他们发现孩子已经不翼而飞了，就会后悔，在抢走别人的孩子后，午睡真不是什么好习惯。

一路上那孩子都在睡觉，均匀的鼻息痒痒地吹在我的脸上。这让我不由自主地想起我的孩子们，不知道他们现在怎么样了。

我把那个孩子轻轻地放在妻子的面前，妻子默默地看我一眼。我立刻把头扭到一旁，我不敢看她红红的眼睛，昨晚她哭了一夜，把所有的眼泪都哭干了。在她的哭声里我想到了劫持一个孩子换回自己孩子的主意。

妻子望着那个孩子默默地发呆，从昨天开始，发呆就是她对这个世界唯一的认知方式了，我不知道除了发呆她还能做什么。我很理解她此时的心情，一颗母亲的心已经破碎了。我说了一句，如果三个钟头内还不见我回来，你就把这个孩子杀掉吧！说完我悄悄走出家门。边走边想着下一步的行动计划。按常理那人应该能够自动找上门来，但如果他像那只黄狗一样愚蠢的话就很难说了。

我想，如果那人能够发现我故意踩下的脚印，就会自然而然地找到我，但我对他的智慧并不抱太大的希望，所以我打定主意主动去找他。在树林的边缘我不由自主地停了下来，因为我突然感觉到了空气中一种熟悉的气息。昨天留在我家里的，正是这种气息。在前面几十米的地方我见到了那个人，他正赶着一头牛在耕地。看来我估计的没错，他还没有发现自己的孩子已经被人劫持了。

我缓缓地走向那个人，现在最需要的就是冷静和勇气，因为我是一个父亲。最先发现我的是那头牛，它恐惧地喷了一个响鼻。这时那个人也看到了我，吓得一屁股坐在了地上。

我默然地看了看他，咧开嘴向他笑了笑说，你好先生，你可能还不知道你的孩子已经被我劫持的事吧！他不说话，惊恐地看着我。

我接着说，如果你想要回你的孩子，就把我的孩子给我送回来吧！我以一个父亲的名义起誓，我不会伤害你的孩子。我们来一个公平的交换好吗？为了让他能够正常思维，我向后退了两步。

我说，你应该能理解一个父亲的心情，而你的妻子也应该能理解一

个母亲的心情。因为孩子的事,我们很难过。

他终于从地上站了起来,胆战心惊地说,你是说你劫持了一个孩子?我点点头,是的,他是你的孩子。

他说,你不想伤害我只想换回你们的孩子?我又点点头说,请你考虑一下吧!他说,好吧,我同意你的要求,你在这里等着我,我马上就把你的孩子送回来。说着他赶着他的牛出了树林。

我等着他时心里想,当父母的心情果然是一样的,孩子是未来,是希望吗!我甚至为自己想出的这个主意自鸣得意起来,但任何时候沾沾自喜都是不明智的,等我发现一个黑洞洞的枪口对准我时,一切已经来不及了。

出现这样的情况是我始料不及的,有几秒钟的时间我的头脑一片空白。但很快我就镇定了下来,看着他和他端起的枪口说,你为什么要干这样的蠢事呢?如果我不回去我的妻子就会杀了你的孩子。

他淡淡地笑了笑说,孩子,我老婆明年就能给我再生一个,但你和你的孩子却能给我换来一大笔钱,你以为我会愚蠢地和你交换吗?

听到这句话时我知道我犯下了一个致命的错误,我不该用自己的观念衡量他的观念。我不由自主地闭上了眼睛,就在这时我听到了一声枪响,空气中立刻弥漫了一股刺鼻的火药味。右腿上一沉,我随之倒在了地上。脚步声传了过来。但想抓到我没有那么容易,在他走到我眼前的一瞬间,我腾身而起,箭一样地射了出去。

我流着血跑到家门口时,用力喊了一句,杀死那个孩子。但家里却传出了妻子的喊声,不!不!别忘了,我是个母亲。我看到,妻子正把那个孩子搂在怀里,慈爱地抚摸着他的后背,而那个孩子的嘴里正含着妻子的一只乳头。

此时,作为一只狼,我只得承认,妻子的选择是正确的,她是个伟大的母亲。

人 生 悟 语

在大自然的审判台上，某些人的人性败给了狼性，显露出了其卑劣和猥琐。虽然大多数人依然把爱和真情放在第一位，但不可否认现实中有一些人为了金钱不择手段，甚至践踏人性和亲情，他们也许能一时获得利益，但最终会受到心灵的惩罚。不论何时，爱总会闪现出动人的光芒，让我们内心倍感温暖。　　（薛荣建）

她刚一走进院子，就发现狗窝空了。刚一迈进门槛，就发现春娃也不见了。一种不祥之兆立刻涌上心头。

野狼谷中的坟茔 王 位

故事发生在郭尔罗斯草原。

月上柳梢，春娃家的院子里很静。这些天狗窝里的那些没妈的狗崽闹得很厉害。母狗被人毒死了，嗷嗷待哺的狗崽，由于得不到母乳的喂养，一个个死去。剩下一个叫大黑的最为壮实的狗崽也奄奄一息了。

院子里静的有些怕人。义母秀芝到邻村去寻找临产的母狗还没回来。春娃惦记着大黑，翻来覆去的睡不着。

这时一只母狼早就急不可耐的蹿入了狗窝。春娃听到动静急忙翻身下地，他打开手电筒往狗窝一照，眼前的一幕令他兴奋的差点儿跳起来：一只"母狗"正温顺的侧身伏在地上哺育大黑呢。大黑风卷残云般死劲地叼住"母狗"鼓胀的奶头，吸吮得吱吱作响。

见了手电的光亮，"母狗"噌地一下站起来，大黑竟然没有松开奶头，在"母狗"的腹下悬吊起来。"母狗"急忙甩下大黑，迅速地回过头来，叼起大黑就跑。春娃没多想，拔腿便追。

春娃的手电像一盏射灯，照出了"母狗"粗硬的大尾巴和那麻秆一样不停跑动的四条瘦腿。这时春娃才认清了前面逃跑的根本不是什么母狗，而是一只正在哺乳期的母狼。

春娃说什么也不想让大黑落入狼口，他拿出了一个草原少年的全部勇气，在后面紧追不舍。前面的母狼，边跑边回头，它似乎并不把追赶他的少年放在眼里。

月亮越来越高、越来越亮。春娃索性关了手电筒，这下他的视野更宽阔了。前面的母狼越跑越快，后面的春娃越落越远。

母狼一直朝野狼谷的方向跑去，慢慢地在春娃的视野中消失了。

义母秀芝白跑了一天，南北二屯没有谁家的母狗正在哺乳期。她惦记着家里的狗崽，更惦记着春娃。

17 年前那个凄风苦雨的早晨，她和丈夫高高兴兴地带着出生 7 天的娃子，从县妇产科医院搭车回家。没想到一场车祸夺去了丈夫和孩子鲜活的生命。秀芝疯了。她披头散发，整天嘴里不停地呼唤着她的娃子。鼓胀的双乳时常不自禁地流出温热的乳汁。

是一个弃儿——也就是现在的春娃挽救了这个母亲，当然也是秀芝这个母亲挽救了春娃这个弃儿。奶水就是喂给孩子的，当秀芝把双乳轮番塞入春娃的嘴里时，那种鼓胀的沉重顷刻化做了满胸的轻松。秀芝的理智在母爱的宣泄中得到了恢复。

她刚一走进院子，就发现狗窝空了。刚一迈进门槛，就发现春娃也不见了。一种不祥之兆立刻涌上心头。"春娃，春娃……"她慌乱的大喊大叫起来。

平时她是从来不让春娃离开自己一步的。在没有得到春娃的回应之后，她就更加慌张起来。她有些神经质的冲到大街上，声嘶力竭的大叫起来："春娃，春娃……"

月色正好。

233

春娃没有追上母狼，就放弃了救大黑的念头，在回家的路上，他老远地就听到了妈妈的喊声。说实话，妈妈对他的那种爱，常常令他感到难受。妈妈絮絮叨叨没完没了的车轱辘话，甚至常常引起他的反感。就像雨水对庄稼，旱逢甘露是及时雨，天天下雨谁受得了？因此，明明听到了妈妈的喊声，他也故意不去应声。等走进了村口，妈妈才发现了他。

当然，春娃免不了要挨一通埋怨。不管怎么说，只要春娃平安无事，妈妈的急也好，愁也罢，一天的云彩也就都散了。但是最后妈妈还是要重复的警告："春娃，今后，再有这事一定要先打招呼，否则不准离开我。"春娃有些无可奈何："妈妈，我已经长大了，羽毛丰满了的小鸟，早晚得飞出窝去……"

娘俩对话结束的时候总要留下一个伏笔，这个伏笔常常搅得母亲几宿睡不好觉。

话题又回到那只被叼走的可怜的狗崽身上。"大黑肯定是没命了，前几天，邻村的一伙淘气包子，在野狼谷掏了一窝狼崽，一个个都给整死了。说不定这只母狼就是那些死去的狼崽的妈妈，它能不报仇吗？"

春娃不同意妈妈的分析："它要想害大黑，当时就把它咬死了，为什么还要给它奶吃呢？"春娃的话在两个月以后得到了印证。

野狼谷的黄昏披上了一层神秘的色彩。那只大母狼在晚霞的映衬下出现了，后面跟着一只欢蹦乱跳的小"狼崽"。当春娃和母亲悄悄地靠近它们时，才惊奇地认出了四蹄发白的大黑。母子俩正要上前夺回大黑，可机警的母狼没能给他们这个机会，叼起大黑一溜烟似的在夜幕中消失了。

母狼不会让它的爱子再次丧失。两个月前，初丧爱子曾使它痛不欲生。已胀痛了多天的乳房，弄得它抓心挠肝，苦不堪言。它甚至抬起后爪去抓挠前胸的奶头，尽管乳房已被拉出了道道血痕，也无法祛除胀奶之痛。寻到了狗崽大黑，不但除去了胀奶之苦，而且还使与生俱来的母性之爱得到了宣泄。

母狼和大黑的浮现，给广袤无垠的郭尔罗斯草原又披上了一层神秘的面纱。狼母狗儿的故事越传越广……

初秋的草原马上就呈现出满目的苍凉。

春娃真的像一只羽毛丰满的小鸟，飞出草原进城打工去了。母亲秀芝从此就像是丢了魂，整天坐立不安。她时时挂牵着春娃，每天黄昏都到野狼谷口去望，盼春娃早日归来……

狗崽大黑也许是长大了，忽然有一天也离开了母狼。这个母狼从此也惶惶不可终日。它每天都在寻找，寻找失去的大黑。

一个晚霞殷红的黄昏，野狼谷口的高坡上，母狼和母亲不期而遇。

母亲思儿早已有些神情错乱，她误以为高坡上走来的是春娃，当时她还纳闷，春娃怎么变成了四条腿？可思儿之情早已使她不顾一切，她发疯似的张开双臂跑上去拥抱她的"春娃"。

而母狼也早已为找儿变得焦躁不安，性情暴虐。它把面前这个母亲当做了偷儿的凶手，一口就咬断了母亲的喉管。母狼最后被来找母亲的村人打死。

野狼谷口耸起了一座新坟，里面掩埋着母狼和母亲。

又是一个血色的黄昏，离开母亲一年的春娃打工归来，带着两大包孝敬母亲的礼品哭昏在母亲的坟前。

当春娃醒来的时候，发现一只四蹄雪白的大狗也趴在坟前，面前还放了几根骨头，从它那带泪的眼神中，也能看出和春娃一样悲痛的心情。

月上中天，郭尔罗斯大草原变成了白茫茫的一片大海。

　　麻花叼着小猎人,一直拖到当年花花掉入的陷阱旁,连撕带咬地把小猎人扯进陷阱里,然后对天长啸几声,就地打了几个滚,跑进黑莽莽的山林里去了。

爱的拼图 姚 伟

　　老猎人又一次仔细检查了小猎人的猎刀和猎套,拍了拍小猎人健壮的胸脯,说:"儿子,下牢套,心要细,胆放正,记住了!"

　　小猎人在离家十里远的半山腰下好猎套,把一只羔羊拴在猎套后边的山崖根儿做诱饵,自己坐在不远处一块隐蔽的大石头上悠闲地吸着旱烟。他的周围早已挖好了"凵"型的陷阱。

　　羔羊的号叫终于引来了猎物。三只狼,应该是一家三口——狼爸爸灰灰、狼妈妈花花,中间夹着它们的狼崽子麻花,慢悠悠地踱到诱饵跟前。它们看看有点得意的小猎人,又望望拼命哀叫的羔羊,停了下来。

　　花花说:"不要去了,我们去别处找猎物吧!羔羊跟前有套子,我的妹妹就是这样被套住的。"

灰灰说:"我去试试,也有套不住的时候。"

灰灰跳起来扑向了羔羊,试图跳过猎套,但跳过的第一个猎套是假的,落地时正好踩在真猎套上。灰灰越挣扎被套得越紧,他停止了挣扎,对花花说:"猎人只下了一个套,你可以过去叼着羔羊离开这儿,麻花已经好多天没有吃到东西了。不要管我了!"

花花看了看已经绝望的灰灰,又对麻花说:"我不会丢下爸爸的,我去报仇了!"说着就冲向小猎人,花花在陷阱边一跃而起,可惜陷阱太宽,花花还是落进陷阱里了。

灰灰凄凉地大叫:"花花,你死得不值啊!麻花,快逃命去吧,人是世上最可恶的家伙,别忘了报仇啊!"

当然,小猎人是听不懂狼语的。他看到一对拼命号叫的大灰狼,仰天长笑:"想不到我第一次单独狩猎,就一下子捕到了两只狼,比狩猎王爸爸强多了!"

又低头对还在哀鸣的花花说了花花永远听不懂的人话:"你真傻!你可以逃走的,偏要来送死。想吃掉我?没那么容易!就算你跳过陷阱,还有我跟狩猎王学了多年的捕杀绝技在等着你呢!"

当猎手随时会在阎王爷那儿报道,没有人家轻易把闺女嫁给猎人的。小猎人快30的时候,终于说成了一个比他大3岁的跛腿媳妇。老猎人说:"女大三抱金砖,你去捕一只狼回来,咱开个狼宴,给你热热闹闹地把媳妇娶回来。"

这天,小猎人来到后山,拴好诱饵小牛犊,正专心下猎套,突然被尾随而来的麻花扑倒在地咬断了喉咙。麻花叼着小猎人,一直拖到当年花花掉入的陷阱旁,连撕带咬地把小猎人扯进陷阱里,然后对天长啸几声,就地打了几个滚,跑进黑莽莽的山林里去了。

这是爸爸讲给我的故事,小猎人就是我的大伯。大伯死后,号称狩猎王的爷爷没有让爸爸再去狩猎,才使得我家的香火没有断绝。

第八辑

野狼谷中的坟茔

人 生 悟 语

　　我们总是以万物的灵长而自居，常常剥夺其他动物的生命，但是却忽略了大自然中其他的生命。生命都是宝贵的，小猎人曾经为捕到狼而高兴，但却没想到会丧生于狼口。沉痛的教训，总是用高昂的代价换来的，尊重自然，爱惜生命，才能不让过去的悲剧重演。

（潘　洋）

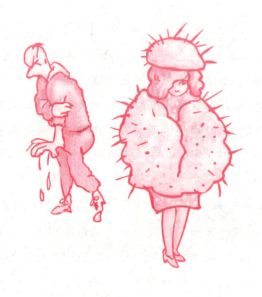

人生的梯子

第九辑

人，不会因为平凡而显得渺小，也不会因为贫穷而变得低贱。一个平凡的人，因为有了一份坚持，就会让自己变得崇高和富有。当我们固守住生命中的某些品质时，我们就拥有了一笔巨大的财富，一座属于自己的高山，和一道与众不同的风景。

老杨的脸本来就黑，这下更黑了，他狠狠扇了那个孩子一巴掌，说："杨林，你不上学，咋回家放起火了？若把山林点着，等着挨枪子吧！"

护林员老杨 侯发山

天麻麻亮，老杨就起床了。说是"床"，其实就是山上的石板铺就的。他打开蛇皮袋看了看，能糊口的只有红薯了，他已上山将近两个月时间，干粮哪有不吃光的道理？老伴身体虚弱，不会来背粮给他的，她根本就爬不上这海拔 1800 米的山。他也想下山，可是，两个多月没下一滴雨了，正是高火险天气，林区枯枝落叶见火就着，而且在此防火期里，要一天三次向县林业局防火值班室报告林区的情况，实在是离不开啊。

老杨装上两块红薯，背一壶开水，拿一把斧头，出发了。山上的树木密密层层，郁郁葱葱。盘根错节的古榕，虬干曲枝的柏树，吐蕾展瓣的山杏，铺青叠翠的灌木……阵风吹过，绿浪翻滚，林涛作响。老杨欣慰地笑了。在山上整整 20 年了，这些树林可都是他看着长大的。林又密，山上没有路，有时他用斧头把绊腿的荆棘砍掉；有时枝丫低垂，他不得不趴在地下匍匐过去；有时从树枝上垂下几丝茑萝，缠在他的脸上；有时遇见啄木鸟贴在树上一动不动，用惊喜的眼神凝视着他；有时听见黄鹂和画眉的歌唱，但不知在什么地方……一会儿工夫，他头上的汗珠子就滚了下来，流进眼里又酸又涩，但他已习以为常了，用袖子抹了一下脸上的汗珠，继续往前赶路。如果不抓紧时间巡视，他怕天黑前摸不回他住的山洞里。

来到一个小山头，老杨拿出高倍望远镜认真地四下观察，发现没有异常后，这才松了一口气。然后，他就对着大山可着喉咙吆喝起来："嗷嗬，嗷嗬……我来了。"他好想和人说说话，可是山上没有人，方圆 10 公里都没有人烟，他只有自己"吼"给自己听了。但是他的声音并不美妙，他吼了几声就气馁地放弃了。忽然，一阵哗啦啦的声音传来，他寻声望去，愣住了，只见七、八头野猪向他围了过来，看样子最大的有一百多公斤重，最小的也有四五十公斤重。在离自己十几步远的地方是十多丈高的悬崖，已无退路可走。他就屏着呼吸，忍着钻心的疼痛，躲进旁边的圪针丛里，让出一条通道让野猪过去。直到这群野猪从视线里消失，他才慢慢地爬出来。

　　老杨庆幸化险为夷，他刚来到另一个山头，霎时，刚放下的心又被悬了起来：他看见了山脚下的浓烟和火光！他浑身打战，这火好像是在烧他的骨头，烧他的心！虽然失火处在林子边缘，如果不及时扑灭，一旦引燃山林，后果不堪设想。他拨打 119 和 110 后，立即向林业局防火值班室报告险情，随后向山下跑去。

　　等老杨跌跌撞撞跑到山下，他的身上的衣服被荆棘挂得长一片短一截，脸上、胳膊上挂满了一溜一溜的血道子；他的两只黄球鞋不知什么时候跑丢了，两只脚掌上的血泡磨破又生出，让人惨不忍睹……他气喘吁吁大汗淋漓，加上头发长长的，胡子黑刺刺的，把人们着实吓了一跳，以为是"野人"下山了。

　　老杨看到着火的地方不是林子，是一堆干草枯叶，而且已被大伙儿扑灭了，他心里一松劲儿，一屁股瘫坐在地上，好半天才在老伴的搀扶下站起来。纵火者是一个不到 20 岁的孩子，他怯怯地站到老杨面前，不知如何是好。老杨的脸本来就黑，这下更黑了，他狠狠扇了那个孩子一巴掌，说："杨林，你不上学，咋回家放起火了？若把山林点着，等着挨枪子吧！"早有人拉开了老杨，劝说着他。老杨的老伴抹着泪，拉过那个叫杨林的孩子的手，哀怨地对老杨说："孩子早就毕业了……"

　　老杨愣怔了一下，愧疚地看了杨林一眼，但他什么也没说。

　　杨林看了看老杨，终于开口说道："我和娘好多天没看到你了，很想

241

你，又不知道你在山上什么地方……我就弄一堆干草点燃了，猜测你看到火光一定会下山的。"说到这儿，孩子就泣不成声了。

老杨一把抱住杨林，脸上也爬出了泪，他哽咽着说："孩子，爹对不起你……"

第二天，老杨背着一袋子干粮又上山了，他后面跟着一个孩子，那是他的儿子杨林。

人 生 悟 语

护林员老杨可以忍受两个月只吃干粮和只对大山说话的巡山生活，却不能接受自己的儿子点一堆干草来召唤父亲。大山只能用沉默与丰收，来回报老杨的坚韧和忠诚。让我们铭记这些大山深处的护林员，他们是这个时代最可爱的人！

(蔡雪松)

我不由得回头向大厅望去，他，那个歌手，缩着头，将眼睛贴在玻璃门上，看着他的观众一个个离去……

小 站 歌 手 张爱国

天气实在糟糕透顶，如久病卧床的老人，晴不了，雨雪也落不下。这样天气的笼罩下，就是幽默大师的段子也叫人乐不起来。

小城的旅馆，没有暖气也没有空调，霉味熏鼻的被子单薄得还不如自己的肌肤。虽然连日的奔波，早已困得要命，但夜里还是多次被冻醒。天要亮时，身体不冰不热的，肚子却咕咕地响起来了，隐隐地有些痛的感觉，实在说不清个中滋味。索性还是起来吧。

在这一夜里，今年的第一场雪光临了小城。虽然天空还是暗的，但毕竟地面是一片白的世界；虽然还是冷，但到底没有了风。车辆的声响高亢了，菜贩的叫卖清脆了，鸟儿的歌声更欢快了。

雪是干燥的，车辆碾过，行人踩过，被挤压得紧紧地贴在水泥路面上。空气中的雾气又凝结在上面，形成薄薄的冰，像一层透明的保护膜，又像是一块巨大的琥珀，将小城和整个地球包裹着、保护着。行走在上面，稍不留心就会滑得你猛然凑过去亲吻她。

很讲究地用了一顿早餐。旅馆是不能再待下去了，候车厅里或许有暖气开放，至少那里人气旺，总会暖和些吧。

候车厅的人是不少，却没有暖气。乱哄哄又一片沉闷。

列车畏惧冰雪，晚点了。瞌睡虫为了驱赶我的孤独，义无反顾地爬上我的上下眼皮，执意着要将这哥俩凑合到一块儿。

"静一静！静一静！大家静一静！"

骤然的安静，吓得瞌睡虫立即没了影踪。

"2002年的第一场雪，比以往时候来得更晚一些……谢谢——"

真是意外的收获！在这个小城，这样的小站，竟然还能欣赏到如此专业的歌声。只是略显遗憾的是，没有舞台和音响。歌手站在人群让开的那块地就是舞台，左手握着的一卷报纸就是麦克风，脚在地面上踩出的声响就是乐曲。歌手不断地说着"谢谢，谢谢大家"，绝对不亚于港台歌星的煽情。大厅的气温被一阵阵掌声、欢呼声激升了好几度。

"你像一只飞来飞去的蝴蝶，在白雪飘飞的季节里摇曳……谢谢——"

歌手的头发有些零乱，身上的衣服有些单薄，一件老式毛衣裹着一件灰白色衬衫，靠领口的两粒扣子不在了，裸露的喉结在观众面前上下滚动着；灰裤子略显短，脚上的解放鞋还在蒸发着水汽；修长的个子拉得身体异常瘦弱……他的装饰都与如今的歌手不相符合，但却更彰显了一个实力派歌手的前卫个性。

一曲完了，观众热烈的掌声再一次海潮般响起。于是"再来一首"、"再来一首"的欢呼异口同声地响起。

歌手很兴奋，向观众一鞠躬，两只手搓了搓他的"麦克风"："下面再为大家来……"

"你又来啦！"一个站内管理员走过来，大声地叫道。他条件反射般的紧缩着脖子，拨开人群，向门外跑去。

观众愕然了。

"他是乡下来的，几个月前还是我们县一中音乐班的高才生呢，歌唱得可好啦。"一个卖瓜子的老太太向大家介绍道，"今年高考，他的音乐课全市第二，文化课也很好，但就是英语不过关，没哪个大学录取他。他便成了这样子……"

"他是个精神病，高考前曾从这儿乘火车去北京报名，现在就总是到这儿来，说要乘火车到北京上大学……"刚才的管理员又走过来，淡淡地说，"我们一不注意，他就溜进来吼上几嗓子……"

检票了，走上站台，风又起。天，更加的阴冷。我不由得回头向大厅望去，他，那个歌手，缩着头，将眼睛贴在玻璃门上，看着他的观众一个个离去……

人 生 悟 语

小站送走了无数的旅人，却无法承载这个歌手的梦想！每个人都有梦想，梦想是希望之光，是力量之源，是生命中最闪亮的星星。呵护梦想，培植天赋，保护孩子……愿小站的旅人将这些声音向外面的世界传递。

(蔡雪松)

种上板栗后，铁墩就在几座山上穿梭，像狗一样忠心地守护着一棵棵板栗苗。身后总是跟着一大帮人，主任主任地叫。

村 主 任 陈国炯

富村的村主任抢着当，穷村的村主任没有人当。乡里来了干部要招待，村里穷，又偏僻，连饭店也找不到一个，因此，只好到村主任家里吃。炒几个鸡蛋杀一只鸡，搞几个小菜买瓶酒，这钱就得村主任自己掏，当上村主任没钱花不说，还要赔钱，这种村主任谁愿意当。

老村主任（年纪只有三十多岁）进城打工去了，打工虽辛苦，但不像在村里辛苦了一年还见不着钱。老村主任特意带回二条香烟，几斤小糖，烟是每条150元左右的一支笔，糖是大白兔奶糖，老村主任赔着笑脸给一村老少发烟分糖，条件是要村民千万别选他当村主任。

一村老少抽着老村主任的烟，嚼着老村主任的糖，就要买老村主任的情。因此，脑子里飞快地转起来，想，那选谁呢。不知是哪个蹦出一句：要不我们就选铁墩。一句戏言拨亮了一村老少的眼睛。

选举村主任时，铁墩票数高居榜首，一村人心里美，也把个铁墩惊呆得额头冒汗，更叫从乡里来主持选举的干部左右为难。乡干部问铁墩，你能不能当？铁墩结结巴巴连话都说不清了。铁墩的老婆知道这是村民对铁墩的戏弄，而乡干部的问题恰恰是对铁墩的轻视，于是铁墩的老婆没好气地说：群众这么信任我家铁墩，铁墩能不当吗？

乡里的干部是希望铁墩说，不当或当不来的，但想不到半途杀出个程咬金。乡里的干部没辙了，就这样铁墩成了村主任。

245

当了村主任后,铁墩来了真劲,一连几天像皇帝巡视疆域般把村里的每一寸土地踏了个遍,还一次次地蹲在光秃秃的小山岗上抽着劣质烟,又像狗一样在几个小山岗上审来审去,好像地质队在探测宝矿。

村里人见了都笑了,说铁墩当上村主任还真像个村主任了,双手背在屁股上,走路都迈八字步了,铁墩听了嘿嘿地憨厚地笑笑,不做任何申辩。

那天吃过早饭,铁墩说要进城去找找木头,木头是这个小村除老村主任外的唯一在城里打工的人。铁墩的老婆问铁墩,你能找得到吗?铁墩说,上次木头说他在一家花圃工作,这么小个城,就这么几个花圃,怎会找不到呢。铁墩老婆把家里所有的积蓄210元钱都拿出来了,塞进铁墩的口袋里,说,就这么多了,只能是碰碰运气了。然后为铁墩抻抻衣角,拍打去衣服上的尘土,投给铁墩两束无奈而含有鼓励的目光,铁墩似出征的将军,毅然进城去了。

铁墩没费多大劲,就找到了木头,木头在花圃里锄草施肥,工资虽不高,但拿的是花花绿绿的现钱。

铁墩与木头站着说话,木头双手拄着锄头柄,抽着铁墩递给他的劣质烟。

听完铁墩的话,木头的脸色并不好看,显露着为难的表情。铁墩也显得无奈,但铁墩还是把木头当救星了,目光中满是祈求。两个人僵持了好一阵,铁墩硬硬地蹦出一句话:你就说我这个村主任与他谈生意,否则约不到他的。

木头毫无把握地说,那我去试试看。

铁墩又递给木头一支烟,自己也点了一支烟,然后说,在哪里请客你帮我安排一下,我进城少,找不到合适的。木头听了说,其实我也不懂,但我听他们讲石牛大酒店不错。

铁墩问要多少钱。

木头说大概要一千多元吧。铁墩一听就呆了,他伸手捏捏老婆给他的钱,像被蛇咬了般难受。

木头看出铁墩的表情,问你带了多少钱。铁墩说210元钱。铁墩反问木头,你有多少钱,先借我用一下。

木头期期艾艾有点不舍,铁墩见状又说,算是借给我个人的,一定还你。

木头见铁墩说到这个份上了,不借也说不过去了,就说,我也只有400多元。

铁墩一算,不到700元。

木头说不喝酒差不多。铁墩说请老板怎么能不喝酒呢。两人不说话了,只有浓浓的烟雾从两人的嘴里吐出来,铁墩把吸了半截的烟重重扔在地上,用脚狠狠地捻了几下,叹了口气对木头说,你等我,我去想办法。

一切顺利,花圃老板听说是与他谈生意,很高兴,就准时赴约。

铁墩话没多说,就先给花圃老板敬酒,喝的是白酒,闷声不响地连干了三杯。花圃老板感到奇怪,摸不准今天这个看上去有点傻乎乎的,又穿戴得土里土气的对手是到底打的是什么算盘。铁墩站起来要干第四杯时,突然昏厥过去了,人就软软地倒了下去,把桌上的杯盘打落了几个。

花圃老板吓得不轻,急忙把铁墩送到医院,用疑惑的眼神盯着木头。

木头知道老板在询问他,就把铁墩的想法告诉了老板。

铁墩想把村里的几百亩荒山野岗种上板栗,铁墩说种上板栗的话,他们村不出几年就会脱贫致富了,但他们现在拿不出买树种的钱,铁墩想请花圃老板用树苗参股。

铁墩听说过谈这种生意要先请客的说法,铁墩准备宴请花圃老板,可铁墩与木头两个人的钱加在一起还是不够。最后铁墩就去卖血,因为血抽得多了点,加上请老板喝酒时喝得太猛,就昏倒了。

老板听了,很感动,双眼有些潮湿了。

老板还说,凭着村主任的这种精神,我不参股也要支持你们村的发展。

铁墩出院后,村里的几座山冈就开始翻土。

种上板栗后,铁墩就在几座山上穿梭,像狗一样忠心地守护着一棵棵板栗苗。身后总是跟着一大帮人,主任主任地叫。

村里人都说铁墩真像个村主任。

人 生 悟 语

　最傻的铁墩当上了村主任。谁也没想到,最傻的村主任却用最质朴的方式诠释了这个职位的含义,带领乡亲们走上了脱贫致富的道路。天道酬勤,终有一天铁树也能开花。不怕被人看做傻子,就怕被人视为懒人。

(蔡雪松)

我想,这好望角啊,它就在这张书页里,世上压根儿就没有!谁也不知道它在哪!

好　望　角 连俊超

老人划着船向岸边驶来,我的眼里就燃起了希望之火。太阳在河面上也播撒下了同样炽烈的火焰。

老人把船靠在岸边,问:"是去老渡口吧?"我点了点头。老人说:"上来坐着吧!我得歇会儿!"我踏上船板,船身晃荡了几下,荡出去一层层细密的波纹。老人悠然自得地抽了一锅旱烟后,说:"启程吧?"然后他站起身,握住了两把桨橹。

水波推开了河岸。老人微弓着腰,轻摇双桨,就像轻奏一首舒缓的乐曲。

桨声欸乃，船顺流而下。

老人说："年轻人，你回头看看！"我回过头朝岸边望去。他便问："岸边像什么？"我盯着那个凸出的尖端，想给老人一个精当的比喻。

他乐呵呵地说："非洲南端的好望角！"

我霎时愣住了。老人脸上流露出一丝诡秘的笑："跟好望角长得一模一样！"

我不解地问："您到过好望角？"

老人呵呵一笑："非洲那个我倒是没去过，但我现在不整天都在好望角吗？"他将目光送到了远处的河岸。

河水哗哗地响，船进了芦苇荡。河上无风，芦苇丛簇挺立，小船悠然前行。我看看太阳，说："大爷，天还早呢！就两三里路，您坐着吧！"老人便答应着坐了下来。

芦苇丛里不时飞出一群水鸟，在天空中盘旋着，对我们的打扰大呼小叫地抱怨一番，又飞了回去。"它们跟我打招呼呢！"老人说，"我给别人说'好望角'这地儿，他们都听不明白。"

我微微点了点头。

"我很小的时候在一本地图册上看到了那个地名。也不知为啥，我就想，长大后一定到好望角，看看那里到底是个啥样子！可我连书都没读完，日本鬼子就扛着枪进村了。人们四处逃难，我和爹娘跑散了，以后也再没见着他们。后来，我跟着红军打鬼子、打老蒋，几年里差不多把中国山南海北都跑遍了。那本老地图册我一直揣在怀里，行军或休息时总把手放在胸口上摸一摸。"老人说着，掏出一本面黄肌瘦的小册子——中间破了一个圆圆的洞。我发现其中一页折起了一角，翻到那页，好望角的浪潮就从灰黄粗糙的纸页上拍打了出来。我似乎闻到了咸腥的海浪的气息。

我问道："这怎么破了一个洞啊？"

老人笑了笑，眼角的皱纹很亲密似的挤到了一起。他说："鬼子枪子打的——还在我肚子上打了一个洞。"老人微笑着摸了摸小肚子，"我命大，没死。新中国成立后我买了很多书，我想，只要把书念成了，迟早会被国家

派到国外学习。可书没读多少,各种运动不断,我干脆不念了,我想我这辈子就没有念书的命,于是那年我托人说了个媳妇成了家。我想,这好望角啊,它就在这张书页里,世上压根儿就没有!谁也不知道它在哪!"老人向远处望了一眼,"可后来我儿子非说,好望角就在非洲南端。"

"你儿子?"我打断了老人的讲述。这时,一只白色的水鸟从芦苇丛中飞来,落在了我们的小船上。老人伸手抚摸着它,呵呵地笑了起来:"是的,后来我有了个儿子。不光我儿子说有,连这家伙也呱呱叫着,一个劲地说'有'呢。"水鸟果真朝他吆喝了起来。老人从口袋里抓出一把米粒,丢在船板上,水鸟便叮叮地啄了起来。老人说,这里的水鸟和他很熟,老朋友了。水鸟啄了一阵,在老人头顶飞旋了两圈,飞回了芦苇丛中。那里立刻传来了很多鸟嬉戏的鸣叫声。

老人把剩下的几颗米粒捏回口袋,激动地说:"儿子很争气,考上了大学,后来恰好到了非洲工作。那次他差点就把我接过去看好望角了。"老人的手微微颤动了一下,然后他深深地吸了一口气,又缓缓呼了出来。这时,河上起了一阵风,吹得芦苇沙沙地响。老人轻轻地摇了摇头,"他在非洲被当地人给绑了,一直没人知道他在哪儿。当时老婆子一听说儿子没信儿就晕了过去。她在床上躺了半年,我想了各种办法骗她。我今儿说儿子打回来电话了,明天说儿子寄回来相片了。可她就是想走了,谁也拦不住。一个人有一个人的命。"老人的讲述纯净如清澈的河水。

"老婆子一走我就觉得院子太大了,就像穿了一条肥裤子一样老是那种松松垮垮的感觉;有时候又觉得院子太小了,压得我胸闷。那天我走到村外,在河边一直坐到傍晚。那时候日头把整条河照得黄灿灿的。我脱了个精光,跳进了河里。我一身老骨头好些年没活动了,那天我游了很远。我回头一看,河岸跟地图册上画得一模一样。这不就是好望角吗?我盼了一辈子好望角,竟在家门口找到它了。我哇哇地叫喊了起来,然后让老鼻涕眼泪也痛快了一回……"老人咯咯笑了起来,笑声随着波纹微微荡漾,"现在我啥也不想了,我划划桨、喂喂鸟,整天都能看到好望角,自在得很!"老人的脸庞像天空一样明净而深远。他像是坐在夕阳在河面上映出的光柱里,涟漪微动,身影渐长。

我跟老人一起笑着，看到即将到达的老渡口，我说："快到了。"

老人也向前望去："是啊，一趟就这样快！十年了，我总感觉没怎么划就到了！"

船靠渡口，我给过老人船费，上了岸。老人摇动双桨，船游到河中央，我和老人挥手告别。走出几步，我听到老人在芦苇荡里唱了起来："芦花放，稻谷香，岸柳成行……"我回头远望，芦苇丛里窜出了无数白鸟，在小船上空给老人伴奏。芦苇沙沙作响，摇动着一片壮丽的金黄。夕阳正红，老人满身古铜。

人 生 悟 语

生活在别处，梦想也在别处，所幸最后终有回归。一个地图上的名字，怎抵得上老人经历过的那些沧桑岁月，以及岁月中逝去的人和身边的老渡口？平淡岁月看似波澜无惊，却蕴藏着最动人的情意和最博大的智慧。希望我们每个人都懂得欣赏和珍惜身边的风景！

(蔡雪松)

我突然想起满狗爹和哑子婶那意味深长的笑，于是，我也给了臭虫伯伯意味深长的一笑……

哑　子　婶　蒋育亮

哑子婶并不哑，只因嫁了我们村上的哑子叔，故而得名。

我们家乡高平县方圆几十里，有个沿袭已久的习俗，大凡女子嫁了夫君，便在称呼前面冠以夫君的别名。如满狗奶奶，就是我满狗爹的媳妇，而臭虫伯娘，就是我臭虫伯伯的老婆……

哑子婶人长得漂亮，这是我们村上男女老少所公认的。她脸似瓜子，腰如柳，一对铜铃般骨碌碌翻转的大眼，水灵水灵的。哑子婶爱笑，见着村上的人，先是甜甜地叫上一声，尔后便是一张灿若桃花的笑脸。我们村上的男子，常常拿哑子婶教育自己的婆娘："你看看人家哑子媳妇……"弄得全村女人，对哑子婶充满了恨意，"十足一个狐狸精。"这是村上女人们凑在一起，说到哑子婶时最解恨的一句话。

自从哑子婶嫁来我们村上后，村里的婆娘们就对自己的男人格外关照起来。晚上偶有迟归的男人，村上必定会响起其婆娘大呼小叫的吆喝声，"你个短命鬼，野到那去了，还不回来啊！"一声高过一声，直到男人回家为止。当然，女人们的担心，除了因为哑子婶外，还有一个原因，那就是哑子叔。哑子叔天生不会说话，人又长得矮小猥琐，我臭虫伯伯常用"三泡牛屎那么高"来形容他。村上的男人，个个都觉得自己比哑子叔能干，心里对哑子叔娶上哑子婶愤愤不平，因而难免时有流露，弄得村上的女人们人心惶惶，自然也就多了那份担心。

尽管女人们看得紧，但村上还是有不死心的男人。他们经常找机会挑逗哑子婶。每当此时，哑子婶总是不愠不怒，先是微微一笑，然后甜甜地叫上一声男人的称呼，大大方方地离去，让那男人尴尬不已。偶有动手动脚的男人，哑子婶便会怒目圆睁，轻声呵斥，待那男人愣怔之时，便又甜甜一笑，柔柔地说上一声："这样不好的。"让那男人既畏惧又感激。

时间一长，我们村上的女人们便渐渐改变了对哑子婶的看法。她们开始亲热地左一个"翠花"右一个"翠花"地叫着哑子婶。

哑子婶不但人长得漂亮，而且还会缝纫技术。那几年，我们村上男男女女所穿的衣服，基本上都是她一手缝制的。哑子婶缝制的衣服，做工精细，合身得体，收费价廉，方圆几十里的人都赶来定做。碰上一时手头紧交不起做工费的，哑子婶总是大方地一笑，说先拿去穿吧，啥时有钱啥时给。讲信誉的，事后会主动交来。也有耍赖或确实没钱不交的，哑子婶也从来不追不问。有打抱不平者说起，哑子婶总是淡淡一笑，说他们可能有困难，以后会给的。

哑子婶嫁来我们村上时，我刚上小学。那天哑子婶哭得很凶，两只眼睛红肿得像灯泡。我问满狗爹，哑子婶那么漂亮，为什么要嫁给哑子叔。满狗爹意味深长地一笑，说："换亲啊——"我清晰记得，满狗爹当时的"啊"字拖了很长。我问满狗爹"换亲"是什么意思，满狗爹摸摸我的头，说等我长大了就会知道。那时我想，等长大了"换亲"，我也要换个像哑子婶这样的。

　　3年后，我考上县城重点初中。临入学时，哑子婶帮我缝制了一个漂亮的书包，书包上有两只小鸟在自由飞翔。哑子婶对我说，你要好好学习，像小鸟一样飞得更高更远。我想不明白，哑子婶为什么要缝上两只小鸟，哑子婶意味深长地一笑，说："有伴啊！"那意味深长的一笑，跟满狗爹当年的笑一模一样。

　　哑子婶的失踪，是在我初中毕业那年。当时，满狗爹去世，我赶回家吊孝。走到村头，见一蓬头垢面之人，在嗷嗷乱叫。前来接我的臭虫伯伯告诉我，他是哑子叔，已经疯了半年了。我感到惊奇，忙问臭虫伯伯为什么会这样。臭虫伯伯告诉我，哑子婶嫁来我们村之前，和邻村的一个小伙已相好两年，后来因为要和哑子叔家"换亲"（这时，我已懂得换亲之意），被迫嫁给了哑子叔。但那个小伙多年死活不娶，发誓一辈子等着哑子婶。后来不知怎么的，两个人就偷偷跑了。

　　我突然想起满狗爹和哑子婶那意味深长的笑，于是，我也给了臭虫伯伯意味深长的一笑……

　　哑子婶，你在哪啊？我在心里默默呼唤道。

人 生 悟 语

　　漂亮的哑子婶命运多舛，苦命的人却天天笑颜面对生活。爱情的美好无法抵挡世俗换亲的命运，最后的逃跑能否改变这一切呢？无论如何，疯掉的哑子叔还是让人心情沉重，同时，我们也更愿意给哑子婶一个"意味深长"的笑，来祝福天下的每一个人。

（蔡雪松）

253

医好一个人很简单,但要医好一个人的心病却很难。我已经医好你的病了。丁老三说完就独自走了。

丁 老 三 李 全

丁老三是一个赤脚医生。但他先前是一个病人,每天都离不开药罐子,没几年就把家里的钱花光了。没钱买药,丁老三就到山上去采药。他却因祸得福,不但认识了许多中草药,还把这些草药的药性弄得一清二楚,便替村里人看病,又在村里开了个中药铺,但没有挣到钱,却赢得了名声。

有了名气后的丁老三便到县城里开了一家"丁三药行",继续一边行医,一边卖药。但是他没有行医证,只能偷偷地替一些民工看病。因为工商部门的人经常来突击检查。一旦查到他在替人看病,就要罚款。虽然丁老三每次都很是生气,可又无可奈何,只得交了罚款。但这却丝毫没有影响那些民工来丁老三处看病。毕竟丁老三看病不收费,但一定要在他这里买药。所以那些民工还是愿意在他这里看病,毕竟现在医院里进得去,出来时口袋空空如也。所以,丁老三的生意依然好。

这天,丁老三又被工商人员给抓住了,罚款3000元,可丁老三交不出这么多的钱,求工商人员高抬贵手,等两天交罚款,可工商人员不乐意,就把丁老三带到局里。局长听了丁老三的事后,大骂丁老三,你这个赤脚医生也会看病,就是天下的医生死光了,也轮不着你。局长的话很难听,因为局长的母亲得了一种怪病,在医院里治了很久,也没有治好,可他又不敢得罪医院里的医生,正好拿丁老三出气。丁

老三垂头站在一边等局长骂够了，才嘀咕了一句，替人看病也犯法吗？局长一听又火了，指着丁老三的鼻子说，你这么会看病，你把我母亲的病治好，我就给你磕三个响头，要是治不好，你就收拾东西回乡下吧。局长的这句话就是命令，不管丁老三答不答应，就让手下把丁老三送到家里。

局长的家很豪华，丁老三进了屋，就直奔局长母亲的屋里。给局长母亲号了脉，沉思了一会儿说，这病很简单，只是药引难找，如果能找到药引，我只要三服药就把她的病断根，永不复发。丁老三说得斩钉截铁。

你有这么大的能耐？局长不相信，可他又是一个十足的孝子，听说能治好母亲的病，他什么都不顾了。要说药引，他是一个局长，只要一声令下，下面的人就会替找来。于是又问，用什么药引。

丁老三让局长找的药引一种是野生十年龄的王八。虽说野生王八好找，可要十年的却相当的难，一是一般的王八还没有到十年，就被人抓去吃了，另是有谁知道抓来的王八就是十年龄的呢？另一种是长在山上的野生红花草。这药引也太离谱了，可丁老三说，野生王八是具有长寿之功效。而这野生红花草却有驱淤血之功效，只有找到这两样药，才能解决其他方面的病症。这还不简单？局长说着就要吩咐下面的人去找。可丁老三说，看似很简单，却也难。一定要你亲自陪着你母亲去找，别人不能拿。这关系老人家的病情。如果是别人找来的药引就不行了。局长听了丁老三的话差点当场给丁老三一巴掌，世上还有这种怪事？可局长母亲在床上听了丁老三的话，很是赞同，就对局长说，你就听医生的话吧。

于是，丁老三也带着局长和局长母亲每天都游于乡下。每到一处，都有人献来野生王八和红花草，但丁老三每次看后都摇摇头说不是。

这样一个月过去了，都没有找到药引，局长就发火了，他知道是丁老三在戏耍他。可每次把话说到嘴边，都被他母亲给顶了回去。

这天，又有人送来王八，丁老三看后仍然是摇头。局长却真的火了，不顾他母亲的反对当众侮辱丁老三。丁老三却笑呵呵地问，老人家开

始是由人扶着走的,现在她能跟着我们走了,她的病有没有好转呢?局长和他的母亲一听,对啊。开始时,都是由人扶着,经过这一个月来,她不但能跟着走,还会在路上说许多笑话。

这样再过一个月,老人家的病就会彻底康复。丁老三说,只是这一路你们看到了许多事,不知你们注意没有。

什么事?局长和他的母亲都感到很吃惊。

难道说你们走遍了全县的所有的地方,没有见到那些老百姓是怎样生活的?还有下面许多人送来的王八明知不是十年生还要送来,你们一点感觉都没有?

我明白了。局长的母亲最先明白过来,接着局长也明白了。他往丁老三面前一跪说,谢谢你,让我明白了做人的道理。这是我在城里永远都学不到的。以后的事,我知道该怎么做了。

医好一个人很简单,但要医好一个人的心病却很难。我已经医好你的病了。丁老三说完就独自走了。

人 生 悟 语

一个最普通的老百姓丁老三,以最简单的行医理由,采摘大自然的灵药仙草,用最质朴的方式医好了局长母亲的病,同时还让局长明白了为官乃至做人的道理。来自民间、来自底层的老百姓永远是源头活水,他们大多数默默无闻,为生活而奔波,却有善良淳朴的心。

(蔡雪松)

傻二定定地望着众人翻飞不停的嘴唇，一脸木然。嚷得急了，傻二说，你你你，你才傻蛋哩

捡破烂儿的傻二 墨　村

　　让傻二成为名人的那一天，与以往的每一天一样稀松平常。当傻二从被窝里钻出来打着哈欠的那一天早晨，也没有什么预兆。天一亮，傻二就起了床，顶着一张眼角爬满眼屎的脏脸，背起蛇皮袋，打着哈欠，艰难地拐瘸着，走一步，肚子往前用力一拱地到大街上去上班。傻二近来一直睡不好，邻居赵一家的哭声就像一根钝锯条，哧啦哧啦地在他的心上拉，拉得他身子一抽一抽的。

　　脂粉扑鼻的小城风景挑不起傻二的兴奋神经，唯有那些被人遗弃的碎铜烂铁废纸塑料瓶才能使他眼睛放光。

　　在一群苍蝇忙碌的垃圾筒边，当傻二捡到一双半大的小孩皮鞋时，竟莫明其妙地产生了一种说不上来的冲动。这种说不上来的冲动，使他毫不犹豫地将右手伸进了一只皮鞋里去。

　　皮鞋里空空如也，什么东西也没有。

　　傻二不灰心，心中的那种冲动正汹涌澎湃，一浪高过一浪地前赴后继，没有个完。傻二鼻头涨红，又将手伸进了另一只皮鞋里。

　　傻二的心怦怦直跳。激动使他唯一的那条好腿一个劲索索战栗，这便害苦了那条病腿，本不稳实的脚下支撑点稍一懈怠，整个身躯失了重心，极不甘心地扭了几扭，一个趔趄，大脑壳便跌进了垃圾筒。

　　傻二喘吁着抬起头，摇落满脸的泥土纸屑，从皮鞋里掏出了一卷纸。一层层打开这张画满儿童画的纸，里面竟躺着一沓钱。这十张面值仅为 1 元的钱使傻二的呼吸又开始了急促。

傻二站在原地不动了。他停下了自己的工作，张着漏风的大嘴朝来来往往的行人不停地问，你你你，你皮鞋里藏钱了么？想物归原主的傻二，热脸蹭到的却是一张张冷屁股。傻二很失望，有点不知所措。

突然，街对面响起一阵鞭炮炸响声，吓了傻二一跳，身子扭了两扭。不等那一团团刺鼻的硫黄硝烟味散去，那里便围上了一群人，车水马龙的大街上飞速滚动着一个激动人心的消息：有人在这家投注站，买彩票中了 15 万！

望着疯了似的红男绿女们嗷嗷直叫的激动样，赵一家的哭声钝锯条样，又开始咔啦咔啦在他的心上拉，拉得他身子一抽一抽的。傻二想，"偷猪站"不偷猪，卖变钱的"菜瓢"？15 万有几多，能装满我这蛇皮袋吧！傻二兴奋了，并又一次产生了一种说不上来的冲动。

傻二高举着这沓钱，一溜歪斜地拱进了人群里。傻二不知道他丑陋的夸张动作，让每一个人背后多了份担心，受到了一种不安全的威胁。一头乱发沾着几根麦草的傻二个子矮小，一张瘦脸从没洗过，就那么一塌糊涂，与积满了黑色污垢的粗糙双手遥相呼应，细脖子缺筋少肉没了支撑，一颗大脑瓜就那么永远地耷拉着，佝偻着腰身，瘸一条小儿麻痹腿，走一步，肚子就要用力往前拱一下。

这动作，让傻二挨过不少不明就里的女人们响亮的耳光。傻二极委屈。傻二挨打多了，做梦都想改正这动作，努力了十几次，连跌了十几个跟头，还磕飞了一颗门牙，也没能改正过来。傻二便死心了。他改变不了，他没有办法，所以走起路来依旧一拱一拱的流氓着。

傻二长驱直入的一拱一拱又一拱，咄咄逼人，使接触到和没有接触到的女人们花容失色，神经质地尖叫着抱头鼠窜。傻二视而不见，只一味地冲刺冲刺又冲刺，浑身浓重的汗臭味一股股左冲右撞，熏歪了男人们不可一世的嘴脸，他们惊慌地迅速给傻二闪开了一条宽宽的道。傻二畅通无阻，非常顺利地拱进了投注站。

买个"菜瓢"真麻烦，还要用笔在纸上不停地我画我画我画画画。傻

二有些迷惘。营业员小姐一脸不屑,但舍不得傻二手里举着的钱,葱指样白皙的指头徒劳无用地横挡在鼻孔前,会填吗?

舔,舔马?傻二张着漏风的嘴,我,我没有舔过马,我舔过碗,舔过盘子,舔过手指头,就是没有舔过马。

小姐忍俊不禁扑哧一笑,乘虚而入的汗臭使她立刻又恢复了以前的动作绷紧了脸,打什么岔?我是问你会不会在这上面画?

赵一家的哭声钝锯条样,又开始哧啦哧啦在他的心上拉,拉得他身子一抽一抽的。傻二摇了摇一头乱发,几根沾在脏发上的麦草激动地振翅欲飞,可最终没有阴谋得逞。傻二的头不摇了,脏脸上堆满了歉意的笑,噢噢噢,你你你,你帮我画画吧,我就这钱。

就这么,傻二拥有了一张彩票,一张有着七个同样数字的五注彩票。就这么,被小姐胡乱涂抹的五注彩票让傻二中了五个三等奖。

"捡破烂儿的傻二买彩中了3万元!"

涅阳城登时炸了。

"捡破烂儿的傻二将钱送人了!送给在建筑工地打工摔断了腰的邻居赵一了……"

涅阳城又一次呆了。

"唉哟,傻蛋呀,那可是嘎嘎响的大票子呀!"

"唉哟,傻啊,有这钱你就不用再捡破烂儿了!"

傻二定定地望着众人翻飞不停的嘴唇,一脸木然。嚷得急了,傻二说,你你你,你才傻蛋哩,你才傻哩!赵家人好,他们不叫我傻二,叫我李二福。赵一腰断了,他们家天塌了,老婆卖血的钱,也被人偷了,一家老小搂成一堆嗷嗷地哭……

傻二双眼潮潮的,朝一圈人翻了个白眼,背起脏兮兮的蛇皮袋一拱一拱地走远了。

　　安安吓得双手一松,一碗鸡蛋摔在了地上,当他温热的手掌贴到吴芜鼻端时,已冰凉了。他顿时满面是泪,凄伤地对妻子说,你母子的生命,是老先生拿命换来的呀!

最 后 出 诊 刘文勇

　　吴芜在九龙镇行医 40 多年, 医德义泽如滋润小雨, 灌溉四乡八镇。但他老了,只能在家坐堂,很难出诊了。乡民知道他、理解他,大小病甚至重病,都雇车到镇上,不愿让他出行,以免累倒在哪里。

　　吴芜有个心病,老伴是个病秧子,整年躺床上。实际上,老伴并没什么大病,皆因在他们 40 岁的时候,儿子溺水。老伴当时喊他去找儿子,他说,你看,这么多病人,怎么走得开,你自己去找吧! 就这样,儿子没有了。当儿子的遗容映在他面前时,他两行热泪夺眶而出,且一直流到如今。平时泪水盈满眼眶,脑子里一旦出现儿子相貌,那不听话的泪水就江河一样滚滚而流。但他没有后悔,而老伴不行,她躺倒了,一躺就是二十多年。老伴思维不清,嘴里念叨儿子,要给他再生一个儿子。吴芜知道,那是不可能的事。但他对老伴,百般温柔,殷勤侍候。这段日子，他感谢南湖的安安两口子，他们从湖里上来，总是为他带来许多新鲜蔬菜。安安妻子手脚麻利，为他洗、涮、缝、补、烧、燎。安安妻子怀孕了，挺个肚子忙得不可开交，一点不显得累。吴芜对安安说，不要太累了，你妻子尤其需要休息。

今年冬天，大雪纷飞，雪下了一尺多厚。大地莹白，满天白茫茫的，雪没停的迹象。这时候，吴芜老伴不行了。她双手搂着吴芜的脖子，喃喃自语：对不起、对不起！没给你留后。吴芜只是流泪，嗓子哽咽得说不出话。老伴双手一松，走了！吴芜一下傻了，手足无措。街坊邻居得知消息，纷纷前来，为他办事。天，也就慢慢地黑了，九龙镇沉浸在悲哀中。

你说这事赶得！南湖安安的妻子肚子疼起来，要生了。这么大雪，安安没法将妻子弄到镇上，他就像丢掉魂一样拼命往镇上跑，他要请吴芜为他老婆接生。

到了镇上，安安才知吴芜家办丧事。但事关妻子安危，他不能不说请老先生去为他妻子接生的话。邻居们说，老先生家出事了，你好意思开口。吴芜说，救人要紧，何况还有新生命。他不顾身心疲惫，准备好器具，让安安拿着。就与安安踏着没脚的雪走了，穷冬恶风，大雪飘飘。走了不到一里，吴芜实在走不动了，对安安说，歇会儿吧！安安说，我来背你。安安背起吴芜，连走带跑，约走三里，安安已是呼呼大喘，上气不接下气了。他不得不对老先生说，歇会儿吧！吴芜下来就说，年青人，人命关天，走吧！拔腿往前走。

到了南湖安安的房子，吴芜走进去，产妇喘息紧迫，吴芜赶紧对安安说，快烧盆热水。就快步上前，检查产妇胎况，着手为产妇接生。他"哎呀"一声说不好，是逆胎。片刻未停，忙着为产妇整胎。整整半个钟头过去了，狂暴的风雪中，茫茫的旷野里，婴儿的哭声顿时响彻着农家的雪房。

安安见母子平安，顿时高兴得不知说什么好，忙将热水端到吴芜面前，说，你先洗洗，我煮几个鸡蛋为你垫垫饿。粗心的年轻人，他没注意老者面容，忙着去煮鸡蛋。当他将热气腾腾的鸡蛋端来时，他看到，吴芜双手戴着沾满孕妇血的皮手套，已安静地躺到地上了。

261

安安吓得双手一松，一碗鸡蛋摔在了地上，当他温热的手掌贴到吴芜鼻端时，已冰凉了。他顿时满面是泪，凄伤地对妻子说，你母子的生命，是老先生拿命换来的呀！

人 生 悟 语

一个最普通的小镇医生，不仅有着高超的医术，更有舍己为人的崇高医德。儿子和老伴先他而去，老先生最后拿命换来了孕妇母子的平安，浓厚的悲剧色彩让老先生的形象显得更为高大和令人感佩！若世间多一些这样的医者，真是天下苍生之福！

（蔡雪松）

大姑浑身颤抖着，文件从她手中滑落后在空中翻了一个跟头，落在了她的脚前，泪水顺着她的脸颊淌了下来……

程　序　刘万里

我大姑是位民办教师。

大姑所在的学校在深山老林里的半山腰上，这里交通闭塞，又不通电，这是方圆几十里唯一的一所学校。所谓的学校是由当年的仓库改建而成的，如今已破烂不堪，土墙已裂开了缝，屋顶可见阳光，特别是下雨天，教室里潮湿一片。大姑是这所学校里唯一的老师，大姑带着4个班，复式教学，从一年级到四年级，可见大姑的工作强度是多么大。就是在这样一所学校里，大姑一干就是20年，每月工资100元，就是这仅有的工资还经常拖欠,拖欠最久的一次竟达一年。

由于学校年久失修,家长们有点不放心,每年都有学生辍学,大姑就翻山越岭去劝家长,经过大姑苦口婆心的劝说,孩子们又回到学校时,这一天大姑就特别高兴,但有的孩子无论你怎么做工作就是不来学校,大姑望着那空座位经常发呆,有时就有种想哭的感觉。

大姑熬了一个通宵,写了一份学校需要资金维修的申请报告。

大姑揣着申请报告,推开了村长的办公室。大姑说,学校再不维修,存在安全隐患……

村长打断大姑的话说,我知道了,现在经费紧张,要层层申报,你的报告先放在我这里,经研究后我们一定上报上去,这是一个程序的问题。你先回去吧,一有消息我会通知你的。

转眼一年过去了,大姑见没动静又去找村长。

大姑说,现在辍学的孩子越来越多,学校再不维修,随时都有倒塌的危险……

村长打断大姑的话说,经过村委会讨论后,我今天已把你的报告递到乡上去了,这是一个程序的问题,你先回去吧,一有消息我会通知你的。

又是一年过去了,大姑见没动静就去找乡长。乡长没在办公室里,在酒楼里。大姑推开门后,看见了桌上摆满了丰盛的酒菜,这一桌最少也是两三百,大姑自报家门后,说,学校再不维修,随时都有倒塌的危险……

乡长摆了摆手,满脸不悦地说,你的报告昨天我已递到镇上去了,你先回去慢慢等吧。

大姑说,我不能再等了。

乡长摆了摆手说,这是一个程序的问题,你没看见我正在忙着陪客人吗?

大姑回去后痛哭了一夜。

花开花落,冬去春来,转眼又是一年过去了。学校的土墙已开始倾斜,用几个木柱衬着。大姑见不能再等了,她把3年前写的那份报告底子翻了出来又重新抄了一遍,就直接来到了县教育局。

局长翻了翻大姑的申请报告说,我昨天收到一份一模一样的报告,也是你写的,我还没细看,等我们研究后再给你答复。

一年后,经费拨到了镇上,镇上又拨到乡上,经过层层"拔毛"到村上时已所剩不多了。

大姑知道钱已拨到村上,就去找村长。村长没在,有人向她努了努嘴,意思是到对面的酒楼去找。大姑推开了酒楼的门,村长果然在,正在喝酒划拳,还有几位她不认识。村长见了大姑,打着酒嗝说,我们正在研究,你也知道,这是一个程序的问题,你先回去,我们尽快解决。

大姑想说你们研究怎么在酒楼里研究,话到嘴边大姑忍住了,钱毕竟还在人家手里。

一个月后,大姑又去找村长。大姑说,现在是暑假,正好修补学校。

村长不高兴地说,我们正在研究,你急啥吗? 你还想不想转为公办教师?

九月份开学后,秋雨绵绵。大姑知道不能再等了,她利用中午休息时间去找村长,大姑说,现在真的不能再拖了,万一学校倒塌了砸伤学生,你担得起这个责任吗? 今天不给钱,我就不走了。

村长抽完了一根烟后说,那好,我去会计那里给你办手续。

一会儿,村长把 10 张百元纸币摔在大姑的面前说,这是 1000 元,你写个 5000 元的收条。

大姑说,这是 1000 元,怎么叫我写 5000 元收条?

村长板着脸说,你这人怎么这么多话,你还想不想转为公办教师? 一句话,要不要? 不要我就收走了。

大姑写完收条,把钱揣好后就朝学校赶去,这时雨越下越大,大姑跑了起来, 她担心教室里的孩子。大姑赶到学校时, 教室里积了很多水,土墙经过雨水的浸泡后随时都有倒塌的危险,大姑一边排水一边大声喊道,大家快离开教室。这时屋顶的檩子在喳喳作响,几片瓦片落在

了讲台上。大姑声嘶力竭地喊道，大家快跑！学生们都朝教室外跑去。几个一年级的学生吓呆了，坐在那里一动不动，大姑冲了过去抱起他们朝教室外跑。当剩下最后两个同学，大姑夹起他们朝门外跑时，屋顶的檩子断裂了，砸了下来，接着墙开始倾斜朝他们倒来，大姑情急之下把两个孩子压在身下，轰的一声墙倒了下来。

大姑醒来时才知自己躺在医院里，她醒来第一句话就是，孩子呢？他们怎样？当大姑得知，一个孩子已脱离危险，另一个因失血过多而死了时，大姑再一次晕倒。

大姑拄着拐杖出院了，她的一双腿已废了，拐杖将伴随她一生。这时教育专干找到大姑谈话，他拿出一份红头文件递给大姑。文件上写着对这件事的处理情况，所有的责任都在大姑一人身上，首先，上面拨的资金，大姑没能及时修补学校，如果修补及时不会出现这种情况。其次，出事的当天，大姑曾离开学校，玩忽职守，没能及时排除险情。文件最后是对这起事故的责任人大姑予以解聘。

大姑浑身颤抖着，文件从她手中滑落后在空中翻了一个跟头，落在了她的脚前，泪水顺着她的脸颊淌了下来……

人 生 悟 语

这所学校四个年级只有一个老师，这位可敬的老师为争取修建学校危房的经费屡次上下奔走，而那些村长、镇长等却一再推脱，还层层克扣拨款，最后事故发生了，责任却由老师一人承担。不可否认，现实中也存在着这种丑陋的现象。铲除这种现象，建设一个美好的社会，需要我们每个人共同努力。

（蔡雪松）

桥是拱形的，人们说那是罗锅趴着的样子。竣工的那天，村长重新带领大家到罗锅的坟前，深深地鞠了三个躬。

罗 锅 桥 吴宏博

罗锅拉着他收破烂的车子，沿着河岸向村子走来。河水不深，却流得很急。

他听见了孩子们的笑声。是对岸孩子放学回来了，打闹着，笑着。河这边有几个家长已早早地站在那儿等他们。因为河上没有桥，家长们不放心，每天接送孩子们过河，这已成了村里一道不变的风景线。

罗锅远远地站在那儿，静静地看着孩子们一个个被家长背过河来。他无儿无女，是村里的老光棍，整天拉着那辆破车子，到周围几个村子收破烂。罗锅叫得久了，他的真实姓名已慢慢被人忘记。

"该有座桥了！"罗锅看着那群可爱的孩子，突然就有了这么个想法。

这时河岸不远处的坟地里响起了一阵鞭炮声，过了河的孩子们就飞跑向坟地，去捡那些哑炮玩。那是村里的石蛋在为未过世的父母砌砖墓，今天是竣工的日子。

村里这几年兴起了砌墓热，才四五十岁的人，儿女就把墓给砌好了，就好像是单等着死了。那一大片坟地已快被占完了。

罗锅向坟地望了望，叹了口气，拉着那辆破车子，一路"咯吱"着向村子走去。

以后罗锅每天都要从这河边经过，远远地看着孩子们一个个地过了河，他才离去。嘴里念叨着：就在那儿吧，河床窄些。需要 5000 块，每天拉 50 块……

人们发现罗锅每天回来,车子上都拉着 50 块砖,在那河岸上一步步吃力地向村子走来,那背就弓得更高了。他毕竟已是 60 岁的人了。

一天、两天,两个月过去了,罗锅的门前已码了一大堆砖。

人们都说罗锅防老,没有儿女,就自个儿准备起了砌墓的料。有的干脆说,一个老光棍砌啥墓,死了随便挖个土坑一埋不就得了,真是眼红了,人家子孙满堂,你有吗?

罗锅仍然往回拉着砖,听说是每天将收的破烂卖了,顺路回来在砖瓦厂换成 50 块砖。再多了他买不起也拉不动。

一月又过去了。罗锅望着家门前那堆砖,心里想着那座桥,他仿佛看见孩子们唱着歌从上面欢快地走了过去。快了,再过几天就够了!他笑了,脸上那深一道浅一道的,分不清哪些是皱纹,哪些是笑容。那堆砖在夕阳里红得就跟血一样!

几天后,人们无意间发现罗锅已死在了那间破屋里,眼睁得圆圆的。人们估计是得了什么急症。没有人认为有什么可惜的,不就一个罗锅吗!

最后村上出面,用罗锅的那堆砖为他砌了座墓,帮他把眼合上,葬了。葬埋的那天,村长带领村里人,在坟前为他点了炉香,鞠了三个躬,说:"罗锅,你终于如愿以偿,睡在了砖砌墓里,地下有灵,也该瞑目了吧!"什么回声也没有,只有那风把纸钱吹得四处乱飞。

人们很快就淡忘了曾经的罗锅,村里好像什么也没少。

十几天后,外村一位泥水匠来找罗锅,人们告诉他罗锅死了。泥水匠说:"死了,怎么就死了!一月前他在我们村收破烂时,告诉我说是等料齐了,让我给你们村盖座桥!那时他还好好的吗!"

"桥!什么桥?"村里人很奇怪。

"怎么,你们不知道?他说你们村孩子上学不方便,便决定用捡破烂的钱给村旁的小河盖座桥!我今天就是来看看料准备得怎么样了。"

村人恍然大悟,他们这才想起了曾经的罗锅,明白了罗锅曾有的心愿。

一月后,一座桥横在了村旁的小河上。桥是拱形的,人们说那是罗锅趴着的样子。竣工的那天,村长重新带领大家到罗锅的坟前,深深地鞠了三个躬,说:"罗锅,安息吧,你的心愿我们替你完成了!噢,我们还给它起了个名字叫'罗锅桥',好吗?"

小河日夜哗哗地从桥下流着,桥上那三个"罗锅桥"的红漆大字在阳光下灿灿生辉。

几个小时后,醒来的小雪发现自己躺在自家的床上。立伟,大李两个人站在一旁,立伟声音哽咽的告诉她事情的真相。

飘逝的小雪 李子胜

如夏日飞虫般的细雪悄然降落在这座进入初冬的小城时,一个名叫小雪的女子正坐在自己的酒吧中,透过玻璃门,无比愁闷的凝视着被傍晚的车灯照耀着的雪花。明天,出国打工满5年的丈夫就要回来了,这本来是件喜事,可时光流转,物是人非,小雪已经决定与丈夫离婚了。这使她难以启齿。虽然她与方刚一个月前已经在给丈夫的信中挑明了这层意思；虽然，她把丈夫打工寄来的 50 万元钱全部准备好，准备一分不少的当面交给他，小雪依旧心神不宁。这几天在梦中，她总看到丈夫目光凄苦地望着自己，每每她会惊出一身冷汗，常常是伏在方刚胸前，她才能安宁入睡。

"你与丈夫从恋爱、结婚到分开，一共才两年时间，可你们已经分开 5 年啦！"方刚总这样劝她。

小雪是经人介绍认识的丈夫，他们的结合平淡如水，小雪以为生活就该如此。在下岗之前，她与丈夫生活还算幸福。可他俩所在的工厂像一个鼓胀的气球被刺了一下，转眼之间就完了。双双下岗后，因为生活艰难，小雪连孩子都没敢要。不得已，她到一家酒吧做了服务员，每天要面对脑满肠肥的客人色迷迷的如蛛丝一样黏的目光。小雪感觉如同在大庭广众被脱得只剩下内衣一样尴尬。丈夫与 4 个懂得电气焊的工友一商量，东挪西借了几万块钱，签了 5 年的劳务合同，去了国外。

小雪的生活变了，她每月都会收到近万元的汇款，一年后，她拥有了一家属于自己的酒吧；而方刚，就是在酒吧中结识的。方刚是个热情奔放的人，他热烈地追求她，送鲜花，送戒指……，这使她难以拒绝。如同喝惯了白开水的人得到一杯香浓的果汁，一下子就被这醇厚的味道迷住了。

酒吧的玻璃门被推开，高大健壮的方刚抖落头上的雪花走了进来，小雪心里一下子泛起一股暖意，冷清的酒吧也似乎变得温暖安宁了。

"我找了辆桑塔纳，明天我开车去机场。"方刚说着，坐在了小雪身边，小雪点点头，欲言又止。"别多想了，我们有理由追求自己的幸福，这有什么过错吗？"方刚让小雪靠在他的胸口，安抚着她，"我们又没有故意伤害谁呀。"

第二天，小雪与方刚准时来到机场。丈夫回国的时间是同去的立伟打电话告诉的。自从小雪与方刚把那封信寄出后，丈夫就再没有来信，而除了刚外出的第一年，丈夫也很少打电话，书信也不多。

迎面而来的人流在前面突然拥挤起来，小雪的心怦怦直跳。"出来了。"方刚小声说。果然，大李、立伟几个熟悉的身影迎面走过来了。"他们苍老多啦。"小雪感叹。当立伟走近了,小雪发现他手里捧了个乌黑的匣子,她丈夫的照片端正的嵌在中间。"骨灰盒!"小雪头脑中猛然闪现出这3个字眼! 小雪一下子瘫软在方刚怀中。

几个小时后,醒来的小雪发现自己躺在自家的床上。立伟、大李两个人站在一旁,立伟声音哽咽的告诉了她事情的真相。

他们5个人打工的头一年很顺利,可是小雪的丈夫在一次事故中为了抢修一台即将烧毁的机床,挺身而出,冲进了冒着火苗的厂房,结果被倒下的铁架砸成了瘫痪,而这事故正是立伟他们违规操作造成的。如果设备烧毁,他们会被解雇不说,赔偿机床也会使他们白来一趟。机床最终保住了,而小雪的丈夫就成了废人。从那以后,立伟他们就多打一份工,把收入凑出一份寄给小雪,一直寄了4年!

"大哥本来挺乐观的,手里总拿着嫂子你的照片看,可不知为什么,快回家了,他……他却自杀了!"立伟说。

"……他是自杀的? "小雪声音微弱地呢喃着。

"是的,我们都上工去了,他割了动脉,血整整流了一地啊。"大李说。

立伟掏出一张小雪的照片,上面的血迹已经退色,隐约可以看到大拇指留下的痕迹。

在这座小城东部,是一片刚刚出售的公墓。小雪和方刚伫立在新砌好的一座花岗岩墓碑前,那墓碑上,赫然镶嵌着一对年轻夫妇的照片。男的是小雪丈夫,而女的是小雪——这是小雪执意这么做的,她说她要陪伴着丈夫,因为她是丈夫生命的希望,过去的小雪已随丈夫一同故去了。

细雪已经时断时续地下了3天时间, 在回去的路上, 雪花又密集了, 小雪表情凝滞地透过汽车玻璃看着雪花飞舞,洁白美丽的雪花在初冬降落,但她们的生命只在半空中,一落到地面就消逝得没了踪影。

转天早晨,方刚被什么声音吵醒了,他发现他的手机有段简短的留言:"你知道吗? 我丈夫4年前在国外因为救几位工友被砸成瘫痪,几年来他寄回国的打工收入都是那4位朋友挣来分给他的,本来我是他活下来的唯一希望, 可咱俩寄给他的信使他彻底绝望了——他是自杀的……我决定离开这座城市，永远不再露面，你也别去找我。幸福多像这雪花，美丽却难以拥有。"

方刚匆匆穿好衣服，他冲到街上。寒风令他清醒了许多，他发现外面依旧雪花飞舞，在即将熄灭的街灯下，雪花欢快的舞蹈，她们看起来伸手可得，但湿漉漉的地面融化了她们，成为她们永远的坟墓。

人 生 悟 语

　　"幸福多像这雪花，美丽却难以拥有。"这对男女拥有幸福的爱情，可是对逝去丈夫的负疚之情将使他们的灵魂永远难以平息。生命中总是会有一些遗憾和难以消解的隐痛，恰像心上的一根刺深深地扎在那里，让我们每个人都学会放下吧，这何尝不是一种铭记？

(蔡雪松)

在内心深处守住那些最坚实的东西：善良、
爱、真诚……我们才会拥有一个温暖的人生。

心中**的**佛

佛与人，看似离得很远很远，其实，生活中无处不蕴含着禅机和禅意。当我们对人宽容友善时，我们就是佛；当我们放下心中的石头，微笑着面对世界时，我们就是佛；当我们怀着一颗感恩的心，来打量人生和社会时，我们就是佛。

不悟一辈子都没忘记苦空大师送别时说的话。
苦空大师说了什么呢？

心中的佛 何一飞

尘世里的人说，做了宝光寺的方丈，梦里都会欢喜死。

宝光寺是座大寺，僧众 200 多人，有道高僧也不少。别说尘世里的俗人，就是宝光寺的僧人也说，能做上方丈，那是几辈子修来的福气和缘分。

但宝光寺的僧众都知道，下一任方丈就是 32 代弟子不悟。不悟一岁进的宝光寺，是被宝光寺的佛音养大的，20 年来心无旁骛，潜心佛学，参禅解佛，通幽入微。年纪轻轻，已是宝光寺藏经阁的主事，深得方丈苦空大师的喜爱。有了大香客，苦空大师往往是携了不悟亲自作陪。

寺是大寺，香火就盛。进香的善男信女整日络绎不绝，就像寺前愚溪的水，长年没个断的时候。

乐极楼的小红唇进香来了。小红唇是经常来进香的，有人就想，小红唇一个妓女，烧的什么香拜的什么佛呢？

水镇的人在外面喜欢问别人："去过水镇吗？"

被问的人摇摇头说："没去过。"

水镇的人就一脸的遗憾说："可惜呀可惜，水镇都没去过，那不白活了吗？"

对方心痒痒的，就问："水镇有什么呢？"

水镇的人于是自豪地说："水镇有乐极楼，乐极楼有小红唇。"

　　名满五府十八县的小红唇是男人的梦想与欲望。

　　小红唇是宝光寺的大香客，香火钱每次都是一张二百两的银票。

　　方丈苦空请小红唇用茶，不悟在下首作陪。小红唇看着不悟浅浅地笑，不悟低了头，觉得自己有了魔障。

　　小红唇离开宝光寺时，被高高的门槛绊了一下，身后送行的不悟扶住了她。小红唇笑了，银格铃铃的笑声撕破了宝光寺肃穆的天空。

　　"罪过，罪过。"不悟在心里说。不悟扶住了小红唇胸前丰腴而绵软的欲望。

　　小红唇进香更勤了。来了就"不悟、不悟"地叫，叫得不悟心如鹿跳。不悟在禅房诵佛的时间更长了，不悟觉得只有在庄严的佛号声中才找得到宁静和平和。

　　"不悟，你是一只鸟，在我心里筑了巢呢。"小红唇说。

　　"不悟，你还了俗娶我吧。"小红唇追着不悟说。

　　"不悟，我是一朵花呢，我把我的美丽绽放给你。"小红唇拉着不悟的袈裟说……

　　初秋的时分，宝光寺的一池红莲开了。

　　如焰的红莲恰如小红唇绽放的激情与胴体。不悟抱住小红唇的时候，觉得自己是一轮喷薄而出的太阳。

　　"师傅，我背叛了佛。"不悟跪在苦空大师的座前。

　　"缘来缘去，哪有什么背叛之说，"苦空大师说，"你去吧，小红唇在寺外等了你9天。"

　　不悟一辈子都没忘记苦空大师送别时说的话。

　　苦空大师说了什么呢？

　　苦空大师说："不悟，你找到了你的佛。"

盛全听了一愣，随之一想，这未必不是好事！心里就像蚂蚁一样，有个意念在心里爬动。

红梅·白梅 曹冠秀

　　红梅平时没与白梅说过话,却很同情白梅的丈夫盛全,他们在一个学校教书。

　　白梅不喜欢盛全,一直闹离婚。觉得他窝囊,快到40的人,要钱没钱、要职没职,整天教书,穷酸。她是医生,跟教书匠,错了!日子不顺心,就闹离婚。盛全为了6岁女儿赢赢着想,不同意,拖着,一年、两年,白梅为离得快,竟红杏出墙。还经常与情人手挽手、臂碰臂的在大街上行走。盛全忍无可忍,同意离,就离了。

　　离时,为赢赢,两人颇费周折。盛全不同意赢赢跟白梅,白梅不同意赢赢跟盛全。两人僵着,就问赢赢。女儿哭得厉害,又想跟爸爸,又想跟妈妈。到底跟谁?赢赢选择不好!盛全提议,赢赢跟他,他付白梅10000元,白梅可以随时来看赢赢。白梅不同意,她说她可以付给盛全15000元,但盛全以后不能再见赢赢。两人互不相让,经调解,孩子轮流过。她想在爸爸处过,就在爸爸这里过;想到妈妈那里过,就到妈妈那里过。两人达成协议。

自由了,白梅反而规矩了,与她上过床的、手挽过手的、臂碰过臂的男人,一律不沾。在外租间房,过自己的日子,好像很潇洒。

相反,盛全日子过得捉襟见肘。他不会做饭,不会洗衣,更别说洗被、洗大件了。女儿哭着说,你认个错,还与妈妈一起过吧! 盛全对赢赢说,不是我认错与不认错的事,是你妈妈心里没有我,我天天跪在她面前,她也不会再跟我。

红梅丈夫死了3年了,带儿子甜甜过日子。甜甜与赢赢差不多大,经常一起玩。一天甜甜对红梅说,妈妈呀! 你看盛全叔叔好可怜,赢赢天天吃糊饭,我们不能一起过吗? 红梅说,你不懂,不是一家人,咋能一起过? 甜甜就理直气壮地说,我们就并成一家! 红梅没法说服儿子,不再理儿子。但儿子却不屈不挠,天天缠妈妈。红梅有时为安慰儿子,答应儿子并成一家。甜甜就去找赢赢,对赢赢说,妈妈已经答应两家并一家,你回去对盛叔叔说说。赢赢就像报喜的喜鹊一样,对爸爸报告了好消息。盛全听了一愣,随之一想,这未必不是好事! 心里就像蚂蚁一样,有个意念在心里爬动。见了红梅面,显得很亲切! 红梅呢? 见盛全对自己有意思,一来二去,心里也就有了。

又是秋天了,满天满地都是成熟的果实。为过冬,家家都开始储藏吃的、烧的;也开始准备棉衣与棉被。红梅主动地为盛全拆洗衣被,为赢赢做棉袄、棉裤。盛全也不声不响地为红梅买好米、面、油,还有蜂窝煤。有时忙过头了,他们就在一起吃饭,甜甜与赢赢就特别兴奋。两个孩子在饭桌上向大人发表宣言,他们已经成了一家人,以后不要再分开了。红梅看盛全,盛全看红梅,都没作声。

赢赢不到白梅那里去,白梅就想女儿。她买了许多赢赢爱吃的、爱玩的来看赢赢。赢赢告诉她,以后不要来了,她家已经与甜甜家并成一家了!

白梅心里"咯噔"一下,心里不舒服起来。白梅回去后,突然感到盛全是世界上最好的男人,甚至盛全的许多缺点,也变成了优点。她仔仔细细地回想了盛全,感到这样的男人,才是真正过日子的男人。

她痛责自己,自己的问题少吗?与别的男人手挽手、臂碰臂,盛全没说她;甚至与情人上床,盛全也没责备她。错,不在盛全,而在自己呀!

白梅就约出盛全,问他能不能原谅她!盛全说,为赢赢,他始终都没有责备过她。白梅哭了,再问他,还能不能在一起?盛全听了犹豫起来,就对白梅说,这个,我得想想!

盛全问赢赢,你是喜欢妈妈,还是喜欢甜甜的妈妈呢?赢赢告诉爸爸,都喜欢。盛全再问女儿,谁是你的最喜欢呢?赢赢不假思索地说:"当然是自己的妈妈!"

白梅又约盛全,问他想好了吗?

盛全说,想好了!

人 生 悟 语

　　故事的结尾虽然没有明说,但是已经没有悬念了。娓娓讲述的文字没有贬低和歌颂任何人,同时写出了生活的琐碎、平凡和伟大。看似平淡的日子却蕴藏着最宽厚博大的情怀,就像主人公盛全的那颗心。

(赵辉峰)

　　洪老三刚想开口说几句宽心的话,方士仁已不耐烦地挥挥手,你走吧,我们家再也不想听到你的乌鸦声。

街　　坊 肖建国

红花口是一个不起眼的小镇,地形像一把镰刀,镇政府就坐落在镰刀头上。

镇政府后面有两条街,一条卖菜,一条卖小吃。两条街的交叉处,住有两户人家,靠手艺吃饭。东边的叫洪老三,修自行车为生。西边的方士仁,专门定做各式各样的牛皮鞋。

两家都来自江西,喊老表,很亲热,走的也很近。

方士仁能在红花口安营扎寨,多亏洪老三。

那年方士仁听说南方皮鞋生意好做,就带着老婆来红花口找点商机。不想在火车上被人拎了包,不但丢了钱,也丢了所有的证件。到红花口后,经老乡介绍,认识了洪老三。

洪老三以前是一家国营机械厂的技术员。车床、刨床、铣床样样精通,因参与制造假钢印坐了牢,出来后,无颜待在家乡,就随打工的大军来到南方这个小镇。

洪老三修单车,代办假证,日子过得很顺畅。办假证,他有自己的原则,假证一定要真。这话让老表们听起来很搞笑。洪老三解释说,就是真人真事,只不过真的证件丢了,为解一时之急,才办假的。其他的,比如不是记者的办个假记者证,不是军人的办个假军官证,免谈。

方士仁找洪老三就是要办个假身份证,没有身份证,他开不了店。方士仁来时,正赶上洪老三修车高峰期,补胎的、充气的、校圈的、换零件的,嘈杂一片。方士仁是手艺人,眼里有活,见洪老三忙,赶紧挽起袖子打打下手。这就给洪老三一个很好的印象。

有老乡作证,洪老三只用了一天工夫就给方士仁办好了假身份证。方士仁一看,这假的简直跟真的一模一样。方士仁心里当时就一动,想跟洪老三学办假证。这玩意儿来钱容易,有市场。

洪老三把头摇得像拨浪鼓一样,连说不可不可,这是违法的事呢。

方士仁想,求财不能性急,要慢慢来。于是就在洪老三档口的旁边租赁了一间房,由洪老三担保,免收押金,开起定做皮鞋店。

两个老表聚在一起,自然是无话不谈。生意不忙时,各炒一个小菜,凑在一起就喝酒。

但只要方士仁问到办假证的事，洪老三就缄口不语。方士仁说，老表，这是市场经济，有钱大家赚，你告诉我一些门道，我帮你去拉生意。

洪老三只是摇头，不点头。方士仁心里就不愉快，暗骂洪老三吃独食。

转眼，一年就过去了。方士仁的儿子方猛从内地来红花口打工。这方猛17岁，爱吃爱穿爱玩，很花。方士仁托人给方猛找了一份在银行干保安的工作。但人家要的条件比较高，一要高中毕业，二要是退伍军人。方士仁拍着胸脯保证他儿子样样合格。

晚上，方士仁把洪老三请到家里，先喝酒后讲话。方士仁说，老表，这是关系到孩子前途的事，你一定要帮帮忙。就两个假证，要多少钱都行。方猛也过来敬酒，左一个大叔右一个大叔地叫，叫得洪老三不应承下来心里就如同犯罪一般。

这时候，有位客人来买皮鞋，掏钱时不小心散落了一张伟人头。方猛看见后，忙走过去，装着拿鞋盒，一脚踏在钱上再也不肯转身。等客人离开，一把抓起钱塞进了自己的口袋。这一幕被方士仁和洪老三都瞧得清清楚楚，方士仁没言语，继续劝洪老三喝酒，喝酒。

回到家里，洪老三翻来覆去一夜没睡好。

第二天，方士仁来取证件，洪老三吞吞吐吐地说做不了。方士仁急了，问，为啥啊？

洪老三说，老表啊，银行那地方不是一般人能待的，你儿子确实没那个材料，最好别去，我是怕他去了反而害了他。

一席话气得方士仁差点没把唾沫吐到洪老三脸上。死了你张屠户，难道我还吃带毛的猪！

方士仁又找了一家办假证的，没几天，方猛就到银行去上班。从此，方士仁再也不理洪老三。

几个月后，方猛果然出事了，这小子竟和几个人密谋抢劫储户，被公安抓个正着。

洪老三得知这一情况后，赶紧去安慰方士仁。看到洪老三，方士仁

脸都是青的，双眼散发出冰冷的光。洪老三刚想开口说几句宽心的话，方士仁已不耐烦地挥挥手，你走吧，我们家再也不想听到你的乌鸦声。

洪老三脸部肌肉一阵痉挛，转身慢慢走回自己的档口。

次日，洪老三正忙的时候，忽然来了两个警察。警察说，你是洪老三吧，你涉嫌造假证，请跟我们走一趟。警察边说边出示了一个证据，那是一张身份证，上面微微笑着的头像正是方士仁。

乞者的脸涨红了一些，喉结微微动了动，他捡起红包，手抖抖索索的。他犹豫了一下，然后下定决心似的寻找男人，发现男人已经走远。

捡来的红包 海棠依旧

小区的林阴道上，缓缓停下一辆奥迪小轿车。车门开处，走出三个人：男孩、女人和男人。一看就知道这是一家三口。

男人和女人一走出车门，就忙着不停地接电话。男孩蹦蹦跳跳跑到了马路对面，他看到马路对面坐着一位衣衫褴褛的乞丐。

男孩眨巴着一双美丽的大眼睛，他听妈妈说过，这样的人叫"乞

丐"，因为没钱到处乞讨。男孩好奇地问："老爷爷，您没钱是吗？"

那位乞者重重地点了点头，"嗯"了一声。

"您要买什么东西呢？"男孩又问。

"唉！快过年了，我想回去看看。有好几年没回去了。"乞者发出一声长长的叹息。

"您回去需要多少钱？"男孩似乎打破砂锅问到底。

"光车费就要 800 块。"乞者有气无力地说。

远处，女人接完电话，一下子没看到自己的孩子，她焦急地喊道："宝宝，宝宝。"

男孩听见妈妈的呼唤，清脆的童音响了起来："妈妈，我在这呢！妈妈，您过来。"

女人一眼看到蓬头垢面的乞丐，立刻尖叫着："宝宝，快过来。脏死了。"

"不嘛不嘛。妈妈，您过来看看。这位老爷爷好可怜，他没钱回家了。"

女人气急败坏地大声叫喊，见男孩没一点反应，女人嗲声嗲气地大喊："老公，把宝贝儿子带过来。臭死了！"

男人听了女人的话，走了过去。一把抱起男孩："乖，我们回家。"

"不，我不回去！爸爸，您有那么多钱，拿一些给这位老爷爷吧，他好可怜啊。"

"小孩子不懂。乖，我们快点回家，爸爸演奥特曼的片给你看。"男人说着，抱着男孩转身就走。

"我就不，就不。"男孩忸怩着，"哧溜"一下从男人身上滑了下来。他嘟起了小嘴巴："你不给钱，我就不回去。"

"好好好，我给，我给。"男人拗不过男孩，从口袋里掏出了 10 块钱，扔到了乞者的面前。

男孩甜甜地笑了。

乞者非常感激，弯腰哆嗦着站了起来，右腿的裤管空空的，一阵风吹来，空的裤管上下摆动。他向男人深深地鞠了个躬。同时，他的眼睛一亮,发现地上有个亮堂堂的红包,显然是刚才男人不小心带出来的。

乞者的脸涨红了一些,喉结微微动了动,他捡起红包,手抖抖索索的。他犹豫了一下,然后下定决心似的寻找男人,发现男人已经走远。

乞者费力地站好,抓起边上的拐杖,一瘸一拐向男人追去。乞者边追边叫喊:"喂,先生,请等等。"

男人显然没听见,依然迈着步伐向前走去。

乞者也加快了脚步,路上传来"擦,擦"拐杖敲击地面的声音。

眼看着就快追上了,乞者大着嗓门喊着:"喂,先生,请等等。"声音沙哑醇厚。男人终于听见了叫声,看着气喘吁吁赶上来的乞者,他没好气地说:"什么事? 钱不是给你了吗? 不会还要我再施舍一次吧? 真是贪得无厌!"

乞者的脸微微地抽搐着,他举起手里的红包,说:"先生,您的红包掉了。"

男人明白了,今天是儿子的生日,男人在凤凰大酒店摆了宴席。席间,他的下属纷纷包了红包给男孩。肯定是刚才掏钱的时候不小心带了出来,男人想。男人一脸愕然,有点茫然地问乞者:"你不是没钱吗? 这里面装着 1000 块钱,难道你就没想到要据为己有?"

乞者淡淡地说:"我是乞丐,只接受别人的施舍。这是捡来的,何况我又知道是您丢的,就更不能要了。对我来说,讨和捡是不一样的。"

边上的男孩听了,扑闪着一双大眼睛,他好奇地看着男人,说:"爸爸,您刚才说我们白捡了很多个红包,这些红包要不要还给那些叔叔阿姨呢?"

男人愕然。

有些东西是需要被人理解的，有些东西是不需要被人理解的，并且，有些时候不被理解效果可能会更好。

不求理解的爱 厉周吉

许多年以前，当我走出学校的时候，我的内心充满了怨愤，因为我被学校解聘了。

这所学校地处沂蒙山腹地的一个穷山坳里，是一位年龄非常大的台湾归侨创办的。学校主要服务于贫困学生，全部学生免交学费和住宿费，学校食堂的饭菜也非常便宜，学习态度端正的学生还能得到非常丰厚的奖学金。一时间学生数量激增，教师却严重不足。

由于种种原因，来这儿工作的教师往往两极分化，要么是刚毕业的大学生，要么是已经退休的老教师。不过由于充分利用了青年教师的干劲和老教师的经验，学校的教学质量还是非常不错的。

之所以非常在意这所学校的工作，不是因为我真正喜欢这所学校，而是因为我知道找工作的难处。在我刚毕业的时候，苦苦奔波了好几个月，就是找不到理想的工作，最后才不得已选择了这所学校。两年以来，我的教学成绩一直遥遥领先，怎么也想不到会被学校解聘。

当时，我怒气冲冲地跑进教务科，问教务科长为什么解聘我，教务科长是一位胖胖的老头。他耸耸肩说这是校长的决定。

"年轻人纷纷被解聘，老年人却多数被留下来，要不是你们这些老

人耍手腕，校长肯定不会做出如此荒唐的决定。我要找校长说明真相。"我生气地说。

"校长外出办事去了，他不可能接你的电话。"胖胖的教务科长坏坏地笑着。

我一遍一遍地拨打校长的手机，校长果然不接。我无比怨愤，一种强烈的被戏弄感涌上心头，发誓要活出个样子给这群老人看看。

离开学校以后，我很快在一所乡镇中学找到了工作，5 年以后，我已经是这所学校的副校长了。一天，我到原来的学校办事。恰巧校长没有外出，他热情地接待了我。

"还记得我吗？5 年前我在这儿工作过，不过后来被解聘了。"我非常得意地说。

"有印象，但不是很深，因为从这儿走出的人很多。"校长喝了一口茶，平淡地说。

我本想立即问当初解聘我是不是他的意思，后来又觉得这样做不太礼貌，就岔开话题，聊了一些这个学校别的情况，后来还是不自觉地扯到了学校的师资问题上，于是忍不住问他为什么把很多非常有潜力的年轻优秀教师无情地解聘了。

校长沉默了许久，最后才说："我年龄大了，财力又有限，只想尽力为山里孩子上学提供方便，不想影响年轻人的前程。留下老人是因为他们在家闲着也很无聊，并且除了这个地方，他们可能很难在其他地方找到工作，解聘青年人是为了逼迫他们去寻找更大的发展空间，让刚毕业的大学生在这儿锻炼几年可以，要是一直把他们留在这儿，如果哪一天学校办不下去了，而他们又错过了找工作的最佳年龄，那不就是害了他们吗？他们刚刚离开这儿的时候，也可能不适应，但逼他们走出去，最终是有好处的！"

听完校长的话，我无比震惊。我问校长为什么不把自己的想法提前告诉我们，校长淡淡地说："有些东西是需要被人理解的，有些东西是不需要被人理解的，并且，有些时候不被理解效果可能会更好。"

　　六条汉子沉着脸威严地站成一排,无言目送着班长和我一人背着一位依依不舍哭成了泪人的女兵,踩着咯吱咯吱不停呻吟的积雪,走向了飞机……

八条汉子和两个女兵 墨 村

　　山风肆虐,雪团横飞。在狰狞的皑皑雪山深处,两位查接电话线头的女兵迷失在了茫茫雪海之中……

　　风绞雪,雪裹风,雪天迷离,古堡样的哨卡痴呆呆地趴在风雪中,孤零零一动不动。

　　哨卡上,那面已退尽色泽的红旗,被狼群样于山脊上奔突嘶吼的风雪,撕咬得仅剩下了一缕儿,而死咬在旗面上,残缺得仅剩两角的红五星及"八一"二字,仍风韵犹存,在风雪的淫威下,威风凛凛,猎猎有声。我们带足食品沿电话线在大山的腹地里艰难搜索,战友们走走停停,嘴里气喘吁吁喷着白雾,弯腰用枪托将冻结在毛皮鞋上的两个沉重的大冰坨砸碎砸掉,然后,再吃力地趟着没膝深的大雪,吱嘎吱嘎地往前蠕动。连绵无垠的洁白雪地上,留下了一条曲曲弯弯蛇行样的深沟,须臾

间，便被风雪覆盖得不露一丝痕迹。

6个多小时后，我们终于在一根电线杆下发现了一个极特别极突兀的浑圆雪堆，急急扒开雪堆，只见两个女兵紧紧搂抱在一起，只有鼻翼旁的雪是融化的。"她们还活着！"班长刷地扯开皮大衣，把一名女兵裹进胸膛。我也效仿班长，刷地扯开大衣，将另一女兵裹进了胸膛。透心彻骨的寒气告诉我，我搂抱的不是女兵，而是块冰坨子……

夜半时分，我们疯一样地撞回了哨卡。

哨卡里冷极了，温度与室外几无区别。我们将两个女兵抬进套间，架旺炉火，铺好被褥。脱衣！班长喊。我们明白，在这种条件下，体温是拯救女兵的唯一办法。我解开自己的内衣，哆嗦着笨拙地解开了女兵的内衣……

夜，漫长而又难耐。我们八个男兵如同在进行一场接力，与生命赛跑的接力，而处于深度昏迷的女兵就是我们手中的接力棒。

可她们毕竟是有血有肉的女人啊！在这与世隔绝，"一年一场风，从春刮到冬；六月穿皮袄，四季雪花飘；顿顿夹生饭，氧气吃不饱"，被称为"生命禁区"的地方，我紧紧地搂抱着几近裸体的女兵，渐渐地，犹如冰人的女兵身体开始有了点热气，并在我怀中轻颤了一下，一丝儿女性身上特有的好闻气息钻入鼻孔，我莫名其妙地一阵战栗，女人！我搂抱着一个有血有肉的女人！我的脸像火炭一样燃烧起来。

班长遽然睁大惶悚的眼睛，脸色"唰"地变得血红，他威严地干咳了一声，并恨恨地在我的屁股上狠拧了一把，灼痛使我一下子惊跳起来。

班长甩下大衣，迅速地走向枪架，抓起一支冲锋枪，"哗"地压上了弹匣，然后，把其他武器全部锁进了枪柜。班长提着枪，一双血红的眼睛犹如雷达扫描器，在我们每个人身上扫视了一遍，便冲冲地向风吼雪舞的门外踏去。战友们愣神须臾，紧接着便心领神会地相跟着走了出去。

哨卡外风雪正紧，核桃般雪团惊恐地扑过来卷过去左冲右突。我们面向班长牢牢地站定，迷离的眼睛里写满了惶恐。报数完毕，只见班长竭力地挺直腰杆，"咔"地将冲锋枪子弹推上了膛，朝着迎面扑来的风雪吼道："谁他妈的想胡来，老子一枪崩了他！"仅此一句，便撇下目瞪口呆的七条汉子径直回屋。

接力还在继续，生命与死神还在赛跑。

两位女兵终于相继苏醒了。当看清拥抱她们的是同样赤胸露怀冻得嗦嗦发抖的陌生男兵时，一个个满脸羞涩，双眼涌出了激动的泪花。确定两个女兵安然无恙后，班长迅速示意我们离开套间，并随手"叭"地带上了角门，"嚓"地扯下鲜红的铜号裹布，将套间的门把和门框牢牢地绑在了一起。

昏暗的烛光抗议地跳了两跳，班长威严地坐在套间门口的一条毛毯上，眼前放着我们共有的半斤多莫合烟，和一沓裁好备用的报纸条。班长猛抽了一口自卷的喇叭烟，冷峻的丝毫没有商量余地的命令便裹挟着团团烟雾从口中喷出："大家统统睡觉，今晚由我值班。"

如此不寻常的夜晚，班长一人值班，七条汉子都有点不放心。哨卡里生活太枯燥了，十个月的封山期阻隔了与外界的联系，这里海拔太高，收音机没声，电视机没影，几乎成了年报的日报，一旦上山，战友们都疯了似的去抢去读，日复一日竟能将上面所有的文章一字不漏地背下来……

时间离拂晓大约还有两、三个钟头，狂虐的低低鸣咽的暴风雪终于精疲力竭只剩下唱唱絮语在缠绵。有战友在不住地翻身。班长仍旧威严地抱着枪悠悠地一根接一根地抽着莫合烟，双眼机警地来回逡巡。

天色微明，战友们一个个醒来，发现报务员正郑重地向握枪席地而坐，身旁扔满烟尸的班长汇报："军区来电，救援的飞机中午就到……"双眼布满血丝儿的班长轻舒了一口长气，神情倦怠地关闭了冲锋枪保险……

八位男兵和两个女兵索然寡味地吃着一年四季天天如此早已吃腻了的大米饭和红烧猪肉、牛肉罐头。用过早餐，战友们围着炉火默默地坐着。不知是为了打破这令人难堪和窒息的场面，还是因为想起了什

么，一位女兵轻声哼起了："这山有多高，高得伸手能摸到娘看见的月亮；这雪有多大，大得世上无人知晓。"大家静静地听着，最后竟情不自禁地合唱起来，"这哨所有多远，远得看不见娘的思念；这里有多苦，苦得有点意味深长……"

一曲终了，战友们又莫名其妙地低头沉默了。哨卡里寂静得气氛有点怕人，犹如大战前夕令人恐怖又使人骚动不安的寂静。"革命军人个个要牢记……"一边的班长突然轻声有力地哼唱起来。大家同时一惊，紧接着便引颈高歌。雄浑嘹亮的合唱，不亚于连队百号人的拉歌。

时间过得真快，黑鹰直升机的轰鸣声把战友们呼啦一声拽出了门外。太阳高挑，暖气仍很遥远。纯净的风景犹如透明的蓬莱仙境，巨大的冰川在阳光下闪耀着光怪陆离的七彩光环。缓缓着陆的黑鹰直升机，螺旋桨旋起的气流将雪尘惊吓得惶遽鼠窜。

六条汉子沉着脸威严地站成一排，无言目送着班长和我一人背着一位依依不舍哭成了泪人的女兵，踩着咯吱咯吱不停呻吟的积雪，走向了飞机……

轰鸣声又一次震撼了我们。

战友们呆呆地目送着渐渐消失在雪山背面的黑鹰直升机，心里陡然升起一股难言的滋味。一直沉默不语憋胀着紫红脸膛的班长，忽然朝着白雪皑皑的群山怒吼了一嗓子："哦——嗬嗬嗬嗬——！"蓦地从脖子上扯下冲锋枪，一打保险，对着晴朗的天空扣动了扳机，"哒哒哒哒……"一串清脆的枪声和着空谷回应的怒吼声，撕扯着碰撞着震响在孤零零的哨卡上空。

日上中天。

在这被称为"生命禁区"的地方，坚若磐石的八条汉子叉开双腿稳稳地站在雪地上一动不动。人，哨卡，雪，冰川，构成的一幅宏大的无可言状的背景便被牢牢地定格在这海拔 5300 多米的巍巍山体上……

289

在被称为生命禁区的雪域高原,八个汉子用自己的体温救活了两个冻僵的女兵,浓浓的情义让人感动。当我们在日常生活中啜饮蜜浆的时候,不要忘记那些坚守在祖国边疆的战士们。 (赵辉峰)

第十辑

心中的佛

愧疚每天撕咬着我,只有和你严浩叔在一起,我的心才得到一些安抚。你妈妈是个好女人,我们都爱着她,怀念她。

世上没有后悔药 陈凤群

吴枫受派从海滨 A 城到山区 B 城拓展业务。初来乍到,人生地疏,背井离乡,吴枫心里很是迷惘。一到夜晚,吴枫总要给妻子李洁打电话,排解寂寥和思念,没个把钟头挂不了线。

三个月后,业务拨云见晓。半年后,业务茁壮发展。吃不完的饭,喝不尽的酒,一茬茬朋友,一场场笙歌。吴枫业务上忙得不亦乐乎。晚上吴枫常常无暇给李洁打电话,倒是李洁常来电话问候。李洁来电话时,十之八九吴枫在推杯换盏。吴枫一边和朋友碰杯,一边抽空对着电话"哦哦"。伴着喧嚣的酒令,听着吴枫一搭一搭的应话,李洁心里便有些堵,觉得对吴枫的关心很苍白。

这晚,吴枫又和一帮朋友在麻将台上较上了。不知怎的,吴枫手气特背,一连二十多局,局局出大头。三个牌友一唱一和,有声有色地说着黄段子。吴枫听得硌耳,阴着脸,把牌掷得铿锵有力。

李洁的电话不合时宜地来了。

三个牌友笑嘻嘻地说,嫂子又来查岗了?

吴枫就粗声粗气对着手机说,什么事？没事不要老来电话！说完,"啪"地就合上了手机。

这一"啪",把李洁的眼泪给"啪"下来了。李洁本想告诉吴枫她病了,下午下班时胸口突然发闷,就上医院内科找严浩看看,检查结果是心脏病。严浩见她没家人陪同,便送她回家。临走时,严浩再三叮嘱按时服药和其他注意事项。

严浩是李洁的高中同学,医院内科主任。此后,李洁看病便直接找严浩,有时干脆电话问诊,严浩下班后把药送来。严浩正和有外遇的妻子闹分居,同是寂寞人,晚上便你来我往地打电话,聊天解闷。

吴枫铆劲三年,把业务发展得蓬蓬勃勃,把和小会计李心莺的关系进展得如火如荼。不久,吴枫被调回公司任副经理。随后吴枫以工作需要为名,把李心莺召回公司。

吴枫忙,家里一日三餐没个影。晚上吴枫前脚进家门,常常电话就撵来了。吴枫就背开李洁"嗯嗯啊啊"一会儿,对李洁说单位有事,就出去了。

一天晚上,吴枫喷着酒气回来,进了门把一摞相片和一叠电话清单甩在李洁脚边。李洁一看, 全是自己和严浩在一起的照片。她心里一沉。吴枫盯着李洁的脸,冷冷地说,李洁,你都给我戴绿帽子了,咱们离婚吧！

李洁急了,张口想说,可心口堵得慌,就伸出手拉吴枫,吴枫一扭身,拽空了。吴枫随即摔门而去。李洁心口一阵绞疼,张张嘴软软地躺了下去。

李洁死于心脏病猝发,被发现时已是两天之后。那天吴枫开车接女儿吴清度周末。一进门,就见李洁直挺挺地倒在客厅,眼睛瞪得大大的。女儿呼天抢地,号啕不已。吴枫簌簌落泪,一边抽打着自己嘴巴,一边喃喃自语,李洁啊,我没想会这样呀,我没想你会自杀啊！李心莺说怀上了孩子非要和我结婚,人人都说你是贤妻良母,

291

我哪说得出口呀？我想我离开几年,你那么有风韵,总该有什么事发生吧？我就找来私家侦探,侦查了三个月,私家侦探交给我一沓相片和电话清单,跟我兜了底,说你跟严浩交往过密但还没发展到那档子事。我也是没法啊,就趁着酒劲摔相片冠冕堂皇提出离婚,没想到害死了你呀……

李洁去后,吴枫再没去找李心莺,李心莺也没来电话。每天回到家中,冷冷清清的,吴枫心里就空落落地难受。夜阑人静,吴枫常常捧着电话呆愣,等下意识地拨过去,是严浩的座机。吴枫就祥林嫂似的絮叨,是我害死李洁呀!这么多年了我竟不知道她有心脏病,我不该朝她甩相片,我不该冲她说离婚呀!严弟啊,李洁是好女人啊,秀外慧中温润可人……

严浩在电话那头"唉"地一声长叹,吴兄啊……

隔三差五地,吴枫就在家里整几个小菜和严浩嗑嗑。一杯酒下去,严浩满脸酡红,话匣子就打开了,这么多年,李洁对我没松过口呀!秀外慧中温润可人,吴兄啊,李洁是好女人啊……

吴枫就"唉"的一声长叹,严弟啊……

这天是李洁一周年忌日。吴枫和严浩喝得酩酊大醉。

送严浩坐上出租车后,吴清把吴枫扶上了床。吴枫突然一把抓住了吴清的手,清儿,你是越长越像你妈妈了,我对不起你啊,是我害死了你妈妈!愧疚每天撕咬着我,只有和你严浩叔在一起,我的心才得到一些安抚。你妈妈是个好女人,我们都爱着她,怀念她。说着,吴枫眼泪就下来了。

爸,我想问一句,如果严浩叔跟妈妈有那档子事,你还拿他当兄弟吗？

吴枫嘴里嘟囔着,一会就呼噜起来,不知有没有把吴清的话听进去。

他不解,他惊叫,他扑向母亲。他愤怒地吼叫:"这到底是怎么回事?"

疼 痛 银 行 谢丰荣

"听人介绍,你们这儿有一家疼痛银行?"

"你看不见那块大大的招牌吗?"小姐居然很傲慢。这也难怪,全世界只此一家,别无分店。

他试探着问:"听说你们可以将疼痛转移?"

"疼痛银行有两种主要业务:第一种,你可以将疼痛储蓄起来,像存款一样,然后在你认为最合适的时候取走,零存整取、整存零取都行,当然你会为此付出一大笔费用,而且你必须在生前全部取走,否则会强制你的亲人替你承担;第二种,你可以将你的疼痛像转账一样转移给另一个人,前提是他乐意接受。"小姐像背台词一样滔滔不绝地介绍起来。

他正想问怎么转移,这时窗口来了两个人,其中的大个子不客气地挤了他一下,趴到窗台上,大声说:"我办理转账。"

小姐瞟了大个子一眼,嘴角一乐:"好的,如果我没记错,先生你是第三次过来办理这种业务了。"

"我有钱啊。"大个子拍拍自己的腰包,"你们这银行开得不赖,前几天我胃疼得不行,过来办了一个转账业务,咦,真是神了,现在十瓶八瓶啤酒喝下去,这胃也不疼了!"

"可另一个人会疼。"小姐打断他的话,"先生,我们已经收到接受你胃疼的那位先生的投诉。你要知道,你一喝多,他就又吐又泻,胃疼得特别难受,你不要违反双方签订的协议。"

"哦,我知道了,下次我一定注意。"大个子知道自己理亏。

小姐问:"请问先生这次需要办理哪一项疼痛转移?"

"嗨,跟小姐你还不太好说,我这人什么都不怕……就怕回家挨老婆拳脚,嘿嘿,所以……"

小姐轻蔑地看了大个子一眼,目光转向其身后的人,那是一个农村少年,老实巴交的样子,衣着朴实,看来急着用钱。

"好吧,先让我将协议念给你们二人听听,你们考虑好了,就在上面签字,然后就一起去那边的转账中心。"小姐打印出一份协议书:兹有甲方×××,乙方××,甲方愿出人民币两万元整,将其妻子打骂造成的一切痛苦转移给乙方。乙方收取此款后,应承受上述痛苦。注意事项:甲方不能故意制造痛苦让乙方承受,一旦发现,乙方可到本行投诉,甚至提出中止协议。

他静静地站在一边看着,那个农村来的少年,手轻轻颤抖着,下了很大决心才咬牙签了字。

"你是来干什么的?"小姐目送两人去了"转账中心",转头问他。

"我也想办转账业务。我从小与母亲相依为命,经过多年的打拼才有了现在的幸福生活。可最近我被查出患了绝症,我母亲也是多年积郁,精神一直不好,而且还有心脏病,经常胸闷,随时都有生命危险……我听说了你们这个银行,就想趁病还没到晚期,将我母亲的痛苦转移到我身上。这样,也能尽一份孝心,让母亲安度晚年。"说完,他轻轻地叹了一口气。

办好手续,他回家了,他不知道要怎么跟母亲开口。母亲也一副神色不安的样子,好像有什么话要跟他说。他终于先开口了:"妈,城西路

新开了一家医院,治疗设备非常先进,要不明天我陪您去看看,我自己也顺便检查检查。"他知道母亲不识字,他没有说实话,怕母亲不同意。

母亲什么也没问,只是平静地点了点头。

第二天,母子俩一起走进了那家疼痛银行。

业务窗口的小姐热情地招呼他们:"先生来了,老人家,您也来了,请往那边去。"母子俩一起走进了"转账中心"。门"砰"的一声关上了,在暗红而模糊的光影中,几个穿白大褂的工作人员正在忙碌着。

转移马上就要开始了,他躺在工作台上,心里默默祈祷:"妈,祝您老人家身体健康!"

突然,他一身轻松,像脱胎换骨一般。他起身去看母亲,却见她倒在工作台上,不省人事。

他不解,他惊叫,他扑向母亲。他愤怒地吼叫:"这到底是怎么回事?"

"先生,我们答应了你的母亲,要替她保守秘密。其实你母亲先于你来这儿办了转账手续,要我们将你的病痛全部转移到她的身上。"工作人员轻轻地说。

人 生 悟 语

有人自私冷漠,有人真爱无言,有人飞扬跋扈、铺张浪费,有人卑躬屈膝、苦捱生活。儿子为母亲承受痛苦,母亲却先一步决定承担儿子的痛苦。一片叶子,让我们看到了森林,一段文字,让我们读到了生活本真。

(赵辉峰)

时间一长，男人心里又很躁，有时还异常亢奋。夜长难熬，又是做梦。白天见到女人，男人心里发虚。

牌　　坊 陈玉龙

牌坊据说是个贞节牌坊，字迹模糊不清，很古老，冷峻地树立在村头。

男人那年病重，怕自己活不长久了，便对老婆说："我死后，你不要再找男人，把儿子扯大，撑起这个家。"

老婆开始一愣，而后很坚决地走出门，跪到了那个门前不远处的牌坊下，赌下了咒。

看着老婆跪在牌坊下的背影，男人抓过儿子的小手，抚摸了一阵，觉得自己没什么牵挂了。

事情的变化却让人意想不到，男人的病后来竟然好了起来，老婆却恶病缠身。弥留之际，老婆双眼紧盯着门前的牌坊，不肯瞑目。男人的心一抖，即刻走出门跪在了牌坊下。进屋后，老婆只感激地看了男人一眼，就很安详地去了。

以后的日子里男人便将全部精力放在儿子身上，日子过得很清苦，却不寂寞。

男人生情憨厚，品貌皆不错，不久就有许多媒婆登门。男人一一拒之门外，不为所动。村人对他都很敬重。

儿子渐大，乡村的学堂容不下，男人咬了咬牙，将儿子送进了县学堂。屋子一下子空旷起来，男人这才觉出有些孤寂。人常说三十如狼四十似虎，何况男人正处于虎狼之间，有时便觉黑夜漫长难熬。

有一外村女人常来男人家,帮男人做家务。男人不理,女人仍常来。男人无奈,只有客气相待,女人也不计较。有时,男人也不得不去帮女人的忙。女人的丈夫死了四五年,也是很孤单。

一来二去,男人渐渐显出莫名的焦躁,夜里做梦,老梦见那女人。

男人时常在心头下决心要疏远那女人,可一经女人的目光,决心便被击得粉碎。

村里议论纷纷。

一天,男人对女人说:"你没看见村头的牌坊?"女人挺惊讶,说:"牌坊?我没看见。"男人就指给女人看,女人看后笑起来:"那是一堵烂墙,有什么看头?"女人笑起来还很妩媚,使男人想起老婆年轻时的模样。

一天傍晚,女人帮男人做完家务后见外面正下着雷阵雨,女人就说:"今晚,我不回去了。"男人无语,显得很慌乱。

而这时一道闪电挟雷劈下,刺得牌坊一片雪白,男人吓得一惊!

雨停后,男人递给女人一把雨伞,说:"还是回去吧。"

女人不在乎那个雨夜,仍常来。男人很在乎,那段时间,竟心静如水。

时间一长,男人心里又很躁,有时还异常亢奋。夜长难熬,又是做梦。白天见到女人,男人心里发虚。

男人感到危险正一步步地向他逼近。

终于在一个阳光明媚的日子里,男人向镇上的那个阉猪佬家走去。不料,女人早在半路等他。女人说:"我知道你要到那儿去,我陪你去好么?"女人的声音柔柔的,如那缕阳光掠过男人的心田,男人一时怔住了。女人抬头望天,说:"这阳光多么温暖。"男人也抬起头,太阳的光线在他的眼前放射出七彩的光芒。男人的心里一动,就有一种特别的感觉涌了上来,也说:"这日子是好。"女人这时靠近男人,说:"回去好么?"声音仍是柔柔的。男人抓住女人的手,情不自禁地应道:"回去!"

经过村前那个牌坊,男人忍不住看了一眼,女人说:"那是一堵烂墙。"

男人也说:"是一堵烂墙!"

人 生 悟 语

存天理、灭人欲的封建礼教差点使男人孤独一生,幸好,女人的执著和温柔阻止了不幸的发生。那是一座牌坊,那是一堵心墙,那更是一堵烂墙,越过了这堵墙,生活的真实味道才能显现。最自然美好的世间真情永远值得我们去尊重和祝福。

(赵辉峰)

赵二出了一身冷汗,竟然奇迹般地好了起来,手里的小镜子也砰地扔掉了。

挪 一 下

凌可新

国难当头。赵二当兵,扛枪打仗,情理之中。但战场上的事情说不准,一颗子弹过来,人就玩儿完了,比风吹灭一盏煤油灯还容易。所以战场上的兵,都把脑袋别在腰带上,死拼猛打。死了算遗憾,没死算是拣了条命。

赵二和别的兵不大一样。赵二念过书本,认识一些汉字。有时候就很为自己这颗聪明的脑袋惋惜。自己的脑袋哩,万一被敲碎了,那中国就少了一颗聪明的识文断字的脑袋,那损失岂不大了去了?

所以赵二是很小心的,从不莽撞。上战场那是大势所趋,不上不行,但若因此损了自家,又绝不甘心。每打仗时,他就尽量避免,不让子弹碰到。如此下来,竟也无事。到日本人投降时,赵二打死了好几个敌人,个个死相难看，自己却毫发无伤。他一时就觉得自己很了不起哩。

但意外还是来了。

是发生在缴敌人枪械的那回。

赵二所在的队伍，本是要接受日本人投降的。这样的场面一般都比较轻松愉快。但不知为何，双方当官的一言不合，竟突然地就动武了。日本人动手，赵二和战友们也端了枪扫射日本人。扫射片刻，赵二忽听一声尖叫向他狂奔过来，还没来得及做出反应，只觉得脸上一烫，左边那只眼睛跟着就模糊了起来，人也跌倒在了地上。赵二想坏了坏了，要死掉了。然后就昏迷过去，什么也不知道了。

但赵二并没有死掉。他苏醒过来后，那只眼睛已经被纱布重重地缠住了。医生告诉他没啥大事，只不过伤了眼睛。赵二也就放心了，觉得过几天把纱布一揭，就也没事了。

可过了些日子把纱布一揭，赵二的这只眼睛什么也看不见。原来日本人的那颗子弹正好紧紧贴着这只眼睛擦过去，硬是把里面的液汁统统放出了眼球，放得都瘪了，没有丝毫光彩了。

丢了一只眼睛的赵二心情十分沮丧。照一回镜子，沮丧就增添一分。而他又忍不住要时时地照镜子，照过了就没有任何目标地跟医院里所有能够碰到的人喃喃地说："我真傻，要是我当时把头挪一下就没事了。我真傻，要是我当时把头挪一下就没事了。"听他这么说的人都觉得很好笑，觉得他像个乡下丢了一只母鸡的老婆婆。

以后只要见了人，赵二都会这么跟人家喃喃地说，"我真傻，要是我当时把头挪一下就没事了。我真傻，要是我当时把头挪一下就没事了。"很快整个医院的医生护士和伤员都听他说了不知有多少遍，都有点烦他了。

回到队伍里面，赵二还是这么跟战友说。队伍里面的一个长官读过鲁迅的书，听赵二这么说了几回，就说，"赵二完蛋了，这不就是鲁迅先生笔下的祥林嫂了吗？这么个精神状态，还怎么生龙活虎地打敌人啊？尽管缺了一只眼睛，瞄准打枪会更加准确，可这精神状态不行了啊！精神状态不行了，人也就不行了。赵二完蛋了哩！"就想让他复员回家。

可赵二说什么也不肯回家。出来时他眼睛好好的,这么丢了一只眼睛回去,怎么跟爹娘见面啊?只怕是媳妇儿也要吹灯另嫁了啊!长官也没办法,只好让他继续跟着队伍。

往后赵二还这样,手里捏着面小镜子,照一回眼睛,就跟人说一回。说了不知有多少遍了,也许一千遍一万遍了吧。一直把自己原来黑黑的头发都说白了,把人也说老了。

有一天,上面来了个粗手大脸硬胡子的长官。长官是来视察队伍的。视察过了,赵二就凑过去,用手里的小镜子照照眼睛,跟他喃喃着把那话说了一遍。说到第三遍时,这位长官把脸色一变,忽然"啪"地重重打了他一个耳光,大声说道,"我早就听说过你的事儿了。你都成了咱队伍的名人了!"他说,"你说你傻,你傻个啥啊!你把头挪一下,若是往后挪一下也罢了。要是你往前挪一下呢?子弹不长眼睛。你想想吧!"

赵二一下子就醒了。要是往前挪一下,日本人的那颗子弹还不正好敲碎他的脑袋?那样他赵二现在是什么了?早就成了鬼了哩!

赵二出了一身冷汗,竟然奇迹般地好了起来,手里的小镜子也"砰"地扔掉了。没几天白了的头发也渐渐黑了回去,人也年轻了回来,再也不说那句话了。后来成了英雄的赵二读到一个成语,叫醍醐灌顶。他觉得那个大老粗长官就是给他来了个醍醐灌顶哩!甭说,人家还真了不起,一记耳光一句话就救了他一生哩!

人 生 悟 语

"挪一下"是生与死的界线。赵二却执拗于"丢了一只眼睛"的生之遗憾,看不到自己曾经距离死亡那么近。这也体现了人的一种偏执的侥幸心理,做事总是习惯于往好的方面想,而刻意回避坏的方面。幸好,我们身边还会有"长官"的一记耳光,一番"醍醐灌顶"的教育。

(赵辉峰)

胖子他们几个在饭店里一口一口地将那三百块钱吃进肚子里时,王栓正顶着烈日,汗流浃背地蹬着车子,心里盘算着该如何还别人的那两百多块钱呢!

捐　款

阴玉军

王栓收到的那封信是从他老家石柱乡寄来的。虽不远,骑上车子最多也就是半天路程,可信却在路上转悠了将近两个月,转到王栓手中时,已被揉搓得皱皱巴巴了。也难怪,像王栓这种名不见经传的小人物,平时又没人来信,这信最终能转到他手中,已经很不错了。

那是一封很不一般的信,信皮的下面赫然印着"石柱乡人民政府缄"几个字。就这几个大红字,使王栓觉得这封信拿在手里有点儿沉甸甸的。

王栓很纳闷。王栓想自己一个普普通通的煤窑工人从不和乡政府打交道,又没有什么亲戚朋友在里面做事,乡政府怎会给自己来信呢?

哪里给咱寄来的? 王栓的老婆翠花问道。

咱乡里。王栓顺口说。

乡里? 翠花一辈子见过的最大的官就是原来叫队长现在改叫村主任的人,一听乡里来的信,声音顿时有点儿发颤:啥事?

我还没看呢。王栓说着小心翼翼地撕开了信。

信纸上除了"王栓"是两个龙飞凤舞的手写体外,其余都是印好的。信的大体意思是说乡里准备村村通自来水、通电话、通柏油路,望各位有爱乡之志的同志慷慨解囊,有钱的出钱,有力的出力,以顺利完成"三通"工程。

到底啥事儿？翠花又迫不及待地打听。

乡里要通自来水、修柏油路、安电话呢。

好咧，那咱今后回去，就不再愁路难走车难推了。翠花高兴地说。

好是好，可要咱捐钱呢。王栓说。

一听说要钱，翠花的脑袋顿时"嗡"地一下大了很多，钱太使她敏感了。前几年，矿上兴用钱买户口，他们便求爷爷告奶奶找亲戚寻朋友借了六千块钱将户口买了出来，从石柱乡搬到了这铺着柏油路通着自来水有电灯电话的矿区。虽然住的是被称为"贫民窟"的小平房，还得扎紧裤腰带省吃俭用还账，但毕竟全家人都变成"吃公家粮"的了，所以他们仍有一种从地狱跨入天堂的优越感。可很快，随着粮油价格的全面放开，这种优越感便烟消云散了。眼瞅着丈夫那五百来块钱越来越打点不过来，翠花只得平时帮邻居们缝缝补补，麦收时帮周围老百姓割割麦子，挣点钱贴补家用。这样才勉强使一家人不饿肚子，现在听说乡里又要钱，她能不着急吗？

王栓见妻子脸色不好，赶紧劝她：你别着急，这回是自愿捐。捐不捐，捐多还是捐少，咱自己说了算，没有强迫。

那咱还捐吗？

捐，咋能不捐呢？

人家乡政府给咱来信，说明人家还惦记着咱，没忘咱这一号人。王栓顿时又变得热血沸腾。

捐多少？翠花又问。

500。

太多了，家里拢共剩了不到 100 块。再说，孩子的 200 块钱学费还没交呢。

那就 300 吧，不能再少了，再少就拿不出手了。王栓说。

翠花说咱先别定数了，你还是先到强子那里打听打听，看看他拿多少。反正乡政府也得给他寄。

王栓觉得妻子的话有道理，早早吃了晚饭便往强子家去。

强子也是石柱乡出来的，和王栓一村儿。不过人家强子却比王栓会

302

来事儿，一到矿上便和副矿长套上了关系，成了八竿子打不着边的干亲兼佣人。人们都在私下里说，连副矿长老家的厕所都是强子给挖干净的。不过说归说，谁也没见。好在强子也混出了点人样儿，前不久被提拔为副科级，听说马上就离开这贫民窟，到新竣工的宿舍楼去住了。

王栓走进去时，强子一家三口人正围着看一个港台连续剧。强子平时就看不起窝窝囊囊的王栓，见他来了，都没起身，他妻子和儿子照旧津津有味地看电视。

坐吧。强子不咸不淡地说，有事儿？

听说乡里要搞三通呢。王栓说。

管他呢。反正咱们已离开了，乡里管不着咱了。强子事不关己的样儿。

听说要在外面工作的人捐钱，给你信了吗？王栓又试探着问。

没有。给你来了？强子又反问道。

也没有。王栓慌忙掩饰，又赶紧将话题扯开。闲聊几句，王栓便告辞了。

强子没收到信。王栓一进家门，便很兴奋地咋呼：乡政府没给强子寄信。

真的？翠花也十分惊喜。

真的。王栓十分肯定地说。咱更该捐了。这说明政府信得过咱。对他这种拍马屁的人，政府也看不上，嫌他的钱臭呢。

那咱捐多少？翠花又问。

捐 500。王栓依然热血沸腾。

咱往哪儿去弄这么多钱呀？翠花担忧地问。

王栓说你甭管了，我去借。

王栓东奔西走串了十多个门子，才借了 200 多块凑了 300。也难怪，王栓所认识的这些人，情况都和他差不多，谁又有闲钱借给他呢？

不是说捐多捐少自愿么，咱就捐这 300 吧，在意不在钱嘛。翠花劝愁眉不展的男人。

王栓说也只有这样了。

见丈夫想通了，翠花赶紧说你快去邮局给人家寄去吧。

这么点钱寄去让人家笑话，我还是亲自送去吧，顺便向人家解释解释。王栓说。

石柱乡政府办公的地方是幢四层楼的楼房，外面全贴了马赛克，和周围低矮的民房形成了鲜明的对比，给人一种鹤立鸡群的感觉。看这楼根本不像没钱的样儿。

王栓费了好大劲儿才终于在楼东头找到了那间门上的红纸已被风撕扯得残缺不全、模模糊糊能辨出字样来的"三通筹款办公室"。王栓走进去时，里面的几个人正忙着打扑克，有两个脸上还贴满了纸条。

实际上，由于这几年各种名目、各种形式的捐款太多太滥，人们大多已不再乐意掏腰包参与这种活动。设这个办公室也不过是聋子的耳朵——摆设。再说，按通知也过了捐款期限，之所以没撤这个办公室，主要是这些人没地方安排，只得让他们在这儿干耗着。

对不起，请问这儿是不是三通捐款处？王栓小心翼翼地问。

是啊。其中一个胖子扯下自己脸上的纸条，问：什么事？

我叫王栓。

王栓？几个人都放下牌，努力想从自己的记忆里寻找出一个叫王栓的人来，可费了半天劲，仍然是张飞穿针——大眼瞪小眼。

还是胖子记忆好，猛地想起来了，赶紧站起来，热情地说：哎呀，你就是王栓呀！然后吩咐身边的细高个：小马，快给王栓同志倒水。

是啊，我就是。王栓一见人家能想起自己，很是激动。

细高个小马端着水经过胖子身边时，悄悄地问：主任，他到底是谁呀？

胖子白了小马一眼：我哪儿知道呀！

过了一会儿，胖子又问王栓：王栓同志，你今天来是？……

我是来送捐款的。王栓说着从口袋里拿出钱，解开里三层外三层的包装纸，递给胖子：我妻子农转非花了六千多，又没工作，还得供孩子们上学念书，全家就靠我那点死工资，实在拿不出更多的钱，真不好意思。

大家一听，这才闹明白是怎么回事儿。于是异口同声地说：你既然这么困难，就别捐了。

那咋行。乡政府给我寄信，就是信任我，这比啥都强。和我一块儿的赵强，虽活得比我好，政府不也没给他信吗？这说明政府信不过他。

赵强？胖子忽觉这个名字有点儿耳熟。

是啊，也是咱们石柱乡的，和我一个矿，现在当了副科长。王栓说。

我知道我知道。胖子赶紧说，我们信不过他，当然就不给他寄信了。

这话从别人的嘴里说出来，王栓听了更觉得顺耳。他交上钱，坐也没坐，便告辞了。

送走王栓，屋里的几个人马上朝小马发火：你小子，怎么把赵强忘了？抓了个小芝麻，丢了个大西瓜。该罚。

不对呀，我记得写过赵强这个名字，怎么会没有呢？小马纳闷地说。

这时另一个脸上贴纸条的老钱在旁边开了腔：这事儿怪我，那天我去邮局寄信，走到半路碰巧内急，又没带手纸，我只好随便抽了一封信用，我好像记得信封上就是写得赵强这么个名字。

那，你也该罚。众人于是又说。

我认罚，我认罚。老钱赶紧说。

算了算了，也别罚他们了。胖子说，反正三通捐款早已结算了，咱们不如干脆用这 300 块撮一顿去，也算对咱们这段工作的一个犒劳。

好，主任英明，主任万岁。众人顿时欢呼雀跃。

胖子他们几个在饭店里一口一口地将那 300 块钱吃进肚子里时，王栓正顶着烈日，汗流浃背地蹬着车子，心里盘算着该如何还别人的那两百多块钱呢！

痛苦却是一个人前行的动力。红尘俗世中,若没有这痛苦的历练,圣者何以为圣呢。

人生之旅 马新亭

说不清为什么,你总是感到很痛苦。你不知道别人是不是也痛苦,就跑去问别人。

你问 A:"你痛苦吗?"

A 说:"我痛苦。"

你一惊说:"你有什么痛苦?你看你年轻有为,前途无量。"

A 就叹口气:"那有什么用,我想要个儿子,可偏偏生个闺女。"

你又问 B:"你痛苦吗?"

B 说:"我比你痛苦。"

你感到不可思议:"你莫不是笑话我吧,你看你有一个活泼可爱的儿子,这是多少人想有却没有的事啊!"

B 沉默片刻说:"我妻子失业无所事事,你说我能不痛苦吗?"

你再去问 C:"你痛苦吗?"

C 苦笑几声:"怎么不痛苦?"

你困惑地说:"你看你有一个宝贝儿子,全家都在好单位上班。"

C 摇摇头说:"一言难尽,我身患一种无法医治的疾病,你说我痛苦不痛苦!"

你还不服气,再去问 D:"你看你全家没有下岗的,还有一对龙凤胎,身体又那么好,难道也有痛苦吗?"

D 苦笑几声说:"你不知道我多痛苦,儿子不务正业,三天两头给我惹是生非,还不如没这个儿子。女儿也不争气,学习成绩总是排倒数几名,唉,不说不要紧,越说我越气!"

你不想再问下去,你发现每一个人都很痛苦。你弄不明白这是为什么,便想出家——跳出三界外,不在五行中,不就没有痛苦吗?

你来到普陀山,要削发为僧。

老方丈问:"为什么要出家?"

你说:"为没有痛苦。"

老方丈笑笑说:"出家人也有痛苦。"

你大吃一惊:"真的。"

老方丈点点头。

你说:"那我就去死。"

老方丈哈哈大笑:"你连死都不怕,还会怕痛苦吗? 再说死也有痛苦。"

你给老方丈磕了一个响头:"请师傅告诉我怎么才能没有痛苦。"

老方丈说:"要我告诉你办法,答案就在书里,古人言,书中自有天与地,书中自有情与理。"

你连忙问:"在哪本书里?"

老方丈说:"在古今中外的每一本书里。记住,你读书越少痛苦就越多,读书越多痛苦越少,直到一点痛苦也没有。"

你问:"灵吗?"

老方丈说:"不灵再来找我。"

你回去后半信半疑地打开一本书,如饥似渴地读起来。读完第一本书,痛苦果然少一点;读完第二本书,痛苦又少一点;你又拿起第三本书……

最后,你感到没有一点痛苦,因为通过博览群书,你领悟到人的欲望是无限的;但是,人的欲望不可能得到无限的满足……所以,人才会感到痛苦!

这时候,一个年轻人跑来问你:"你痛苦吗?"

你说:"我不痛苦。"

年轻人问:"为什么?"

你说:"不为什么。"

年轻人说:"看来你是真老了。"

你盯着年轻人急匆匆离去的背影,自言自语地说:"多像年轻时的我啊!"

佛说:众生皆苦。

人 生 悟 语

佛说对了,也说错了。众生确实都在无止境的欲望里痛苦挣扎,但是,这痛苦却又是一个人前行的动力。红尘俗世中,若没有这痛苦的历练,佛何以为佛,圣者何以为圣呢。

(赵辉峰)

第十辑 心中的佛

明月庵的桃花 何一飞

"师父,桃花开了。"

"徒儿,不是桃花开了,是你的心扉打开了。"

二月底三月初的时候,明月庵的桃花开了,就多了看花的人。书生就是在桃花夭夭的早晨出现的。书生的眼神如水,慢慢就把明慧淹没了。明慧看那书生时,突然间有了慌乱与羞涩。而书生,竟然对着明慧无忌地笑。

"师姐好美!"书生说,书生摘了一枝桃花送给明慧,明慧没接,明慧跑了。明慧远远地听见书生说:"咦,人是桃花,桃花是人。"

明慧开始有了梦,梦见自己是灼灼的桃花,在书生手里灿烂。

"师父,那花……在动。"

"徒儿,不是花动,是你心动。"

那书生又来了。书生径直来到明慧经房的窗前。

明慧在经房里低头念经。明慧感觉到想见又怕见的书生在窗前看她,明慧念经的声音更大了。念经的明慧觉得自己有了魔障,佛法的定力迷失得无影无踪。

"师姐,给你。"书生将一条绣有鸳鸯戏水图案的丝巾抛进了经房。

明慧终归没有将书生的丝巾抛掉,明慧喜欢上了尘世的俗香。

尘世的俗香冲淡了明月庵缕缕的佛香。

"师父，我与佛无缘？"

"徒儿，出世是缘，入世也是缘，世间一切皆是缘。"

明慧是在一个下午离开明月庵的，和那书生相偎而去，两人都是一脸的笑，笑容如同三月早春的太阳。明慧回头看了一眼明月庵，暮霭中的明月庵是那样的素洁和庄严。

后来，明慧和书生大声地笑了起来，明慧仿佛看见了尘世间的日子如花似锦，多姿多彩。

明月庵的桃花开了三度，落了三度。

桃花凋零的时候，明慧回到了明月庵。回到明月庵的明慧一如落花，虽美丽，却已残碎而破败。

"师父，那花……落了。"明慧哽咽着。

"痴徒儿，有花开，就有花落，"师父的手放在明慧肩上，"即使花落了，可花终是大胆地开过呀。"

明慧感觉到师父放在自己肩上的手有些颤抖，抬头看看师父，师父的眼角，泪痕隐隐。

人 生 悟 语

是的，出世是缘，入世也是缘，世间一切皆是缘。有花开也有花落，有缘始也有缘终，但只要跟着心灵和爱的指引去走，无论结果如何，都是一种缘，一种独特的人生体验。

（赵辉峰）